講談社文庫

本格王2021

本格ミステリ作家クラブ選・編

講談社

CONTENTS

本格王2021

序

二〇二〇年、本格ミステリ作家クラブは創設二十周年を迎えました。

このような節目の年を迎えられたのは、謎の創出と論理の追及に昼夜を問わず励み続ける多くの作家、その作品を世に送り届けてくれる出版および流通の関係者、そして何より心から本格ミステリを愛し、応援を続けてくれるファンの皆様のお陰であるに違いありません。いままでの二十年間、当クラブを支え続けていただき、誠にありがとうございました。これからの十年もどうぞよろしくお願いいたします。

そんな感じの会長挨拶を大勢の前で立派に伝えなきゃ！　だけど緊張せずに喋《しゃべ》れるかしらん？　などと心配しつつ、密《ひそ》かに文案を練っていたのが昨年の私でした。

ああ、それなのに！　まったく、なんということでしょう！

皆様ご存じのとおり、二〇二〇年は新型コロナの感染拡大によって世の中は大混乱。当クラブにおいても二十周年記念イベントはもちろん、毎年の恒例行事すらままならない状況。ファンとの交流もできず、練りに練った完璧な会長挨拶も結局、披露する機会のないままに節目の一年は過ぎ去ったのでした。――が、しかし！

たとえコロナ禍であろうと、いや、むしろコロナ禍のいまだからこそ、エンターテイメントの一翼を担う本格ミステリの重要性は、かつてないほど増しているはず。

もちろん作家たちだって、ただ漠然とステイホームしていたわけではありません。たとえひとりでおうち時間を過ごしていても、想像力と筆記具さえあれば創作可能なのが活字文化の強み。作家たちはこの時とばかり、その溢《あふ》れる創作意欲をキーボードに叩きつけ、真っ白なパソコン画面が真っ黒になるまで文章を書き連ね、途切れることなく新たな創造を続けていたのです。そのような状況の中で生まれた作品たちが面白くないわけがない。——そう思いませんか？

というわけで、お待たせいたしました。皆様に『本格王２０２１』をお届けいたします。コロナ騒動で揺れた二〇二〇年に、それでも数多く発表された本格ミステリ短編。その中から選《よ》りすぐりの七編を収録した傑作集となっております。

激動の年だからこそ生まれた珠玉の本格ミステリを、どうぞご堪能ください。

二〇二一年四月

本格ミステリ作家クラブ会長　**東川篤哉**

コージーボーイズ、あるいは消えた居酒屋の謎

笛吹太郎

Message From Author

このたびは『本格王2021』に選出いただき、とても光栄に思います。

本作は《ミステリーズ！ vol.99》に掲載されました。コージーボーイズと称するミステリ愛好家たちが茶話会にもちこまれた謎に挑むという——アイザック・アシモフの『黒後家蜘蛛の会』に範をとった、みんなでわいわい、がやがやおしゃべりしながら推理するタイプの気楽な安楽椅子探偵ものです。ひとつコージーボーイズの面々同様、お茶やお菓子をご用意のうえ、どうか肩の力を抜いて推理をお楽しみいただけましたら幸いです。

なお作中に、荻窪駅近くの中荻窪なる地名が登場しますが、これは作者のこしらえた架空のものです。探してもみつかりませんのでご注意ください。

笛吹太郎（ふえふき・たろう）
2002年、「強風の日」で第9回創元推理短編賞最終候補となり、翌年「創元推理21」2003年春号に同作を掲載。以降、09年、10年、13年にミステリーズ！新人賞最終候補に選出される。収録作の〈コージーボーイズ〉シリーズを「ミステリーズ！」に掲載。

「だからコージーミステリの本質は、原点回帰というところにあると思うのさ」

カフェ〈アンブル〉では今月も議論が白熱していた。

その名も「コージーボーイズの集い」——古書店とカフェの町、荻窪に出版関係者らが集まり、お茶とケーキを囲んでゆるゆるとミステリの話をするという催しである。ルールは二つ、作品の悪くちは大いにやるべし、ただし相手の悪くちはいってはならない。もっとも後者の誓いはしばしば破られる。

作家、古本屋、同人誌の主幹、ついでにぼく——夏川《なつかわ》ツカサのような編集者まで、それぞれの立場で小説に関わる当事者にして愛好家が集まり、自身も小説好きの店長の好意で、月に一度、奥の円卓を借り切って催されていた。

「原点回帰だよ」書評家にして伊佐山《いさやま》古書店の二代目である、伊佐山春嶽《しゅんがく》が自説を繰り返した。きょうも顔が細長い。「古典的な謎解き小説に戻らんとする姿勢だね」

「お茶とか料理のレシピとか、仕事の描写とか、そういうものは関係ないと」

ぼくは問い返した。そういう本を作っている身としては、聞き捨てならない。

「無関係といったら語弊があるけど、進化の過程で付与されてきたものだね」

伊佐山さんはセイロンティーのカップを傾けた。

「グライムズやマクラウドの登場でコージーの概念が確立したとするならさ。クリスティっぽい小説へのあこがれというか、戻るべきふるさと——黄金時代への回帰運動であるわけで」

「しかし、それはあまりにそもそも論すぎる気がします」

「そもそも論で何が悪い」

「そういえば福来《ふくらい》さんはどうしたの。こういう話はまっ先にくいついてくるのに」

集いの長にして同人誌「COZY」主幹である歌村《うたむら》ゆかりがいった。きょうも肌つやがよい。何かにつけ鷹揚《おうよう》な人で、かつて集いの発起人でもある彼女に、歌村さんがいるのにどうしてボーイズなのかと質《ただ》したことがあるが、「ビーチ・ボーイズが好きなんだよね」の一言でうやむやにされた。そんな彼女にぼくは答えた。

「遅れるって連絡はありましたけど」

「昨日は金曜日だったからね、羽目をはずして飲みすぎて、とうとう肝臓が破裂したかな」

小説家の福来晶一《しょういち》は甘党でありながら、年季の入った酒好きでもある。「ありえますね」と相槌をうっていると、やがてカランカランとドアベルを鳴らして当人が店に入ってきた。

「やあいらっしゃい、お早いおつきで」

伊佐山さんの嫌味に「遅れて悪かったよ」と、黒ぶち眼鏡の奥からじろりとにらんで、ぶっきらぼうにいう。心なしか顔色がわるい。

「いいけど、とうとう肝臓が破裂したかと思ったよ」

「肝臓？」福来さんはびっくりしたような顔をした。「いや、肝臓は破裂してない」

生《き》まじめに答えるが、いささか余裕がない風でもある。どこかうかない顔だった。ほんのり息が熟柿《じゆくし》くさい。店長の茶畑《ちやばたけ》さんが音もなく忍び寄ってきて、水の入ったグラスと二日酔いに効くという梅干し入りの番茶――察しのよいことだ――を置いた。元は超一流ホテルのホテルマンだ、いやさる筋の家令だった、などと噂される茶畑さんは、きょうも高僧のごとく頭を青々と剃りあげ、やんごとなき向きも愛蔵するジーヴスか、はたまた名探偵ヘンリーかといった無駄のない挙措で、立ち居振る舞いがすがすがしい。

福来さんはコップを一息にあおった。その勢いでお茶もがぶがぶと飲むが、スイーツには食指が動かないようで、本日のメニューもちらりと一瞥したのみである。

「どうしたの。きょうのスイーツ、おいしいよ」歌村さんが首をかしげつつ、ダブルベリータルトの皿を押しやる。「一口どう」

「ぼくには昨夜のアリバイがない」

とつぜんのカミングアウトだった。

「それで困ってるんだ。なんとかならないか」

「いつか何かをしでかすと思ってたけど」伊佐山さんが応じた。「あんがい早かったね。何をやらかしたんだ。強盗？　詐欺？」

「やってない。でも、昨日の記憶がない……」

話が要領を得ない。

「なにがあったんですか。落ち着いて説明してください」

「きみたちニュースをみてないの。島村《しまむら》くんが死んだんだぞ」

なんだって？

卓を囲む一同が——そればかりか、近くの席の関係ない他の客たちまでが——その言葉にざわついた。

島村悦史《えつし》——一言でまとめるなら、業界ゴロにして、町の嫌われものである。あれ、二言になってしまった。

編集プロダクション経営者にして、文芸評論家をも自称する彼は、どこにでも顔を出し、誰それと親交があると吹聴してまわっているが、その実績となるとあやしいもので、結局何をしているか、実のところよくわからない。そんな彼の唯一といえる売り物が人あたりのよさで、とにかく人見知りをしない。笑顔を作ると、目が糸のように細くなり、好人物にしか見えなくなる。そんな彼にほだされる人は老若男女問わず少なくなかった。懐に入り込む力があるのだ。

が、その人となりを知る機会があればあるほど、人は彼を嫌うようになる。大言壮語するのはまだしも、とにかく金にだらしない。飲み屋で彼にたかられた人、ツケを踏み倒された店は数知れず、かくいうぼくもうっかり雑誌への寄稿を頼んでしまったのを機に、「打ち合わせ」と称して何度もたかられた。

以前からヒモのような生活をしているらしい。お相手は決して明かそうとしないが、「女性の敵だよ。金づるくらいにしか思ってないぞ」そんな風に憤る業界人もおり、とにかく評判は悪かった。

「島村くんが？　いつ？　どこで？」

歌村さんがたずねた。そういえば、どうしてもというから同人誌に参加させたのに、会費を踏み倒された――とぼやいているのを聞いた覚えがある。

「今朝、ナカオギの路上に倒れているのがみつかったらしい」

「ナカオギって、中荻商店街ですか」ぼくは驚いた。荻窪駅から歩いて十分のところにある商店街である。すぐそばでそんなぶっそうな事件が起きていたとは。

「そう、あそこから脇道に入った路地裏が現場でさ。なんでも外傷性のショック死だとか」

「くわしいな、やはりきみがやったのか」伊佐山さんがいった。

「警察がウチにきて、いろいろ訊いてったんだよ。みんな、ほんとに知らないの。まだあまりニュースになってないのかな」

「朝刊には出てなかったけどね」と伊佐山さんがいい、歌村さんも端末をいじりながら「ひょっとしてこれ？　中荻窪の路上に男性の遺体。警察は事件と事故両面で捜査中。これだけだよ、名前も何も出てない」とニュースサイトの記事を読みあげた。

横からのぞきこむと、記事の配信は十六時となっている。ついさっきのことだ。

「あら、そうですか」福来さんはため息をついて伊佐山さんに向き直った。「まあともかく、警察がやってきたんだよ。被害者と金銭トラブルがあったろうって」

「そういや、けっこう貸してたんだっけ」

「けっこうといっても、三十万だよ」

三十万——たしかに、すさまじい額というほどでもない——が、はした金というには大きすぎる額でもある。

「それにこっちは貸した側だよ。そりゃ、さっさと返してほしくはあったけど」

「警察はどうみてるわけ」

「島村くん、最近プロダクションの資金繰りが厳しかったみたいなんだよね。その日の夜に、いきつけのバーでぼやいてたらしい」

聴取にきた刑事から聞いたんだけどね、と肩をすくめて、

「で、ぼやいてるところに、たまたまぼくが電話したもんだから、彼もめずらしくなんというか、キレてね。口喧嘩になった。今、金策してるところだから、ちょっと待ってろとか、どうとか。それを店のマスターが聞いてて、聞き込みにきた警察にご注進に及んだらしい」

まったく、職業倫理ってものはないのかね——とぼやいた。

「なるほど、きみの動機はわかった」長い顎をなでながら伊佐山さんがうなずいた。

「で、アリバイがないというのは」

「警察がね、昨夜の十二時から今朝がたにかけてどこにいたかって訊いてくるのよ。事情聴取のシーンはこれまで何度も書いてきたけど、自分がされるのははじめてだったな。あれは、あまり気分がよくないね」

「あたりまえだ」

歌村さんも口を開いた。「まっとうな大人なら、家で寝てる時間帯だけど——福ちゃんのことだから、またどうせ飲み歩いてたんでしょ」

はい、と福来さんはいった。

「でも、それならむしろアリバイができるんじゃないか」

伊佐山さんが首をかしげた。「店の人に証言してもらえば済むことだろ」

「そうなんだけど」福来さんは情けない顔をした。

「ひとつ問題があってさ。お店がどこだかわからないんだ」

「どこだかわからない？」

一同はおうむ返しに問い、顔を見合わせた。「どうしてわからないの」

「つまりさ、酔いすぎてたんで、どこの店に行ったか覚えてないの。三軒目に行ったのは確かだけど、それがどこだったか記憶から飛んじゃってるわけ」

伊佐山さんはなーるほどね、といい、歌村さんは声にこそ出さないが、あきれた、とつぶやいたのが唇の動きでわかった。

「どこでそんなに飲んだんだ」伊佐山さんは腕を組んだ。「新宿か、池袋か」

「中荻」

「待て待て、つまり現場の付近で飲んでたってわけか」そりゃ警察だって怪しむよ、と伊佐山さんは首をふった。「整理しよう。そもそもなんでそこまで飲んだの」

「締切ラッシュでさ、疲れてたんだよ。きょうが一日だから——ついたちのことだね。やっと原稿のめどがついたんで久々に居酒屋に行ったわけ。ほらあそこ、〈銘酒一軒目亭〉にさ」

ああ、あそこね、と歌村さんがいうが、下戸《げこ》の伊佐山さんは首をひねる。

「少しうちから遠いんだけど、ちょっと渋めのさっぱりしたお店でさ、ほどほどに空《す》いてて、居心地がいい。あれこれつまむうちに、どんどんと」

福来さんはその味を思い出すような顔をした。「一杯きりのつもりだったけど、店を出たら物足りなくって、路地裏に新規開拓に行ったんだ。そしたら〈ビア蔵〉っていうちょっと渋めのビアバーがあってね。ほどほどに空いてて気持ちがよくて」

「それから」「どうなったの」伊佐山さんと歌村さんが口々にうながした。

「そこで、編集の横田《よこた》くんと会ったんだ。彼もいける口じゃない」

お猪口《ちょこ》をもつような手つきをしながら、文芸編集者として名の知れた先達《せんだつ》の名をあげた。

「そこはすぐ閉店時間になっちゃったんだけどね。二人ともべろべろで『もう一軒いこう！』って。だいぶ足元にきてたけど、ぼくら判断力もなくなってて」

肩をすくめていった。

「正直、このへんからもうあまり記憶がないんだけど」

三軒目を求めて歩きだしたけれど、難航した――福来さんは慨嘆《がいたん》した。

「金曜の夜だったからね、二人ならどうとでもなると思ったけど、あいにくどこもいっぱいで」

「チェーン店なら空いてません？」

「二人とも、チェーン店の気分じゃなかったんだよね」

「気分ではありませんでしたか」

「そのうちに本格的に酔いはじめて」

福来さんは嘆息した。「目が焦点を結ばなくなってね。視界が回るんだよ」

詠嘆調でいう。「天を仰《あお》げば、星がプラネタリウムみたいに軌跡を描いてた。あれはきれいだったな」

「先生、その表現、小説に書いてもボツにしますよ」

我ながら職業意識の高すぎるあまり、ついつい表現にダメ出しをしてしまう。

「で?」

酒場を求め、駅の南口からふわふわと歩いてゆくうちに、さらに町の奥に迷い込んでいった——と福来さんは語った。

「あちこち路地を覗いて、やってそうなお店を探して。で、たしか、ぼくがどこかの店を思い出して、提案したんだと思う。『そこ、よさそう』って横田くんもいってくれて」

福来さんは頭を抱えた。

「どうしました」

「ここからもう、けし粒くらいの記憶しかないんだ。思い出すのもしんどくて」

「アリバイがかかってるんだろ。がんばれ」伊佐山さんがいう。

励ましをうけ、つっかえつっかえ福来さんは語った。

「どちらだったか覚えてないけど、とにかくどっちかが引き戸を開けた。ガラガラって。だからバーじゃないな。そしたら『お久しぶり』って店主にいわれた——と思う。店主の顔も思い出せないけどさ」

「店名も思い出せないのね。どんな感じのところだった？」

歌村さんの問いに、

「雰囲気のいい店だったとは思うんですけど。横田くんも『いい店ですね』っていってた気がするし」

やはり福来さんはあいまいな答えを返した。

「でも、入店したときにはもう目が回ってて。看板とか内装までみる余裕はなかった。あんまり特徴のない、普通の店で。そうね、ちょっと渋い感じのさっぱりした店だったかな。ほどほどに空いてて居心地がいい」

「福さん、さっきから店の表現がぜんぶ同じだよ。文筆家としてどうかと思う」伊佐山さんが指摘した。「で、それから」

雀の声で目を覚ますと、自宅の玄関に倒れていた。そう福来さんは語った。

「ひどい二日酔いでさ。どこを歩いたんだか、シャツにはかぎ裂きがあるし、葉っぱはあちこちくっついてるしで。でもまあ、財布と携帯電話は無事だったし、そこはよかった点かな。記憶以外は、なくしてなかった」

この場合に限っていえば、いちばん肝心のものをなくしてしまったわけだ。

「なんだ、悩む必要はないじゃないか」そこまで聞いて、伊佐山さんはあほか、といわんばかりの表情をした。「編集者と一緒だったなら、その人に証言してもらえばいい」

「もちろん、電話した。でも横田くんはもっとひどくて、ぼくに会ったのも覚えてなかった」

「出版業界はダメ人間の集まりか？」伊佐山さんが天を仰ぎ、横のテーブルにいた人々が、ぷっと噴き出した。

ちらほらと見知った顔があった。町内の飲食店や酒場の人々で、町を歩いているとときどきすれちがう面々だ（いい忘れたが、ぼくはこの町に住んでいる）。どちらかというと故人を悼むというより、不謹慎ではあるが、興味の方が勝るというか、そんな顔つきをしている。はたして「福来センセ」と横のテーブルから一人の男が声をかけてきた。

「あんなやつをぶん殴ったくらいで、人生棒にふってもつまらないよ。みんなぶん殴ってやりたいと思ってたんだから。なんなら昨日、ウチにきてたことにしちゃえば？」

みれば、近くにあるバー〈雫《しずく》〉の店長である。

「昨日はずっとガラガラでカレンちゃん以外にだーれもいなかったから、おれたちが黙ってればバレないって」同じテーブルの若い女性——店員のカレンちゃんである——が青い顔で店長、店長と袖を引くのにもかまわず放言すると、「うん、そうなさい」とカウンターで新聞を読んでいた老紳士がふりかえって賛同する。故人の顔の広さと人徳とがしのばれた。

福来さんは一瞬、その申し出にとびつきそうな顔をしたが、さすがに理性が勝ったのか、「や、そういうわけには」と首を横にふった。

「なるほど、警察もそりゃあやしいと思うよな」伊佐山さんはいった。「でもまあ、三軒目に行ったのが確かなら、そんなに慌てる話でもないだろ。何百軒も店があるわけじゃなし。一軒一軒訊いていけばすぐみつかる」

「話はここからが本番なんだ」福来さんは悲痛な顔をした。「ぼくもそう思ってね、そうしたんだよ。ついさっきまで、町じゅう駆けずり回って訊いてきたんだ。でも、ないんだ。どこにも店がないんだよ。どこへいっても、昨日はきてないっていうんだよ」

面妖な話になってきた。伊佐山さんが首をひねった。

「きてないって、どこかの店に行ったのはたしかなんだろ」

「たぶん」自信がもてないのか、いささかあやふやな顔はしていたが、福来さんはうなずいた。「だからぼくも、一店一店あたっていけばいいと思ったよ」

中荻一帯は町の規模としてはさほどでもないから、そういうこともできる。

「心当たりのある店から調べていったんだけど」

こんな感じだったそうだ――。

「いらっしゃい。え、昨日ウチにきたかって？　二人で？　いや、きてないけど。そんな、アリバイがかかってるっていわれても」

まず訪れた〈和酒金星〉の店主はそういって来訪を否定した。続いて二軒目の〈マローンの酒場〉でも、

「え、きてないけど」

三軒目の〈酔っとい亭〉も、「昨日ですか？　ちょっと待って――店長、昨日の夜、男性のお二人さまってきましたっけ」「昨日？　きてないぞ」

四軒目の〈とりのけむり〉でも、「えー、きてないわよう」

ひたすらこの調子だった。「十軒目くらいで不吉な予感がしたよ」

中荻で飲んだのは間違いない。どこかにあるはずだ。

それなのに。

「結果はぜんぶ、空ぶり。二十軒近く回ったぜ。グルメサイトでも検索して、知らな

い店もつぶしてさ。でも、全滅だった」

最後の一軒で否定されたときは、目の前がまっくらになったよ、とつぶやいた。

「あの店はどこにいってしまったんだ」

「井伏鱒二が『荻窪風土記《ふどき》』で書いてるけど、荻窪も元は獣が出るような辺境だったっていうし」歌村さんがもっともらしくうなずいていった。「福ちゃん、たぬきに化かされたんじゃないの」

「今は、あやかしっていう方がはやりかな」伊佐山さんが応じた。

「それはウチで書いてほしいです」ぼくも応じた。「先生はまだ、あやかしものを書いてないですし」

「のんきなことをいってちゃ困る」福来さんは憤慨した。「まじめに考えてくれ」

「いやいやまじめだよ。それがほんとなら、たしかにたいへんだし、不思議だけど」

伊佐山さんは評論家の顔つきになり、

「ミステリでいうなら、まるで『幻の女』だね」と、推理小説の古典をあげた。「それよりスケールが大きいかな。探しても探しても、あの夜に訪れたはずの店がみつからない。なかなかムードがあるね」

「あっちは一緒にいたはずの女性がみつからないってお話だもんね」

歌村さんも応じた。

「そうそう。そういえば福ちゃんだって、そのテーマで一本書いてたじゃないか。あんまりできはよくなかったけど」

「いまいちだったね」

「だから、のんきに小説トークをされちゃ困るってば」福来さんはいった。「他人事《ひとごと》だと思って」

「しかし、他人事だしなあ」

伊佐山さんのことばに、福来さんは世界から見放されたかのような顔をした。

「冗談だよ――そんな顔しなさんなって」伊佐山さんはいう。「まずは大前提として、ほんとにもれなくぜんぶの店を回ったの？　二日酔いの頭でだろ、見落としがあるんじゃないか」

「ぜんぶ行ったよ。たいへんだったんだぞ」

言い争いをはじめそうな二人のもとにすっと影が差した。

「中荻で、夜おそくまでやっている店の地図です。お役に立ちますでしょうか」

素朴な線で描かれた、商店街を中心にした地図を、茶畑さんが差し出してきた（【図1】）。どうしてそんなものをもっているのか！

「お役に立ちますとも」歌村さんが喜んだ。「さすがあ。じゃあ、これをベースに、福さんの回った店をチェックしていこう」

「やります」ぼくは係をかって出た。

福来さんが列挙する店名をどんどんチェックしていく。

〈和酒金星〉

〈マローンの酒場〉

〈酔っとい亭〉

〈とりのけむり〉

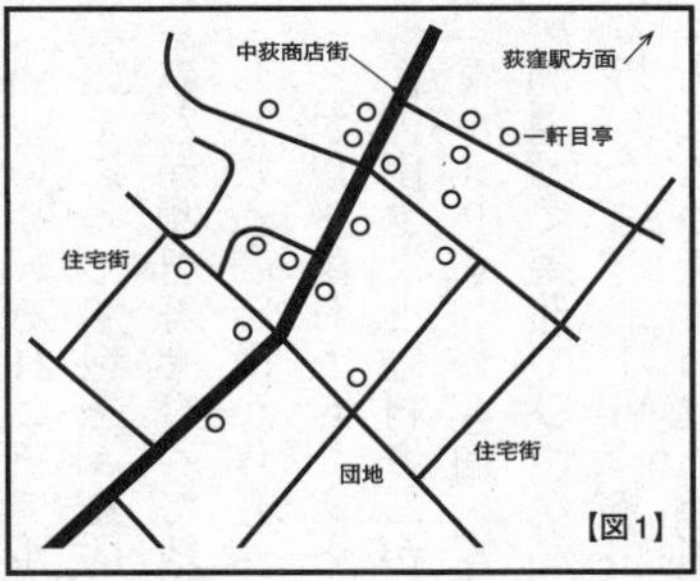

【図1】

〈鶏天国〉

〈大繁盛〉

〈けもの屋〉

〈酒楽亭本舗〉

などなど。

この町の居酒屋――これらのほかに、ぼくらに見えないでいる店があるのか。さもなくば、一夜にして消えてしまった店が。

夜空を飛んでいずこともなく去ってゆく居酒屋の姿が脳裏に浮かぶ。

いやいや、それこそアルコール依存症患者の妄想だ。

頭をふって空想をふりはらうぼくを、福来さんが不思議そうにみた。

みなが額《ひたい》を寄せ合って地図をのぞきこむ。

「おおむね商店街から五、六百メートル圏内ってとこか」

「それ以上離れたら、あとは住宅街か団地だもんね」

伊佐山さんと歌村さんが分析する。

「グルメサイトでも調べたから、漏れはないと思う」福来さんはいった。「中荻窪と居酒屋って条件でひっかかってくるところをチェックしてね、そこから閉店の早い店を除いたら、二十軒くらいになる」

「ところで探すのはこの辺に限定していいのか」伊佐山さんがいった。「店がみつからないから駅前に戻ったってことは」

「それはないと思う。駅まで歩いたらしらふでも十分はかかる。あれだけ足にきてたら倍は時間がかかったろうし、そしたらさすがに覚えてるはず」

「そもそもこの町に限っていいの？」歌村さんも疑義を呈した。「車でよその町にいった可能性もあるんじゃない」

「いえ、それもないです。Suicaの残金も減ってないし、タクシーのレシートもなかったから」

ぼくは口を挟んだ。

「気を悪くしないでほしいんですけど、三軒目にいったのは確かなんですね。その、記憶を捏造したりしてないですよね」

そこが崩れると考えるどころではなくなってしまう。

「正直、百パーセントいいきる自信はないけど。でも幻じゃないと思う」福来さんはいった。「夢にしてははっきりしすぎてるし」

「するとやはり、居酒屋が一夜で町から消えたことになるけれど」

「夜逃げかな」

歌村さんが応じるが、伊佐山さんは首をひねった。

「一晩で跡形もなく消えた？」

「無理かしらね」

「どうでしょう。福さん、町を歩いてて、そういう風な跡地はあった？」

福来さんは首を横にふった。

「ふむ。安楽椅子探偵をするにも、もうちょっと手がかりがほしいな」伊佐山さんが長い顎に手を添えた。「店の印象でも、誰かの発言でもいい。なにかないか」

「そういわれても」

手詰まりになった。

「やっぱり、ウチにきてたことにしちゃえば？」

ふたたび横のテーブルから提案がもたらされた。

福来さんはさっきよりも強くその申し出に引かれている風だったが、歯を食いしばって首を横にふった。

それが潮になった。興味津々こちらのやりとりに耳を傾けていた隣席の方々も、これ以上の進展はないとみてか、あるいは開店準備に追われてか、三々五々「お勘定」と口にし店をあとにしていった。

「またのお越しを、心からお待ちしております」

茶畑さんが深々と頭を下げ、最後の客を見送ると、とうとうぼくらだけになった。

「アプローチを変えてみよう」伊佐山さんがいった。「店が一夜で消えてなくなるはずないんだから、可能性は二つしかない。一つは福さんが犯人で、その場しのぎの嘘をついている」

「ついてないよっ」

「となると可能性は一つだ。店の誰かが嘘をついている」

福来さんはぎょっとした表情になった。「たしかに、理屈ではそうなるけど、なんで？」

「それはこれから考える」

伊佐山さんはポットからお茶を注いでいった。

ぼくは地図を見返した。〈ビア蔵〉以降に訪れたところ——これらのどこかに嘘つきがいる？

「嘘つき云々はともかくとして、夜逃げじゃなければさ」歌村さんが自説に執着をみせつついった。「地図やネットに載せてない店じゃない。会員制の文壇バーとか」

「荻窪に文壇バーはないんじゃ」ぼくは首をひねる。

「だったら、もっといかがわしい方面の」

「いかがわしいって？」

「それはもう、政治家とか高級官僚とかが相手の、ユーザーって知られるだけで社会生命が終わるような趣向の」

「ぼくはそんな店、行きません。だいたい、ぼくがどうしてそんな店を知ってるの。知らなかったら行きようがないでしょ」

にべもなく否定され、歌村さんはむっとしたようにお茶を飲んだが、すぐに顔を輝かせると新説をもちだした。

「あのさ、お酒が飲めるのは、なにも居酒屋に限ったことじゃないよね。そこらの定食屋とか、中華の店だって酒は出すでしょ。そういう店を、たまたま福ちゃんが居酒屋だと誤解していたとか」

自信満々に述べたが、福来さんはぴんとこないようだった。

「ぼくが誤解していたのなら、その店がほんとは居酒屋じゃなかったかどうかにかかわらず、もうその店に行って訊ねてるはずだよ」

そうか。この説もだめか。

伊佐山さんも手詰まりのようで、疲れた顔になっている。

「頼むよみんな、このまま身の証《あかし》を立てられないまま過ごすのなんて、いやだよ」

福来さんが情けない顔で皆にすがった。

よくよく思えば不運な人だ。島村さんにいらつかされていたのは福来さんだけじゃない。それこそ町のいろんな店で、いろんな界隈《かいわい》で、嫌われていたのにまてよ。

大事な点を見落としていた。

なんでこんなことを見過ごしていたんだ――。

伊佐山さんは正しかった。嘘をついている店があったのだ。

「先生、ちょっと思ったことがあるんですが」

福来さんはこちらを向いた。

「お話だと、島村さんはいきつけの店で先生の電話を受けたそうですね」

「うん」

「それは中荻の店ですかね」

「たぶんね」福来さんはうなずいた。「ウチにきた刑事たちも、中荻で聞き込みをしてたらぼくにたどりついたって口ぶりだったし」

「だとしたらですよ、その店というのも」ぼくは地図を指さした。「先生が回った店舗の中にあるんじゃないですか」

福来さんはあいまいにうなずいた。「うん、たしかに言われてみればその通りだけど。すると――どうなる？」

「だとすると、そこの店主が事件を話題に出さなかったのは変です」みなの反応を待たずに続ける。「先生が必死な顔で、昨晩自分が来店しなかったかと尋ねてきたら、ふつうは事件絡みの話と察しがつきそうなものです。なのに反応しなかったのは、何かうしろめたいことがあったからじゃないでしょうか」

「うしろめたいことって、なにさ」

「だいぶ想像交じりになりますが――島村さんは金策に回るといってたんですよね」

「あの島村くんに、お金を貸すひとねえ」

「彼が情報通だったのは確かですし、何よりゴシップの当事者でもありました。捨て身になれば、それもまた交渉の手段になる」

福来さんはぎょっとしたようにいった。「まさか、脅迫まがいのことに及んだ?」

「かもしれない」さらに推論を続けてゆく。

「ここで推理は飛躍しますが、そこの店主が脅迫のターゲットだったとしたら。そして偶然にも、先生が三軒目にそこを訪れたとしたら」

みな啞然《あぜん》としている。ぼくは続けた。

「時系列をまとめると、こんなことがあったんじゃないかと思います。島村さんは先生の電話を受けたあと、あとで戻ってくるから、それまでに現金を用意しておくよう店主に言い置いて、ほかの当てのところに出かけます。そのあと、先生たちがやってきた」

「すごい偶然だな」伊佐山さんがいった。

「たしかに。でも、その偶然があったからこそ事件は起きた。しばらくして、宣言通りに島村さんは戻ってきた。ところが店には先生がいる。気まずいし、せっかくプロダクションの資金繰りに集めてきた金を取り立てられてはかなわない。そこで路地裏から店主の携帯に電話してわけを話し、裏からこっそり出てくるように命じます。仮に店を一人で切り盛りしていたとしても、客の少ない深夜ならそこまで難しくはない。まして先生たちは泥酔してたわけですし。言われるままに店主は裏からそっと出て島村さんに会いましたが、そこで何かのはずみでけんかになって、結果――島村さんを殺害してしまう」

一同は息をのんだ。

「店主は悩んだと思います。遺体を店の裏に放置しておくのは論外だけど、いつまでも店を空けておくわけにもゆかない。まあ、なるべく人目につかない場所まで引きずってゆくくらいが精々だったでしょう。それから急いで店に戻って、何食わぬ顔でお二人の相手を続けた。生きた心地がしなかったでしょうね。お二人も泥酔してなければ、気づいたんじゃないかな」

福来さんは複雑な表情をしている。

「夜が明けて、ようやく先生たちは帰ってゆき、遺体も発見され、事件は公になった。夜のうちにお二人が帰っていれば、遺体をもっと離れた場所に遺棄しにゆくなりできたでしょうけど。夜が明けてからでは通行人にみとがめられるリスクがはねあがりますからね。その危険はおかせなかったのでしょう」

あと少し――ぼくは紅茶をあおって続けた。

「そこへ、記憶をなくした先生がもう一度訪ねてきたときはチャンスと思ったでしょうね。島村さんと喧嘩していた人間が、自身のアリバイ証明のためにきている。来店を否定すれば、先生にはアリバイがなくなる。

このチャンスを逃す手はない。当然店主、いや、犯人は先生の来店を否定しました。

――こうして先生の訪問した店は消え失せたというわけです」

なかなか説得力をもって響いたらしい。なるほど、と伊佐山さんがうなずいた。

「それなら合理的な説明がつくね」

福来さんが挙手した。

「希望のもてる説が出たのはうれしいけど、結局、ぼくの無実を証明するためにはどうすればいいの」

「警察にいまの話をしてはどうでしょう。

犯人の店は、遺体のあった場所の近くにあるでしょうし、警察の捜査力なら、きっと真相に――」

福来さんがうなずきかけたところへ、

「恐縮ですが、少しよろしいですか？」と声がかかった。茶畑さんが立っていた。

「ありがとう、お茶はもういいよ」福来さんはいった。

「恐れいります。でも、お茶の件ではございません」

茶畑さんは首を横にふった。

「みなさまのお考え、失礼ながらうかがわせていただきました」

「ああ、大声でしゃべっててすみません」

「いえ、感服しました。――ただ、気になるところもございます」

聞き捨てならぬことをいい出した。

「気になる、とは」

「犯人の店に福来さまたちが訪れたとのくだりです。偶然にもとおっしゃいましたが、正直申し上げてかなり低い確率であるのでは」

「う――それはたしかに。でも、ゼロじゃないでしょう」

「承知しております。しかし福来さまがいつ記憶を取り戻すかもわからないのに嘘をつくというのは、あまり理にかなった行為ではないように思います。まして福来さまにはお連れの方もいらっしゃったわけで。その方も記憶をなくしていると察したのかもしれませんが、思い出す危険は二倍あるわけですから」

「う――」

「福来さまがお店を探し回られた際、事件の話が出なかったのはおかしいというのは一理ありますが、単純に気まずかったからとも考えられます。そもそもその店は、お客様にとって不利になる情報を警察へ告げ口してしまっていたわけですから」

茶畑さんは続ける。

「それに夏川さまのおっしゃる方が犯人なら、福来さまの来訪はかえって否定しないほうが得策ではないでしょうか。店を抜け出たことに気づかれていないのなら、いざというときのアリバイ証人になってくれるわけですから。万一警察に疑われた際に、『その時間はずっと彼の店で飲んでましたよ』といってくれる証人に」

「とっさのことで、つい深く考えずにいってしまったのかも」

「そういうこともあるでしょう。——ただ、そのような偶然の要素を組み込まなくても、もっとシンプルな答えが出せると思います」

「というと」

「そうですね。まだ根拠が少ないので——」

茶畑さんは少し考えていたが、やがて福来さんへ向きなおると、

「ひとつ気になったのですが。三軒目で『お久しぶり』といわれたのですね」

「うん、ぼくをみてね、笑って『お久しぶり』って」

「そこから店を絞り込んでゆけないでしょうか」茶畑さんはいった。「その言葉からすると、少なくとも一度は行かれたことのある店なわけですから」

「なるほど、理屈だね」

「きょう、初めて行った店に×をつけてください」

福来さんは従い、すると地図の○印が半分になった（【図2】）。

「続けてよろしいですか？　久しぶりの来店だったなら、いきつけの店ではないでしょう。それでいて福来さまのことは覚えられているわけで」

「何回かは行ったことがある店ってことか」

「先生、該当しない店に、×印を」
○印が半分になり、残り四軒となった（【図3】）。
「最近は足が遠のいていた。でも、店の人が笑っていたなら、そこでもめごとを起こしたからでもありませんね。そういう店も消してください」

「ぼく、もめごとなんて起こさないけどなあ」といいつつも福来さんは、「そういや、ここは携帯電話を使って怒られたな。ああ、ここはゲラの直しをしていたら嫌がられたっけ」

などとつぶやきながら次々と店を消していった。

はたして結果が出た。

「ぜんぶ消えちゃったじゃないか」（【図4】）

茶畑さんは静かに首を横にふった。「これでよいのです。最後の店がまだ残っています」

「残ってないじゃない」

「いえ、こちらにあります」

そういうと茶畑さんは、〈銘酒　一軒目亭〉を指さした。

「店長、待ってよ、ここって最初の店じゃないか！」

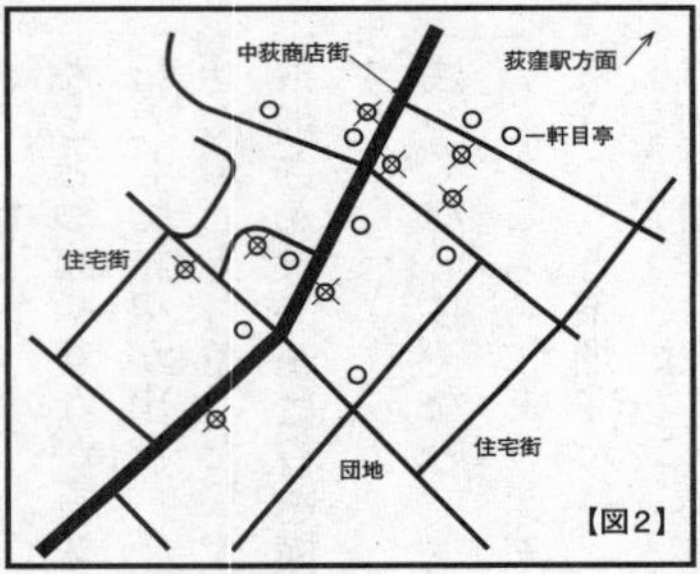

【図2】

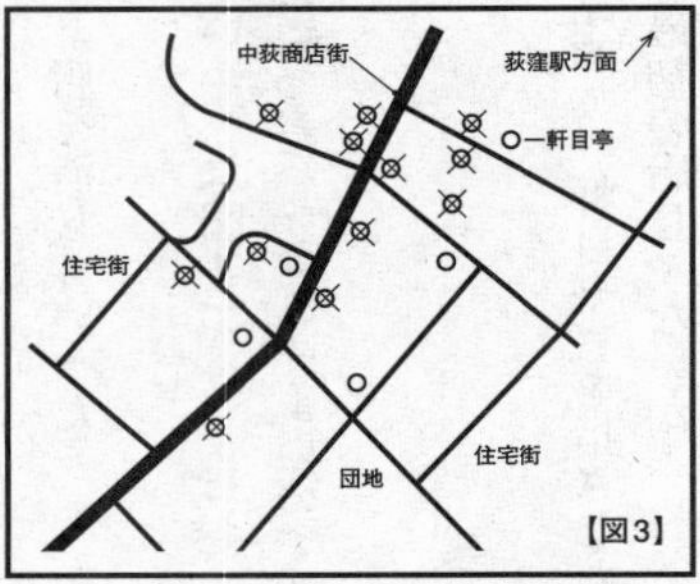

【図3】

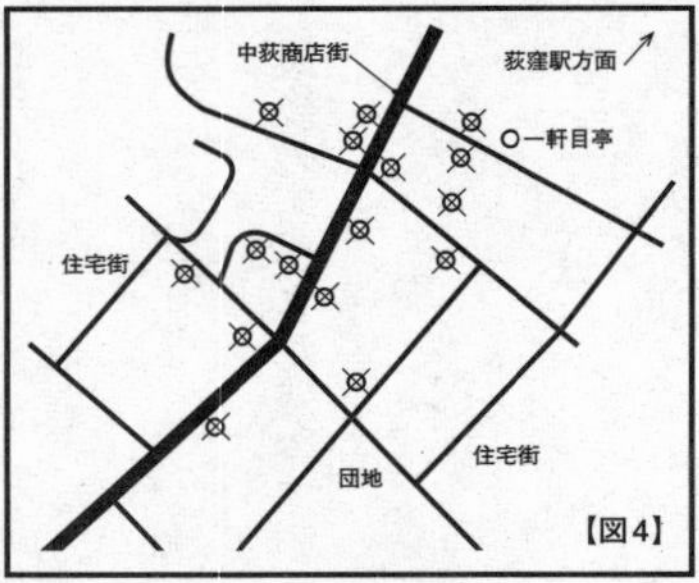

【図4】

「はい。だから盲点に入っていたのです。でも、素直に考えるならここしかないのです」

茶畑さんはいった。

「じゃあ、ぼくが『お久しぶり』っていわれたの、あれはなんだっていうの」

福来さんの問いに茶畑さんは答えた。

「お久しぶりではなかったからでしょう」

みな、とっさに意味がつかめず、きょとんとした顔をしている。

「世間には、ちょっとひねった冗談をいう人がいます。遅刻した人に、社長、お早いおつきでというような、そういう冗談ですね」

ぼくらの視線は伊佐山さんに集まった。ついさっき、福来さんにそういう冗談を向けていたのを聞いたばかりだ。

「なるほど」と伊佐山さんが咳払いをした。「それで？」

「笑って『お久しぶり』といったのも、そういうニュアンスの言葉だったんじゃないでしょうか。あまりにもすぐに再訪されたので、つい冗談が口をついて出た」

「じゃあぼくは一晩で、おんなじ店に二度行ったたっていうの」

福来さんはぽかんとした顔でいった。

「そんなあほみたいなことをしたのか」

「たしかに普通はあまりしないことです。でも、別にそれがいけないというきまりはない。他に入れる店がないなら至って合理的な選択です」

これまたぽかんとしている伊佐山さんに、歌村さんが茶目っ気交じりにいった。

「コージーミステリと同じ、帰るべきところ、原点回帰ってやつだね」

それでもまだ納得できない風でいる福来さんに対し、茶畑さんは諭すようにいった。

「お店の表現を聞いた時点で気づくべきでした」

ふたたびぼくらはきょとんとする。

「先生は一軒目と三軒目を同じことばで表現していたでしょう。ちょっと渋い感じのさっぱりした店だったと。同じで当然です。同じ店なのですから」

「あっ」

一同が唱和し、「表現が同じだっていうのは、ぼくも気づいてたのに」と伊佐山さんが悔しそうに歯嚙みした。

「じゃあ、〈一軒目亭〉に聞けば」

「おそらくはアリバイを証言してもらえるものかと」店長は手回しよくタウンページを差し出した。「電話番号はこちらです」

あわただしく携帯端末を操作する福来さんを、ぼくらはかたずをのんで見守った。

はたして——。

「あのう、いつもお世話になってる福来と申しますが、昨日」

『ああ福さん』大きな声が漏れ聞こえてきた。『昨日はたいへんだったんすよ、あんたたち二人とも寝ちゃうから。こっちは帰るに帰れないし』

「帰るに帰れませんでしたか！　それって何時から何時のあいだでしたかね」

『なんでちょっとうれしそうなんです？　ええと、日付が変わる直前から、始発が動く五時くらいまでですよ。——もしもし、もしもし？』

ありがとうございました、今度お礼にうかがいます、といって福来さんは通話を終えた。「あったよ。お店があった。ぼくたちもいた」

ぼくたちはわっと沸いた。

「おめでとうございます」

「前科もちにならなくてよかったねー」

伊佐山さんは少しくやしそうに「きょうは店長にやられたね。すずしい顔をして、とんだ名探偵だ」といった。そして冗談めかした口調で、

「その調子で犯人もわかってたりして」

冗談のつもりだったのだと思う。ところが――

常に冷静沈着な店長が、わずかに顔をこわばらせた。

「どうしたの。もしかして、犯人にも心当たりがあるの？」

歌村さんの問いに、いえ、あれ以上のことは皆目《かいもく》、と茶畑さんは口を濁《にご》す。

店長は、嘘をつくのはうまくないようだった。

「なにかわかってるなら、いってよ。このままじゃすっきり帰れない」

「そうだ、そうだ」

福来さんと伊佐山さんから口々に責めたてられても逡巡していたが、

「教えないと、怒るよ」

歌村さんにもいわれると、観念したようにため息をついて、「話半分に願います」と前おきして話しはじめた。

「どうにも気になるのです。先ほど厨房で耳に挟んでしまいました。どなたかが『ぶん殴ったくらいで』とおっしゃっていたのを。なぜ殴ったとご存じなのでしょう。ニュースにはそこまで報じられていませんのに。単に思い込みでしゃべっただけならよいのですが」

「あっ」ぼくらは息をのんだ。

たしかに聞いた。横のテーブルにいた、〈雫〉の店長がその言葉を発するのを。

あの人が!?

「しきりに福来さまをご自身の店にきたことにすればいいと誘っていましたね。その夜、お客がまったくなかったとも。あれは先生のアリバイを作ってあげるようにみせて、その実、自分のアリバイを作ろうとしていたのではないでしょうか」

ぼくたちは絶句した。

「もちろん、これは想像にすぎません」茶畑さんは言い訳するようにいった。「くれぐれも鵜呑《うの》みになさらないよう」

なさらないよう、といわれても、その可能性を頭から振り払うのはもはや困難だった。

福来さんがぽつりといった。

「ぼくが島村くんを追いつめなければ、こんな事件も起こらなかったのかな」

「お話をうかがう限り、福来さまがお電話をする前から『金策』をする腹は決まっていたようで」

茶畑さんはなぐさめるようにいった。

「仮に島村さまとお話しされなくても、事態に変わりはなかったのではないでしょうか。それに繰り返しますが、いまのは想像にすぎません。外れていることを、祈っております」


茶畑さんの願いは、半分だけ叶った。

それからひと月し、犯人が逮捕された。バー〈雫〉の店長――ではなく、従業員のカレンさん、本名山田加恋が――。

あの日、店長の袖を引いていた女性だ。

カレンさんは昨年から店に通いはじめた島村といい仲になっていたが、次第に都合のよい金づるとして扱われるようになっていたという。

そして事件当夜、『金策』に来店した島村と口論になり、若干のアルコールを摂取していたこともあって歯止めが効かず――店のボトルで殴打したところ、打ちどころが悪く、死亡してしまった。

〈雫〉の店長はカレンさんをかばうべく、裏口からひと気のない路地裏に島村の遺体を運び出した――というのが事件の全容であった。

一か月後の例会で、茶畑さんはため息をついたものである。

「お酒は身を狂わせるものでございますね」

福来さんは神妙な顔でそれを聞いていた。

あれからしばらく、福来さんの飲み方は、だいぶ肝臓にやさしいものになっているようである。

弔《とむらい》 千手《せんじゅ》

羽生飛鳥

Message From Author

平清盛の異母弟にして裏切り者でもある実在の人物・平頼盛が、自らの一族の生き残りを懸け、混迷の平安時代末期を舞台に様々な謎を解いていく拙作『蝶として死す　平家物語推理抄』所収の一編であり、第15回ミステリーズ！新人賞を戴いた『屍実盛』の続編にあたる短編です。

本作は、『平家物語』と『吾妻鏡』を読んでいて気がついたある歴史的な疑問点を、頼盛に解かせてみたら面白いのではないかという歴史小説的興味に、好きな作家の一人であるヘレン・マクロイ女史の某作品をオマージュしたトリックなどを足して、本格ミステリに仕上げたものです。

歴史小説と本格ミステリの両方をご堪能いただけましたら、幸いです。

羽生飛鳥（はにゅう・あすか）
1982年、神奈川県生まれ。上智大学卒。2018年、『平家物語』の「実盛」を基にした、平頼盛が探偵役を務める「屍実盛」で第15回ミステリーズ！新人賞を受賞。21年、受賞作などを収録した『蝶として死す　平家物語推理抄』でデビュー。17年には『へなちょこ探偵24じ』で、第33回うつのみやこども賞も受賞するなど、児童文学作家としても活躍中（齊藤飛鳥名義）。

「千手前《せんじゅのまえ》はなかなかに物思《ものおもい》のたねとやなりにけん。されば中将南都《なんと》へ渡されて、斬られ給ひぬと聞えしかば、やがて様をかへ、こき墨染《すみぞめ》にやつれはて、信濃国善光寺《しなののくにぜんこうじ》におこなひすまして、彼後世菩提《かのごせぼだい》をとぶらひ、わが身もつひに往生の素懐《そかい》をとげけるとぞきこえし」

——『平家物語　巻第十　千手前』——

元暦《げんりゃく》元年（一一八四年）、四月二十日。

雨夜に沈み物寂しい鎌倉《かまくら》の御所《ごしょ》中に、妙《たえ》なる楽の音《ね》が響き渡ってきた。

御所の一角にある、平重衡《たいらのしげひら》（平清盛《きよもり》の五男）を幽閉した建物からだ。

源氏と平家との争いが激化した二月。一ノ谷《いちのたに》の合戦にて敗北し、源氏方の虜囚とな

った重衡は、都に連行された。次いで、源頼朝《みなもとのよりとも》の要求により、伊豆《いず》で対面したの

ち、この地に囚われの身となっている。

平家の人間で唯一の虜囚となった重衡は、頼朝との対面時に敗将でありながら毅然とした態度を貫いたことが、鎌倉中の評判となっていた。

こうしたいきさつから、御所の護衛番達は、重衡が捕らわれている建物から流れてくるその音を耳にするや、ある情景が脳裏に浮かんだ。

頼朝が、敵ながら天晴《あっぱれ》と、重衡のために慰撫の宴《うたげ》を開いている。

こうした想像を是認するように、美しい女人《にょにん》の歌声が聞こえてきた——千手前だ。

遊女だが、その才覚により、鎌倉の御所で官女として働く彼女が、重衡を慰めるために歌っているのだ。

重衡は、平家一門であるばかりか、南都（奈良）興福寺《こうふくじ》勢力との戦いにて東大寺《とうだいじ》の大仏を焼亡させ、大仏殿に避難していた多くの女子ども老人を死に追いやったので、死罪を免れない。さらには、仏罰により、堕地獄必定《だじごくひつじょう》だ。死後の安楽も、来世の幸いもないだろう。

そのような重衡を慰撫するのは、仏の教えを説いた歌を唄い、神仏の化身とも見做《みな》される遊女をおいて、他に誰がいようか。

まして、千手前は鎌倉にいる遊女達の中で、ひときわ歌舞音曲の芸に優れている。

彼女の美しい歌声や楽の音により、重衡の後生は救われるだろう。

虜囚にこのような配慮をするとは、頼朝は武家の棟梁であるだけに、何と器が大きいことか。

護衛番達は、深い感銘を受ける。

やがて、琵琶の音色と共に、男の歌声も千手前の歌声に重なり合うように聞こえてきた。

彼らは、驚嘆した。

雄々しくも気品に満ちた重衡の歌声だったのだ。

平家一門は、武士でありながら、こんなにも優雅なのか。

武士としての格の違いを痛感させられる一方で、惹かれずにはいられない。

それから、簀子《すのこ》（寝殿造りの建物の外廊下）に佇む頼朝に気づいた。

室内から漏れる灯りに照らし出された頼朝の横顔は、心ここにあらずといった風情《ふぜい》だ。

自分達と同様、千手前と重衡の歌声に聞き惚れているに違いない。

護衛番達は、主君と一体となった心地に酔いしれながら、宴を見守った。

序

同年。青嵐《あおあらし》吹き抜け、新樹光目映《しんじゅこうまばゆ》き夏。

五月晴れの下、一艘の船が紺碧の海をかき分け、船尾に白く長い水脈《みお》を引いて、鎌倉の由比浦《ゆいがうら》（現在の神奈川県鎌倉市由比ヶ浜）に到着した。

照りつける日射しの中、船から下りてきたのは、立烏帽子《たてえぼし》を被り、白粉《おしろい》と鉄漿《おはぐろ》で薄化粧を施した男の貴人であった。

貴人は、百合《ゆり》重ね（表・赤、裏・朽葉《くちば》色）と呼ばれる色の組み合わせの狩衣《かりぎぬ》を着ていた。狩衣は、表の赤は透けた地合いに蝶の平紋が織りだされた顕紋紗《けんもんしゃ》で、裏の朽葉色を背景に無数の赤い蝶が舞い踊る模様となっている。

手にしている扇には、雲母《きら》が引かれて金銀砂子《すなご》を散らした白地に、花と蝶が艶《あで》やかに描かれていた。

「あんな美しい衣、生まれて初めて見るわ」

「あのお方は、佐殿《すけどの》（頼朝の呼称）の許に帝が遣わされた使者であろうか」

「何と華やかな。話に聞く都の貴公子とは、あのようなお方を言うのだろう」

由比浦の近くにいた鎌倉の民は、貴人の登場に一瞬にして心を奪われる。

よく見れば、貴人の髪には白髪が幾筋も交じり、貴公子と呼ぶには薹《とう》が立っている。

しかし、豪奢な服装《みなり》と優雅な立ち姿が、彼らにそれを気づかせなかった。

民が、口々に囁き合う中、輿《こし》がやって来た。輿に付き添っていた武士は、馬から下りると、貴人へ恭《うやうや》しく頭を下げた。

「正二位池前大納言平頼盛卿《しょうにいいけのさきのだいなごんたいらのよりもり》。佐殿の使いとして、ただ今御所よりお迎えに上がりました。どうぞ、輿へお乗り下さい」

「うむ、ご苦労」

貴人――頼盛は、短く答えると、優雅な所作で輿に乗った。

頼盛は、今は亡き平清盛の異母弟にして、平家の分家の一つ、池殿《いけどの》流平家の家長だ。

年は、五十一歳。当世の常識からすれば、老人だ。

しかしながら、自他共に認める童顔のため、鎌倉の民からは貴公子だと誤認されるほど若々しかった。

前年の寿永《じゅえい》二年（一一八三年）、木曾《きそ》義仲《よしなか》の進軍によって平家一門が都落ちした際、これを好機と見た頼盛は、池殿流平家を長きにわたって冷遇してきた一族と袂《たもと》を分かった。

これにより、一時、孤立無援となったが、そんな逆境で挫ける頼盛ではない。平家にとっては敵であり、頼盛にとっては過去に恩を施した相手である、源頼朝を頼り、息子達全員を引き連れて都から脱出した。

この報を受けて迎えに来た頼朝は、彼を歓迎したのち、相模《さがみ》国府（相模国守の館）を提供。以来、頼盛は息子達共々、そこに寓居《かりずまい》している。

今年に入ってから、頼朝の異母弟義経《よしつね》の率いる源氏軍は、一月に宇治川《うじがわ》の戦い、粟津《あわづ》の戦いで木曾義仲軍を討ち滅ぼした後、平家一門との全面対決に突入。

二月の一ノ谷の合戦で、平敦盛《あつもり》や清盛末弟平忠度《ただのり》といった平家の中心人物や、侍《さむらい》大将を務めた有力家人《けにん》らを多数討ち取り、さらには、清盛五男の重衡を捕らえた。

このように、血で血を洗う戦が繰り広げられていたが、頼朝の庇護下にある頼盛とその息子達は、相模国府でのどかな日々を過ごしていた。

そして、今日。頼盛は、頼朝の招きにより、相模国府から鎌倉を訪れたのだった。

頼盛が乗った輿は、頼朝の住まう鎌倉の御所へと向かう。

鎌倉は、谷戸《やと》と呼ばれる谷地《やち》が多く、入り組んだ地形である上、湿地が多い。

そのため、都とは違い、高貴な者達が移動をする時は、車輪が湿地に取られる危険が多い牛車《ぎっしゃ》ではなく、輿が使われる。

頼盛を乗せた輿は由比浦を北上し、民の好奇に満ちた眼差しに晒されながら、白木が眩しい新築の家々が連なる街なかや、緑陰に縁取られた鎌倉鶴岡八幡宮《つるがおかはちまんぐう》の前を通りすぎる。

どこからともなく漂ってくる新しい木材と青葉の香りを、頼盛は輿の中から楽しんだ。

八幡宮を横目に橋を渡ると、御家人達の宿所に囲まれた、屋根ばかりが大きく目立つ鎌倉の御所が現れた。

御家人達の宿所は、地方に暮らす大抵の武士の家と同様、周囲に板塀をめぐらせているが、鎌倉の御所は都の貴族の邸宅に倣って築地塀《ついじ》をめぐらせ、威容を誇っている。

頼盛が輿に乗ったまま門をくぐると、御所の中はまだ、問注所《もんちゅうじょ》や公文所《くもんじょ》等の政務機関を増築中で、指揮をする武士達や人足《にんそく》達が行き交い、大いににぎわっていた。

こうした活気は、ここ数年飢饉にあえぎ苦しむ都では見られなかった。

頼盛は、輿の中から武士や人足達を眺め、微笑を浮かべる。

だが、彼らは、輿に乗った頼盛に気づくと、仕事の手を止めて、先程の民に負けず劣らず好奇に満ちた眼差しを向けてきた。喧騒は途絶え、無遠慮な眼差しだけとなり、頼盛は興醒めした。

やがて、輿は御所の寝殿の西にある、西侍《にしのさむらい》と呼ばれる建物の前に止まった。

西侍は、柱間《はしらま》数が十八にも及ぶ長大な建物だ。相模国府から頼盛が鎌倉へ訪れる時は、常にここで歓迎の宴が開かれる。頼盛にとって、鎌倉で数少ない馴染み深い場所だ。

頼盛が輿から簀子に下り立つと、小綺麗な格好をした数人の官女達が現れた。

官女達は、南面の見晴らしのよい広廂《ひろびさし》（寝殿造りの母屋の周囲に増設された空間である廂と簀子の間に設けられた、外に突き出た吹き放ちの空間。饗宴や管絃の場に使われた）にて待ち構える、鎌倉の主人《あるじ》にして源氏の棟梁である頼朝の許へと案内を始める。

広廂へ向かいながら、頼盛はいつ大姫《おおひめ》が愛らしい顔を見せに来るか、心待ちにしていた。

大姫は、頼朝の長女で、今年で六歳になる。

相模国府へ移る前、頼盛がまだ鎌倉の御所に逗留《とうりゅう》していた時に知り合った。

平生、大姫は小御所《こごしょ》と呼ばれる、鎌倉の御所に渡殿《わたどの》（屋根つきの渡り廊下）で繋がった建物に暮らしている。

しかし、大姫は、都の高貴な姫君達とは異なっていた。部屋でおとなしく過ごすのではなく、自由闊達《かったつ》に御所中を歩き回っては、会う者すべてに愛嬌を振りまき、心を和ませる、よい意味で型破りな姫君だった。

そんな大姫が、ある時、頼盛の滞在している部屋に現れた。

突然の訪問に面食らう頼盛へ、大姫は開口一番に「兜《かぶと》に鉄の熊手が刺さったまま、馬に乗って戦場を駆け抜けたのって本当なの」と無邪気に訊ねてきた。

後で知った話だが、今年十二歳になる頼盛の嫡男光盛《ちゃくなんみつもり》と、大姫の婿という形で人質としている木曾義仲の嫡男義高《よしたか》が、鎌倉逗留中に親しくなっていた。

二人は同い年であり、義仲の家人と光盛が同名であること、さらには共に鎌倉ではよそ者同士であったことが、親しくなったきっかけのようだ。この二人に、義高に仕えるために信濃国《しなののくに》から従って来た近習《きんじゅう》（側近）の同い年の少年が加わり、それぞれの父親自慢をした。その際、光盛は、頼盛が平治《へいじ》の乱にて、からくも難を逃れることができたとの武勇伝を披露した。

それを、義高が相当面白おかしく妻の大姫に伝えたらしい。

その話で、頼盛に興味を抱いた大姫は、直接確かめに来たのだった。

大姫はとても人懐こく、気がつけば頼盛は、彼女を膝の上に乗せ、せがまれるままにその武勇伝を話していた。大姫は、お返しとばかりに夫の話をした。

政略結婚ではあるが、大姫が幼いながらも義高を真剣に慕っていることが、彼女の眼差しや口ぶりで手に取るようにわかり、微笑ましかった。

こうして打ち解け、大姫が帰る頃には「熊手兜《くまでかぶと》の小父《おじ》様」と、この上なく滑稽な綽《あだ》名《な》を頼盛はつけられてしまった。だが、悪い気はしなかった。

以来、これが縁となり、頼盛が鎌倉を訪れるたびに、大姫は頼盛の許に遊びに来ては、何度も武勇伝をせがむようになった。

都から脱出する際、頼盛は息子達全員を引き連れて来た。しかし、戦乱と飢饉の中を女が旅する危険を考慮し、一族の妻女等を、頼盛が後見している八条《はちじょう》院暲子《いんしょうし》内親王に託し、すべて都に残してきた。その後も依然として政局も治安も不安定であるため、頼盛は都へ帰れず、彼女らに会えない孤独を抱えていた。そんな中、幼い頃の娘達や頑是ない年頃の孫娘達と面影が重なる大姫は、おおいに慰めとなっていたのだ。また、会いに来てくれないだろうか。

頼盛が、いつ大姫が顔を出すかと心待ちにするうちに、広廂に着いてしまった。物足りなさを覚えて広廂に入ると、大姫の父親が出迎えた。

頼朝は、頼盛よりも十四歳年下で、三十七歳。四年前に以仁《もちひと》王から、政治を我が物にしている平家を追討せよとの令旨《りょうじ》を受けて、平家打倒の挙兵をした。

その初戦である石橋山《いしばしやま》の合戦にて、嵐の中夜襲をかけられて敗戦するも挽回し、ついには東国《とうごく》武士達をまとめ上げ、平家打倒の最大勢力に成長。今では、朝廷から武家の棟梁として、東国の支配権を認められるほどの実力者に昇りつめていた。

東国武士達からは、武士の情けを知る高潔な人物として、尊敬の念を集めている。

背が低くて顔が大きいので、均整に欠ける立ち姿であるものの、色白で優美な立ち居振る舞いがすべてを補っていた。

今日は、侍烏帽子《えぼし》を被り、源氏のしるしである笹竜胆《ささりんどう》の紋様が入った薄紫の水干《すいかん》を着ている。

この衣は、都から鎌倉へ落ち延びてきた頼朝の妹婿からの贈り物で、東国ではめったに見られない繊細な色合いで染められ、頼朝へ優美さと共に威厳を与えていた。

「池殿、ようこそおいでになられました。さあ、どうぞ。こちらへ腰をお下ろし下さい。夜の宴の前に、まずは二人だけで気楽に一献《いっこん》いかがですか。船旅でお疲れでしょう」

武士達には権高《けんだか》な頼朝だが、頼盛の前では常に腰が低い。

これは、頼盛が命の恩人であるのはもちろん、頼盛の位階が正二位で、頼朝どころか、鎌倉にいる誰よりも高位であることも大きい。

さらには頼盛が、都が大飢饉に襲われている実状を伝えて食糧を届けるように助言したことや、後白河院《ごしらかわいん》や右大臣九条兼実《くじょうかねざね》との橋渡しを務めること等の援助を頼朝にしていることにもよる。

それにより、頼朝は従兄弟《いとこ》の木曾義仲のように、都に大軍で乗りこみ、飢饉に拍車を掛けて人心を失う過ちを犯すことも、政治的にうまく立ち回れず朝廷で孤立することも、免れることができた。

「疲れたなど、滅相もない。頼朝殿が迎えによこして下さった船は快適そのもの。それよりも、先日の四月六日、朝廷に没収され、頼朝殿に授けられていた我が所領を己の所領にはせず、すべて某《それがし》に返してくれた。しかも、信濃国諏訪《すわ》社の所領を、平家恩顧の者が多く治めやすい伊賀国六ヶ山《いがのくにむこやま》に交換してくれた心遣い、感謝する」

一人残った官女が、座に興を添えるためか、琴を静かに奏で始める。

傍《かたわ》らには、琵琶が置かれている。彼女が、主人や客人の求めに応じ、琴も琵琶も弾くことを無言のうちに告げていた。

琴の音を背景に、頼盛は頼朝と同じ畳に腰を下ろし、深々と頭を下げる。すると、頼朝は大仰に驚いた。

「何を仰いますか、池殿。貴方は、大恩ある池禅尼《いけのぜんに》様の御子息。さらには、平治の乱で敗れて捕らえられ、死罪を待つ身だった私を助けようとした御母堂様の意思を伝えるため、何度も平相国《へいしょうこく》と御母堂様との間を奔走して下さったではありませんか。その御恩を返しただけのことです。どうか、顔をお上げ下さい」

頼朝に言われるがまま、顔を上げる。

そろそろ、大姫が声をはずませながら、つぶらな瞳を輝かせ、顔を出してもよい頃だ。

頼盛が大姫の来訪を待ち望んでいると、頼朝が思い出したように口を開いた。

「そうそう、池殿。今回の鎌倉御滞在の際には、船遊びをしていただこうと、家人達に準備を進めさせているのですよ」

「素晴らしい。これは楽しみが増えた。後は、その日に雨が降らぬことを祈るばかりだ」

やや上の空ながらも、頼盛が愛想よく応じると、相手もまた同じように応じた。

「ご安心下さい、池殿。この鎌倉の地には、明日の天気を知る方法があるのですよ」

「ほう、それは興味深い」

純粋に興味を惹かれ、頼盛は大姫の姿を探し求めるのをひとまずやめた。

頼朝は、庭の木を見やった。

「ここに居を構えた時、地元の今は亡き古老から教わったのですが、蛇が木に登ると、次の日は必ず一日中雨になるのです。ですから、船遊びを予定している前日に蛇のその様子を確認したら、取りやめ。登っていなかったら、船遊びを決行すればよいのです。晴天の下、美々しく飾り立てた船で由比浦より船出しますから、鎌倉どころか浜辺にいる者すべての注目を集めることになりましょうな」

「注目……」

「いかがされましたか、池殿」

頼朝が、怪訝そうに訊ねる。頼盛は、扇を横に振りながら、慌てて説明した。

「いや、なに。ここへ来るまでの道中、鎌倉中の民の注目の的となり、いささか辟易させられていたのでな。船遊びは楽しそうだが、耳目を集めるのは、少々勘弁して欲しいと思っただけだ」

平家一門の重鎮であった頼盛が、東国にて悠々自適に暮らすことができるのは、武士達が心服している頼朝の命の恩人であるという一点に尽きる。

こうした不安定な立場をよく心得ているので、頼盛は鎌倉に滞在する間は、武士達に目をつけられないよう、目立つまいと用心していた。

頼盛が苦笑していると、頼朝が申し訳なさそうに眉を下げる。

「彼らには、どうしても平家の人間が珍しいのですよ。三位中将《さんみのちゅうじょう》平重衡殿が虜囚として都から鎌倉に下って来た時も大変でした。何しろ、重衡殿は虜囚でありながらも常に毅然としておられる武士の鑑《かがみ》のような人物ですし、牡丹中将《ぼたんのちゅうじょう》とも謳《うた》われるほどの美貌でしたから、鎌倉中の者達が一目見ようと殺到したほどです。そう……あれは、雨が一日中降っていた四月二十日の夜のこと。重衡殿の無聊《ぶりょう》を慰める宴を官女らに催させた時も、大変でした。御所中に重衡殿の見事な歌声や琵琶の音が響き渡ったので、護衛番達が夜を徹して聞き入ったほどです。いやはや、かく言う私もその一人でしてね。明け方まで彼がいる建物の簀子に立ち、聞き惚れておりましたよ」

頼朝は、いったん言葉を切ると、これまで琴を奏でていた官女へ顔を向ける。

「あそこにいる遊女が、官女として、重衡殿を慰めるために今様《いまよう》（流行歌）を唄い、舞も披露したのですよ。それが縁で、世間では二人が色めいた仲になったとの噂が囁かれるようになりました。何はともあれ、あれは風雅なひと時でしたな」

遊女が、官女や女房として朝廷や屋敷に仕えるのは、珍しいことではない。朝廷や法皇の御所でも、何人かの遊女が女房として勤めている。

それは、彼女達が売色をするだけの卑賤な存在ではなく、歌舞音曲の芸に優れた一流の風流人でもあり、仏の教えを説いた歌を唄う、神仏の化身と見做される一面もあるためだ。

頼盛は、その官女を、初めてまともに見た。

年の頃は、二十歳《はたち》前後。どの季節にも通用する淡い紅《くれない》色の小袿《こうちぎ》を着て、緋色の袴をはいている。鎌倉では艶やかに見えるだろうが、都ではおとなしい範疇に入る着こなしだ。

当世の美人の条件通り、色白ではあるが、美男美女ぞろいの平家の中で人生の大半を過ごしてきた頼盛には、彼女の容貌は十人並みにしか見えなかった。

しかし、目が合った瞬間、すぐにそれは誤りだと思い直した。

星空を凝縮したような輝きを宿す黒い瞳は、息を飲むほど美しい。

それも、人を欲望に駆り立てる苛烈な美ではない。安らぎを与える柔和な美だ。

「敵味方と分かれた身だが、仏敵に堕ちた甥を慰めたことに礼を言おう。名を何と申す」

頼盛が訊ねると、官女は琴を爪弾く手を止める。

そして、静かに微笑みを浮かべ、嫋嫋《じようじよう》たる歌声を上げた。

万《よろず》の仏の願《がん》よりも　千手の誓《ちかい》ぞたのもしき

枯れたる草木も忽《たちま》ちに　花咲き実なるとこそきけ

どうやら、官女の名前が隠された今様らしい。

都の宴で、しばしば遊女達とこのような謎かけを楽しんだことがある。頼盛は、すぐに官女の謎かけがわかった。

「そうか。千手と申すのか。大仏殿を焼亡させる大罪を犯した重衡を慰めるには、千の手を使い、すべての衆生《しゆじよう》（人々）をお救いなさる千手観音菩薩《ぼさつ》の名を持つおまえが相応《ふさわ》しい。頼朝殿は、風流な計らいをしたものだ」

楽しくなってきたところで、頼盛はまだ大姫が顔を出さないことに気づいた。

「ところで、頼朝殿。大姫の姿が見えないが、いかがしたか」

大姫の名を口にした途端、頼盛は場の空気が張りつめるのを肌で感じた。

いったい何があったのか。頼盛は、胸騒ぎを覚えずにはいられなかった。

「池殿がお越し下さったためでたい席で、憚りあることで申し上げずにいたのですが、いずれお知りになること。この際、お話しいたします」

頼朝は顔を曇らせ、語り始めた。

「池殿も御存知の通り、私と従兄弟の木曾義仲は対立していましたが、義仲の嫡男である義高を婿に迎え入れることで、昨年和解しました」

「うむ、しかし、義仲は法皇様（後白河院）に弓を引く暴挙に出て、勅勘《ちょっかん》（天皇の咎め）を蒙《こうむ》った。そのため、今年の一月に法皇様の御命令で頼朝殿の弟の九郎《くろう》（義経）を差し向け、討伐させたのであったな」

頼盛が相槌を打つと、頼朝はさらに顔を曇らせる。

そんな主人の心情を慮《おもんぱか》ったのか、千手前は傍らの琵琶を弾き始める。たちまち、小気味よい琵琶の音が響き渡るが、頼盛は大姫が気がかりで、楽しむ気にはなれなかった。

「はい。義仲の嫡男である義高も、当然ながら死罪を免れません。そこで、朝廷に引き渡して死罪にするよりは、こちらで誅殺《ちゅうさつ》すべきか否か、家人達を集めて相談しました。すると、その話を盗み聞いた大姫の女房達が、私が家人達に義高誅殺を命じたと早合点し、大姫に知らせてしまったのです。幼いながらも、夫を心から愛していた大姫は、迷わず義高にそれを伝えました。義高は、すぐに計略を巡らせ、故郷の木曾がある信濃国へ逃亡を図ったのです」

「待て。義高は、某の嫡男と同い年だから、今年十二のはず。それなのに、計略を巡らせて逃亡を図ったと言うのか」

「はい。あれは忘れもしない、先日の二十一日の夜のこと。前夜に家人達と相談したものの結論は出ず、迷いながらも、日課なので義高の常の居所を訪れました。義高はその日一日、常と変わらず、近習の少年と大好きな雙六《すごろく》(現代の双六《すごろく》とは異なり、バックギャモンに似た遊戯)を打って遊んでいるとばかり思っていました。ところが、どうも様子がおかしい。そこで、部屋の奥まで踏みこんだところ、いるのは一人芝居をしていた近習の少年だけ。本物の義高は、明け方のうちに逃亡してしまっていたのです。しかも、大姫から知らせを受けた前夜から、即座に念入りに準備をしていましてね。女装して御所を出るや、蹄《ひづめ》を綿でくるんで足音がしないように細工した馬に乗り、脱走していく巧妙さでした。あまりにも腹が立ったので、近習の少年を拘禁してやりましたよ」

声音《こわね》こそ先刻までと変わらないが、頼朝の顔が怒りで紅潮する。わずか十二歳の少年二人に裏をかかれたのだから、無理からぬことだ。

「それで、怒りにまかせて追っ手を差し向け、義高を討ち取ってしまったのか」

頼盛は続きを引き取り、頼朝が言いにくい言葉を代わりに言ってやった。

「ええ。逃亡してから数日後に追っ手が見つけて。しかし、義高が逃げさえしなければ、討ち取らせはしませんでしたよ」

頼朝は、苦々しげに顔を歪める。

「よいですか、池殿。私は、義高を追えとは命じました。しかし、殺せとまでは命じてはいません。何しろ、勅勘を蒙った罪人の嫡男とは言え、かわいい娘の夫なのですから。しかし、義高が信濃まで逃げ切れば、義仲の残党と合流し、鎌倉に攻め入る事態になりかねない。そう考えた者が、逃げる義高を見つけるや否や独断で討ち取ってしまったのです。それぱかりか、その事実を大姫に聞こえる所で報告してしまったのです。大姫は、心痛により、飲食を絶ってしまいました」

大姫に降りかかった大きな不幸に、頼盛は憐憫の情を禁じ得なかった。

「まだ幼いのに飲食を絶つとは、悲憤と絶望で食を摂らなくなった『源氏物語《げんじものがたり》』の宇治《うじ》の大君《おおいぎみ》のようではないか。それで、大姫は今、どうしているのだ。せめて水でも喉に通るようになったか」

「もう大丈夫です。先日から、食は細いながらも、ようやく食べるようになりました。ただ――」

頼朝の言葉が、不意に途切れる。

目は凍りつき、恐怖すら浮かんでいた。

頼盛が、頼朝の視線の先をたどって振り向くと、西侍の簀子を歩く小さな人影に気づいた——大姫だ。

ひどく痩せ素枯れ、顔色はもちろん、顔つきも、見るからに常人とは程遠い。

まだ頑是ない年頃であるのに、黒い汗衫《かざみ》（少女用の衣）と萱草色《かんぞう》（薄い橙色）の袴という喪服姿であるのも痛ましい。

頼盛は、見る影もなく変わり果てた大姫の姿に、絶句した。

大姫は、おぼつかない足取りながら、脇目もふらず、父親の方へ向かってくる。

そして、絶句している父親の前で立ち止まった。

「父様。義高様の話、していたでしょ」

大姫は、か細い声でそう告げた。

折悪しく、大姫が近くにいるとも知らず、まずい話をしてしまったものだ。

頼盛が、大姫へどのように声をかけたものか考えていると、頼朝の手が小刻みに震えているのが目に入る。

よく見れば、頼朝は、幼い我が子へ、畏怖の眼差しを向けていた。

「おまえは、小御所で寝ていたはず。どうしてまたわかったのだい」

大姫は、白昼の下でなければ幽鬼と見紛うほど憔悴しきった体のどこに、そのような力があるのかと問いたくなるほど、鋭い眼光で父親を射竦《いすく》める。

そして、そのまま微動だにせず、無言を貫き、父親を睨み続ける。そのさまは、鬼気迫っていた。

「大姫様、お体に障ります。さあ、わたくしめと一緒に小御所へ帰りましょう」

千手前は、大姫のそばに寄ると、素早く抱き上げる。抱き上げられた大姫は、姿が見えなくなるまで、父親から一瞬たりとも目をそらさなかった。

姿勢こそ乱れてはいないが、頼朝の顔からは血の気が失せていた。

「頼朝殿、大姫が小御所で寝ていたというのはまことか。だが、小御所は、御所をはさんでこの西侍の反対側にあるではないか。それでは、我々の話が聞こえるはずがない」

頼盛は、あまりにも不可解な出来事を目の当たりにしたため、鏡で今《ま》の自分を映せば、頼朝と同じく顔色を失っていると思った。

頼朝は、静かに頷いた。

「ええ。したがって、そこにいる大姫には、我々の声が届くことはない。まして、話の内容など知る術《すべ》もない。それにも拘わらず、娘は義高の死を知って以来、私が彼の話をするたびに、聞き咎めに現れるのです。そして、先程のように私が夫の話をしていたと言い当てると、それきり後は無言で睨み続けるのです――このように大姫が乱心した元凶は、義高の怨霊の祟りでしょうか」

怨霊と口にした刹那、頼朝の唇が微《かす》かに戦慄《わなな》く。

怨霊の祟りは、時として天変地異を引き起こし、国政を揺るがすほどの猛威を振るう。

武家の棟梁でも、恐怖して当然と思うものの、頼盛は引っかかるものを覚えた。

「確かに不思議な話だ。しかし、今は亡き我が父忠盛《ただもり》の教えに、たとえ五月雨《さみだれ》の闇夜に怪しき鬼を見ても、即座に斬り捨てず、まずは正体を見定めよ、というものがある。だから、大姫乱心の元凶が、義高の怨霊の祟りと決めるのは早計ではないか」

頼盛がなだめると、徐々に頼朝の顔に血の気が戻ってくる。

「……義高の怨霊の祟りでないとすると、娘の弱った心につけこんで、物の怪《け》が憑いたのでしょうか。これは、いけない。早急に僧侶達を招き、物の怪を祓わせねば。池殿、たいへん申し訳ございませんが、宴の続きはまた明日ということでよろしいですか」

義高の怨霊の祟りとしか、頭になかったらしい。

頼朝は、善は急げと言わんばかりに立ち上がる。

「かまわぬよ。某も、一日でも早く大姫の元気な顔を見たいのでな」

紛れもない、頼盛の本心だった。

頼朝が立ち去った後、頼盛は変わり果てた大姫を思い返し、胸が痛んだ。

破

翌日。時鳥《ほととぎす》鳴く昼下がり。

頼朝は昨日から大姫の許へ行ってしまったので、頼盛は滞在している御所の一角で、所在なく庭を眺めて過ごしていた。

ふとした瞬間に、今にも、大姫がまた愛くるしい笑顔で会いに来てくれるのではないかと思うこともあった。

だが、そのたびに、昨日見た彼女の憔悴しきった姿が目に浮かび、有り得ないことだと痛感させられた。

そこへ、衣擦れの音が近づいてきた。

振り返ると、千手前が他の女房達に琴と琵琶を持たせて訪れたところだった。

「池前大納言様、御台所様《みだいどころ》(正妻のこと。この場合は北条政子《ほうじょうまさこ》)の御命令により、無聊を慰めに参りました。御所望の歌がありましたら、何なりとお申し付け下さいませ」

「頼朝殿ではなく、御台所からの命令か」

頼朝の舅《しゅうと》、北条時政《ときまさ》の後妻が、頼盛の叔父である牧宗親《まきむねちか》の娘という縁もあり、頼盛も北条政子とは知らない仲ではない。

「はい。わたくしめは、御所勤めの官女でもありますが、御台所様付きの女房も兼ねておりますから」

兼参《けんざん》といって、複数の仕え先や主人を持つのは、武士にも貴族にもよくあることだ。

ただ、千手前の場合は、鎌倉に歌舞音曲の芸に秀でた人材が少ないため、客人や虜囚のもてなし、女主人の相手等、一人で八面六臂《はちめんろっぴ》の働きをせざるを得ないのだろう。

腑に落ちたところで、頼盛は庭に背を向け、千手前と向き合う。

「そうか。御台所のお心遣い、しかと受け止めた。では、御言葉に甘えて一曲頼もう」

「かしこまりました」

千手前が琴を奏で始める。

しばし琴の音に聞き入っていると、やつれ顔の頼朝が現れた。

大姫への、夜を徹した物の怪調伏《ちょうぶく》の祈禱に付き添っていたせいだろう。

千手前も察したのか、これまで頼盛のために華やかな曲を琴で弾いていたが、静かな曲に変える。

「頼朝殿が、ここへ来たということは、大姫は快方に向かったのか」

頼盛は、彼に畳に座るよう勧めながら訊ねる。頼朝は力なく首を振った。

「いいえ。私がいると、かえって大姫の体に障ると妻に怒られ、退散してきたのです。昨夜も、妻と寝所で義高を誅殺したことを巡って口論していた時、大姫が小御所から抜け出し、聞き咎めに現れたことが、たいそう妻にはこたえたようでしてね……。まあ、私の話はここまでにして、昨日は池殿歓迎の宴を中座してしまいましたから、改めて御挨拶に伺った次第です」

　頼朝は畳に腰を下ろすと、肩を落とした。

「ここだけの話ですが、僧侶達の祈禱の効果が思わしくないのです。これでは、義高の怨霊の祟りにせよ、物の怪の仕業にせよ、大姫を救う術がありません」

　義高を誅殺しようとした時点で、大姫にどれほど大きな心の痛手を与えるか考慮しなかったのに、大姫が乱心すれば救う術がないと嘆く。

　そんな頼朝の浅慮に、頼盛は片眉を上げた。

「男親が、不甲斐無い。こういう時こそ、弱気は禁物だ。さもなくば、誰が大姫を救えると言うのだ」

　頼朝が、胸を衝かれたように頼盛を見上げる。

「よいか、頼朝殿。泣き言を漏らす前に、大姫のために考えることがあるだろう。例えば、元凶が怨霊や物の怪の仕業ではないという可能性だ」

　頼盛の言葉に、頼朝は顔を困惑に歪めた。

「元凶が、怨霊や物の怪の仕業ではないとすると、どうすれば大姫は遠く離れた場所にいながらにして、私が義高の話をしているのを聞くことができるのでしょう」

頼朝は途方に暮れるばかりで、そもそもの元凶について、いっこうに考えようとしない。頼盛は、腹が立ってきた。

同時に、大姫を救うのは自分しかいないという確固たる意志が芽生える。

「そうだな。たとえば、大姫は以前から小御所にとどまらず、しばしば御所中を歩き回っていた。だから、本当は小御所から義高の話を聞きつけたのではなく、たまたま通りすがった折に、聞き咎めただけではないか。その回数が重なったので、また小御所から聞きつけてやって来たと、頼朝殿が誤解してしまったというわけだ」

昨日は、あまりにも憔悴しきった大姫に愕然とし、頼朝の説明で納得してしまったが、冷静になった今考えると、これが妥当な真相のように思えた。

すると、頼朝は力なく首を振った。

「それは有り得ません、池殿。なぜなら、大姫は、義高の死を知った直後に飲食を絶ったせいで、小御所で寝たきりで過ごしているのです。そのため、以前のように、歩き回ることができなくなりました。ですから、池殿の説は成り立ちません」

頼盛は、自分の考えがはずれたことより、想像していた以上にひどい大姫の衰弱ぶりに衝撃を受けた。千手前が弾く琵琶の乾いた音が耳を打つ。

「昨日見た時、かわいそうなくらい痩せてしまったと思ったが、そこまで体が悪いのか」

「はい。何しろ、今では大姫が起き上がって小御所を抜け出すのは、私が義高の話をした時に限るのです」

「何てことだ……。ならば、早く元凶を突き止め、大姫が一日でも早く養生に専念できるようにせねば」

頼盛にはこれ以上、大姫が疲弊していく姿など耐えられなかった。

「私の娘のために、ここまでお心を砕いて下さるとは、さすが池殿。亡き池禅尼様のたった一人の血を分けた御子息です。慈悲深いところがとてもよく似ていらっしゃる」

頼朝は顔こそ明るいが、目許には一滴《ひとしずく》の光る物があった。

「なに、某はただ、大姫に娘や孫娘と離れて暮らす日々の孤独を慰めてもらった恩返しをしたいまでだ」

生き延びるため、恩を売りつけたり、歓心を得たりしてあがいてきた自分が、恩返しをしようとは、奇妙な巡り合わせだ。しかし、悪い気分ではなかった。

「では、通りかかって話を聞きつけたのではないとすると、どのような方法で大姫は私の話を察知できたのでしょう」

頼朝の問いに、頼盛は持っていた扇を弄びつつ、思案する。

「確か、義高が鎌倉から脱出したのは、事前に頼朝殿と家人達の誅殺の相談を、大姫の女房達が大姫に知らせ、さらに彼女が義高に伝えたからだったな。ならば、このたびのことも、女房達が忠義面《づら》で、小御所にいる大姫にその話を密かに知らせに行った結果、起きたことかもしれぬ」

頼盛が扇を持ち直すと、頼朝はまたも力なく首を振る。

「その可能性は、私も最初に考えました。しかし、義高の脱走が発覚した直後、私は今までの大姫付きの女房達をすべて鎌倉から追放し、信頼できる新たな女房達を付けました。加えて、義高の時のように大姫へ知らせに走る者が来ないよう注意して見張れと、彼女達に命じておきました。ですから、今の大姫には、私の動向を探って知らせに走る不届き者の女房達はおりません」

「にも拘わらず、頼朝殿が義高の話をすると、大姫は小御所から聞き咎めに現れる、か」

頼盛は、うわべこそ平然と相槌を打ったものの、内心は穏やかではなかった。

最愛の夫を父親に殺害されたばかりか、幼い頃から馴れ親しんできた女房達を追放されたとは。

大姫にふりかかった悲劇は、知れば知るほど底知れない。

家の子郎党を守るために、私心を捨て、非情に徹しなければならない時があるのは、頼盛もよく知っている——不意に、長年仕えていた家人の弥平兵衛《やへいびょうえ》の面影が胸をかすめた。

しかし、頼朝の大姫への態度に、頼盛は同じ娘を持つ父親として共感できなかった。

頼盛も、平家の現棟梁にして甥の宗盛との関係が悪化した際、和解の証に次女を彼の息子と政略結婚させた過去があるので、なおさらだった。

いや、今は頼朝に腹を立てるより、大姫乱心の元図を突き止めることが優先だ。

頼盛は、気を取り直して考える。

「女房達が告げ口してないならば、御所で働く者達の中の誰かが、大姫のいる小御所に向かって合図を送っているとは考えられぬか。例えば、頼朝殿が義高の話をすると、内通者が、小御所が見える位置まで移動し、大姫へ袖を振り、合図を送ったという次第だ」

「それも不可能です、池殿。なぜなら、私と妻が寝所で義高の話をしていた時は、夜でした。暗闇に閉ざされた中、いくら小御所へ合図を送ろうと大姫には見えません。もし、見えるよう、灯りで合図を送っていたとすれば、誰かが怪しんで気がつきます」

頼盛は持っていた扇を広げず、額に押し当て、考えこむ。

途端に、頼朝が喉にはりつくような小さな悲鳴を上げた。

頼盛が振り返ると、思った通り大姫が佇んでいた。

「父様。また義高様の話、していたでしょ」

大姫は今にも倒れそうな体でありながら、頼朝を力強く睨みつける。

琵琶の音がやむ。千手前が昨日と同様、大姫の許へ駆け寄ると、手際よく抱き上げた。

「大姫様、もうすぐ義高様の四十九日です。ちゃんとお休みにならないと、法要に参加できなくなりますわ」

千手前は優しくなだめながら、昨日と同様、大姫を抱いたまま小御所へと帰っていく。

後には、千手前の琴と琵琶が部屋に残された。

「……なるほどな」

「池殿、何かおわかりになられましたか」

頼朝は期待に満ちた眼差しで、身を乗り出す。

頼盛は、扇を広げ、軽く煽いだ。

「頼朝殿が懸念していた通り、大姫乱心の元凶は、義高の怨霊の祟りの見込みが高い」

「しかしながら、義高の怨霊の祟りと決めるのは早計だと、昨日池殿が……」

「昨日は、魂が完全にあの世へ旅立つ四十九日を、義高が迎えていないとは知らなかったからだ。だが、それを知った今、最も有り得るのは、義高の怨霊の祟りと見做すほかあるまい。そういうわけで、義高の怨霊を鎮めるためにも、まずは彼と仲がよかった拘禁中の近習の少年を釈放してはいかがかな。そうすれば、大姫の乱心は鎮まるであろう」

途惑う頼朝に、頼盛は率直に言った。

「しかし、あやつを釈放しては、武士達の見せしめになりません」

「何を言っておるのだ。近習一人釈放さえすれば、大姫の乱心が鎮まるのだぞ。怨霊鎮魂のために寺を建立《こんりゅう》することに比べれば、容易《たやす》いものではないか」

頼朝は、しばし思案顔になってから居住まいを正した。

「池殿の仰る通りです。私も、大姫には一刻も早く快方に向かって欲しい。それでは、彼を釈放してまいりますので、これにて失礼いたします」

いかにも、半信半疑といった様子を包み隠すことなく、頼朝は席を立つ。

残された頼盛は、千手前の琴と琵琶に目をやった。

——大姫様、乱心から御快復——。

その知らせが鎌倉中に広がったのは、近習の少年が釈放されてからしばらくのことであった。

急

雲一つない晴天の下。薫風と潮の香が混じり合う由比浦は、船遊びに出た頼朝と頼盛を見送る鎌倉の民の声で溢れ返っていた。

今日の頼盛のいでたちは、赤地に金の蝶の刺繡がちりばめられた狩衣だった。

船は、いくつもの飾り立てられた小舟に先導され、波をかき分けていく。

紺碧の海上に、水晶や真珠のような波飛沫《しぶき》を立てながら、色とりどりに飾り立てられた何艘もの小舟が競い合うように走るさまは、非常に趣き深い。

後方を見れば、頼朝の妻子の乗った船が見える。

その中には、大姫と近習の少年と思《おぼ》しき姿があった。

離れていてよく見えないが、大姫がしっかりと座っているのがわかり、頼盛は口許を緩めた。

それから、舳先《へさき》へまわると、日射しに焼かれるのも、潮風になぶられるのもかまわず、小舟が競い合う様子を眺めた。

船尾からは水手《かこ》（船の漕ぎ手）や梶取《かんどり》（船頭）の掛け声や、艪《ろ》を漕ぐ音が聞こえてくる。

それらを耳にするうちに、頼盛は、大宰府《だざいふ》に赴任した時や、厳島《いつくしま》神社への二十度参拝に挑戦して見事達成した、若かりし頃の船旅を思い出した。

「池殿、昼には杜戸《もりと》の岸（現在の神奈川県三浦《みうら》半島の森戸《もりと》海岸近辺）に着きます。そこで、家人達による小笠懸《こかさがけ》（騎馬から的を射る武芸の一種）を披露いたしますので、楽しみにしていて下さい。そうそう。せっかくですから、到着するまでは、屋形の中で一献いかがですか」

思い出に浸っているところだったので、頼盛は首を振った。

「せっかくだが、某はもう少し小舟を眺めていたい。あたかも、宋《そう》で端午《たんご》の節句に行なわれるという競渡《きょうと》（ボートレース）のようで、興趣に富んでいるのでな」

しかし、頼朝は愛想のよい笑みを浮かべ、隣に立った。

「二人で気兼ねなく話ができる絶好の機会なのです。是非とも、御一緒に飲みましょう」

頼盛は、軽く溜息を吐《つ》く。先導の小舟に少々の未練を覚えながらも、船の屋形の中に入ると、酒と鮑《あわび》が用意された畳に腰を下ろす。

「酌をする者がおりませんので、私が池殿にお酌《つ》ぎしましょう」

「これは恐れ入る」

頼盛は、悠然と杯《さかずき》を差し出し、頼朝の酌を受ける。

それから、酒を飲み干し、相手に酌ぐ。

しばし、二人の間には、波音と潮風しか聞こえなくなる。

先に沈黙を破ったのは、頼朝だった。

「池殿、おかげさまであの日以来、大姫は乱心から快復しました。言葉には言い尽くせないほど、感謝しております。しかし……」

「しかし……何だ」

頼盛は脇息《きょうそく》に泰然と凭《もた》れながら、頼朝の出方を待つ――すでに、頼朝が言いたいことに見当がついていた。

「御自身の亡き父君の教えを引き合いに出されてまで、大姫乱心の元凶を義高の怨霊の祟りと断定することに慎重だった池殿が、どうして唐突にそのお考えを撤回されたのですか」

「それは、もちろん、義高の四十九日がまだだと聞いて――」

「――私と池殿の仲ではありませんか。隠し立ては無用ですよ」

頼朝は、容赦なく遮る。表情は笑みを浮かべているが、目は笑っていない。

今は亡き兄清盛や、朝廷の魑魅魍魎《ちみもうりよう》めいた貴族達が、肚《はら》の探り合いをする時に浮かべたのと同じ、空虚だが頑強な笑みだ。

頼盛は、脇息に凭れるのをやめると、頼朝と同じ笑みを浮かべた。

「頼朝殿は、某に訊かずとも、すでにわかっているのではないか」

「滅相もない。ただ、古歌に『人の親の心は闇にあらねども子を思う道にまどいぬるかな』とあるように、我が子のこととなると分別を失くしてしまうのが人の親というもの。まことの乱心の元凶を知っておかねば、気がすまないのです。お願いします、池殿。今回の元凶は何なのですか」

頼朝は、頼盛をまっすぐに見つめる。

頼盛は、胸元で扇を広げた。

「大姫は乱心などしていない。ただ、最愛の夫を奪われた意趣返しを頼朝殿にしていただけだ」

波音と潮風に紛れて、海鳥の鳴き声が近づき、そして遠ざかっていく。

鳴き声が途絶えたところで、頼朝はこちらへ身を乗り出した。

「……どういう意味ですか」

頼盛は、軽く二、三度扇を煽ぐ。

「言葉通りの意味だ。父親に最愛の夫を殺害された大姫は、頼朝殿を深く恨んだ。だが、幼さに加え、根は人懐こく無邪気な娘ゆえ、頼朝殿を傷つけるといった、手荒な真似はできなかった。代わりに、怖がらせる形で意趣返しすることを思いついたのだ」

「そんな……どうして私がそこまで恨まれなければ……いいえ。その前に、どうやって大姫は小御所にいながら、遠くにいる私の話の内容を知ることができたのですか」

頼朝は、顔色を失いながら訊ねる。

「頼朝殿のそばに、大姫に忠実な内通者がいて、頼朝殿が義高の名を口にするや否や、即座に小御所へ合図を送っていたからだ」

「しかし、前にも申し上げましたが、合図を送る者がいれば、すぐに誰かしら気づくはず。まして、私のそばにいたのであれば、なおさらです。けれども、該当する者は今に至るまで一人も見つかっておりません」

頼盛は、扇を口許に上げ、揶揄を込めて目を細めた。

「その者は、御所の宴の席であれ、頼朝殿と御台所が二人きりの時であれ、そばにいても数にも入らない。その者は、小御所を含む御所中に聞こえるほど大きな音が出る物を扱いながらも、誰からも怪しまれない。ここまで言えば、わかるであろう」

頼朝の目許に、微かに皺《しわ》が寄った。

「内通者は、千手前ですね」

頼盛は、扇を懐《ふところ》にしまった。

「御名答。千手前は御所に仕える官女であると同時に、御台所に仕える女房でもある。だから、宴や頼朝殿夫婦の寝所等、頼朝殿の公私を通じて無聊を慰めるために楽器を奏でていても、誰も怪しまない。恐らく大姫は、御台所を通じて千手前を知り、楽器を利用した合図を思いついたのだ。千手前は、大姫の境遇に同情し、内通者になることを引き受けたのであろうよ」

「楽器を利用すると仰いますが、義高の話をするたびに、千手前が同じ曲を演奏して、小御所にいる大姫に合図を送れば、いくら何でも回数を重ねるうちに私も気がつきますよ」

頼朝は、訝しげな目つきをする。頼盛は、軽く息を吐いてから答えた。

「思い出してみよ、頼朝殿。某が鎌倉に来た日、千手前は琴から琵琶に切り替えて演奏していた。その直後、大姫が義高の話を聞き咎めに現れた。次に、某が滞在している部屋へ千手前が訪れた時も、琴から琵琶に切り替えて演奏し、またしても大姫が聞き咎めに現れた。つまり、どんな曲を演奏していようが、琴から琵琶に替える行為が、合図だったのだ。この合図ならば、まだ幼く、曲についてあまり知識がない大姫でも、琴と琵琶の音色を聞き分ければよいだけだ。仮に千手前が楽器を替えて演奏しても、頼朝殿や客人である某もそうだったように、遊女だから、興を添えるために様々な楽器を演奏していると思う程度で、誰も怪しまぬ」

「何と……信じられないほど単純な手に、私は引っかかっていたのか……」

狐につままれたような顔の頼朝に、頼盛は淡々と語った。

「しかも、このような合図の送り方にすれば、義高誅殺の相談を知らせた女房達のように、千手前が追放される危険は少ない。さらには、彼女の演奏にもてなされた客人も不快な思いはしない。ただ一人、大姫に聞き咎められた頼朝殿だけが、恐怖の底に叩き落とされる。まことに単純ながらも巧妙な意趣返しよ」

頼朝は俯き、片手で両目を覆った。

「我が娘から、どうしてここまで深く恨まれなければならないのだ。義高が逃げさえしなければ、私とて討ち取らせなどはしなかったのに……」

頼盛は、酒の肴の鮑を箸で一つつまむと、彼の独り言に応じた。

「うむ。それは大姫が、義高誅殺が前々から念入りに企てられたことだと気づいたから、頼朝殿を深く恨んだのだ」

頼朝は、ゆっくりと顔を上げた。

「池殿、それは、私が家人達と義高誅殺の相談をしていたことを指しているのですか。それなら、あんなもの、企てのうちにも入りません。いったい、何をきっかけにそのような馬鹿げたお考えをお持ちになられたのですか」

頼朝は、乾いた笑い声を上げながら、杯に手をのばす。しかし、その手は小刻みに震えている。

怯えによる震えではない、怒りをこらえている震えだ。

だが、杯を胸元まで持ち上げた時には、頼朝の震えは止まっていた。

「きっかけと言うほどではないが、大姫乱心の元凶を考えていた時、千手前が大姫にもうすぐ義高の四十九日だと言い聞かせているのを耳にしてな。その瞬間、某はある違和感を覚えたのだ。それは、日にちだ」

「日にちのどこに違和感を覚えれば、私が義高誅殺を企てたことになるのですか、池殿」

頼朝は、目許に細かな皺を寄せたまま、訊ねる。

「先日の二十一日の明け方、前夜のうちに大姫から、頼朝殿が家人達と誅殺の相談をしているとの知らせを受けて義高は逃亡した。そなたは、そう言ったな。だが、考えているうちに気づいたのだ。言わずもがなだが、今は、義高の死から四十九日も迎えていない、五月晴れや青嵐、新樹光や薫風、さらに時鳥の鳴き声を楽しめる夏。すなわち、五月だ。すると、頼朝殿が義高誅殺を家人達に相談していた、先日二十一日の前夜とはつまり、四月二十日の夜ということになる。何と、重衡を慰撫する宴を催したのと同じ日の夜ではないか」

頼盛は、手酌で酒をあおり、唇を湿らせた。

「面白いもので、一つ違和感を覚えると、他にも違和感を覚えてな。次に違和感を覚えたのは、天気だ。頼朝殿は、某が今日の船遊びをする日に雨が降らぬことを祈ると言った時、古老から次の日の天気を知る方法を教わったので大丈夫だと請け合った。つまり、予報が外れる可能性もあったが、頼朝殿は、四月二十日が雨になると、前日から知り得る立場にあった。雨の日は、誰もが外出を控えるため、どうしても人目が少なくなり、逃亡や襲撃など、ことを起こしやすくなるのは、戦をする武士にとって常識だ。まして、かつて石橋山の合戦で嵐の中夜襲をかけられて敗北の憂き目に遭った頼朝殿なら、いかに雨夜が危険か、骨身に沁みてわかっているはずだ。だが、よりにもよってその雨夜に、御所の一角に暮らしている義高に知られる危険を冒してまで、御所の中で家人達と誅殺の相談をした」

頼盛は、音も立てずに杯を置く。

「まことに、おかしな話だ。さらに違和感を覚えたのは、頼朝殿は、義高誅殺の相談と並行して、重衡慰撫の宴を催すように命じ、警備と監視に隙を生じさせたことだ。これは、非常に矛盾した振る舞いだ。だが、宴が義高の逃亡を誘うための罠と考えれば、この矛盾は無くなる」

杯を持つ頼朝の手が、また小刻みに震え始めるのを、頼盛は見逃さなかった。

「まず、頼朝殿は雨が降ると知り、あえて大姫の女房達に話を聞かれるのを承知で、四月二十日の夜に義高誅殺の相談を家人達に持ちかける。もちろん、女房を通じてこの相談を知った大姫が、愛する義高に逃げるよう勧めるのを見越してのことだ。それから、宴を催すよう千手前に命じる。前に頼朝殿が言ったように、平家の人間は、鎌倉中の注目を集める。そんな者を慰める宴ともなれば、自ずと御所の護衛番達の関心は重衡の宴に集まろうものだ。重衡は、さぞや格好の囮《おとり》であったろうよ。こうして護衛番達に隙を生じさせれば、後は、簡単。頼朝殿は簀子に立ち、重衡の歌声と琵琶の音に聞き惚れているふりをして、夜を徹して義高の動向を監視しているだけでよい。義高が逃亡するところを、偶然を装って見つけ次第、『逃げようとしたのは叛意《はんい》が有るからなので即討ち取れ』と、何も知らない護衛番達に命じられるようにな」

雨夜の中、頼朝が簀子に佇み、重衡と千手前の美しい歌声など耳に入らないほど必死に――傍《はた》から見れば、心ここにあらずといった風情で――、逃亡を図る義高の姿が御所や庭にないか探っている光景が、頼盛の目にありありと浮かんだ。

「ところが、予期せぬことが起きた。義高の近習の少年が、主人の逃亡の発覚を遅らせるために身代わりとなって御所に残ったのだ。そのため、義高がその宴の日、四月二十日の夜には逃亡しなかったと頼朝殿は誤認させられてしまった。恐らく頼朝殿は、また別の機会に義高が逃亡するように仕向けて討ち取ればよいと考え直しただけで、深く気にも留めなかったに違いない」

宴という、成功するまで何度仕掛けても周囲に怪しまれない罠を用意するとは、したたかなものだ。頼盛は内心呟いてから、また語を継いだ。

「しかし、翌日の二十一日の夜。本当は義高が、頼朝殿の狙い通り、二十日の夜に支度をして明け方に逃亡していたことが判明。逃亡したら即座に誅殺し、確実に義高の息の根を止める算段が狂ってしまった。裏をかいたつもりが、まんまと義高に裏をかかれたのだ。この番狂わせに、頼朝殿は、さぞや焦ったことだろう。共謀した少年を斬り捨てずに拘禁しただけにとどめたとは、たいした辛抱強さだ。それとも、少年が義高の身代わりを務めたおかげで、宴の日と義高が逃亡した日が重ならず、かえって頼朝殿の企てが人々に気づかれずにすんだから、その褒美として罪一等を減じて拘禁にとどめたのか」

「何もかも勘繰りすぎですよ、池殿。私はただ、雨が降ろうと降るまいと、義高はまだほんの子どもだから逃げやしないと、見くびっていただけです。そして、虜囚でありながらも気高い重衡殿に敬意を払うべく、宴を催すことを優先したのです。だから、義高誅殺の相談と重衡殿の宴が重なったのは、偶然の産物。すべては池殿の誤解です」

頼朝は、手を小刻みに震わせながらも、杯を顎の下まで持ち上げる。

「誤解か。はたして、そうだろうか」

頼盛は、頼朝を焦《じ》らすために、わざと素知らぬ顔で鮑をつまむ。

「鎌倉の鮑は、粗塩や濁り酒を付けずとも美味でよい。つい箸が進む」

「ありがとうございます。それより、そうだろうかとは、どういう意味です」

頼朝は笑顔ではあったが、目許の細かな皺の数は増えていた。

頼盛は、酒で鮑を腹の中へ押し流した。

「『頼朝殿は、義高を見くびらず、誅殺を企てていた』という意味だ。そうであろう。先月の四月六日に朝廷から没収されていた某の所領をすべて取り戻してくれた時、頼朝殿は伊賀国六ヶ山と交換するという形で、態《てい》よく信濃国諏訪社の所領だけを某には返さなかった。信濃国と言えば、義高の故郷の木曾がある国だ。頼朝殿は、運よく鎌倉から逃亡した義高がそこへ逃げこまぬようにしたかったから、押さえておいたのであろう。このように、四月二十日の誅殺の相談より遡ること十数日も前に、すでに逃亡先を押さえていた頼朝殿が、義高を見くびっていたとは到底思えぬ。ましてや、誅殺しようかしまいか迷っていたというのも、甚だ怪しいものだ。偶然の産物と言われても、戯言《ざれごと》にしか聞こえぬよ」

杯に残っていた酒を飲み干してから、頼盛は続けた。

「そなたは、助命嘆願によって生き永らえた己の過去から、娘婿には死罪を免れる道があるのを誰よりも知っていながら、仇討ちを恐れ、自らの保身のために、娘婿を殺害した小心者。幼い娘の心を蹂躙《じゅうりん》した無慈悲な父親。こうした世間や身内からの誹《そ》りを避けるため、表向きは虜囚となった重衡を慰撫する宴を催す。そうして、武士の情けを知る高潔なる武家の棟梁という体面を守り抜き、義高誅殺の企てを成功させるとは、並大抵の手腕ではない。たいした芸当だ」

頼盛は微笑を浮かべながら、脇息に凭れて相手へ身を乗り出した。

「頼朝殿、その杯は空《から》だ。酒が飲みたいのであれば、某が酌いでやろう」

凭れているのとは反対の手で、頼盛は頼朝の杯へ酒を酌ぎ始めた。

「義高誅殺のお手並み、実に見事であった」

頼盛は、ねぎらいの言葉をかけながら、酒で満たしていく。

頼朝の杯を持つ手の震えは止まっていた。だが、目許の細かな皺の数はさらに増え、瞼が小刻みに痙攣していた。

「池殿にすべて見抜かれているようでは、まだまだですよ」

かろうじて笑みを保つ頼朝に、頷いて見せた。

「なに、謙遜するな。企てが成功したのは、頼朝殿の策略が巧妙だったからだ。これならば、権謀術数渦巻く朝廷の古狐どもを相手にしても、頼朝殿は渡り合えるだろうよ。ただ、欲を言うならば、頼朝殿は武家の棟梁という体面に囚われすぎだ」

頼朝の瞼の痙攣が、激しさを増していく。

「いついかなる時も、武家の棟梁であろうと体面を重んずる心がけは殊勝だ。否定はせぬ。しかし、せめて、娘と二人だけの時は、ただの父親に戻れ。恨まれるのを覚悟で、大姫に義高の命を奪って悪かったと詫びよ。さもなくば、大姫はいずれ本当に気《き》鬱《うつ》の病に陥るぞ」

言葉を切り、頼朝の様子を窺うと、彼の瞼の痙攣は、止まる気配がなかった。

「昨年、甥の宗盛との関係が悪化し、危うく池殿流平家を潰されそうになった時、某は次女に宗盛の嫡男を婿に迎えることで和解した。その後、都落ちの際、宗盛は嫡男も連れて離れたため、娘は夫と引き離された。わずか、半年にも満たぬ夫婦の縁であった。娘は、いまだに自分を家のために犠牲にした某を恨んでおるよ。そして、某が鎌倉から都へ帰り次第、恨みをぶつけようとしている。だが、そのおかげで、気鬱の病になる暇などなし。先日都から届いた文には、毎日元気に暮らしておると、書いてあった」

頼盛は、脇息に凭れる姿勢を直した。

「某は金輪際、我が娘に釈明する気はない。娘を犠牲にしたことは揺るがぬ事実であるし、あの時はそれ以外の道はなかった。父の威厳といった体面を守るために釈明したとて、娘は救われないのだ。それよりは、恨みを受け止める形で娘に詫びる。娘の幸いもまた、家の繁栄に欠かせないのでな。子や孫の幸いに繋がらぬ繁栄など、たとえどんなに目映《まばゆ》く見えようと、安らぎも喜びもない。所詮まやかしの繁栄だ。だから、頼朝殿。そこまでして、体面に囚われ、自分をよく見せようとしなくとも――」

「――貴方には、私の心がわかりますまい」

頼朝は、勢いよく杯の酒を飲み干すと、瞼を痙攣させたまま、睨みつけてきた。

「二十年にも亘《わた》る長き歳月、朝敵の息子として、流人《るにん》となり、寄る辺ない身の上で生きてきた私にとって、その体面がどれだけ大事なものか」

乾いた笑い声を上げてから、頼朝は顔を近づけた。先刻までの貼りついた笑みは剥がれ落ち、剥き出しの憤怒があった。

頼盛は、微動だにせず、頼朝を見据えた。

「よろしいですか。朝廷の搾取に抗いたい東国武士達の期待に応えているがゆえに、流人上がりの私でも武家の棟梁になれたのです。そのような境遇の身として、体面は何よりも屈強な鎧なのです。それどころか、この鎌倉の安寧を支える柱ですらあるのです」

頼朝は口許に、自嘲めいた笑みを浮かべた。

「大姫の乱心は偽りで、夫を奪った私への意趣返しだった。この真相が鎌倉中の知ることとなれば、幼い娘を苦しめた非道な父親として、私は東国武士達から信望を失い、武家の棟梁の座から引きずり下ろされてしまう。そうなるのを見越し、義高の四十九日が近いことにかこつけ、すべては義高の怨霊の祟りだと、とっさに嘘を仰せになられたのでしょう。……あの時すでに、すべての真相を見抜いておられたとは、端倪《たんげい》すべからざるお方だ」

この期に及んでも、頼朝は娘を案じるより、己の体面ばかり案じている。

救いようのない頼朝の愚かさに、頼盛は返事をする気も起きなかった。

しいて救いを見出すなら、頼朝助命嘆願のために最も親身に奔走したあの弥平兵衛に、この者の本性を見せずにすんだことだ。頼盛は、昏《くら》い安堵を覚えた。

「私を蔑《さげす》んでおられるのですか、池殿。しかし、栄耀栄華《えいようえいが》に包まれた平家一門の重鎮として、朝廷に昇殿を許され、摂関家の子弟よりも先に正二位の高位を授けられる栄光をつかまれていた貴方には、体面に囚われざるを得ない私の心など到底わかりますまい」

頼朝は血を吐くような声で告げてから、居住まいを正し、顔を離す。

このような憤怒は、かつて清盛という稀代《きたい》の傑物が見せたものと比べれば、微風《そよかぜ》のようなものだ。

頼盛が軽く息を吐いてみせると、また頼朝は貼りついた笑みを浮かべた。

「ところで、池殿。先日、京の都から帰ってきた使者によると、だいぶあちらの治安が落ち着いて来たとか」

「ほう、それはよい知らせ。息子達共々、都に帰れる日はそう遠くなさそうだ」

頼盛は、相手の態度の急変などなかったように、素知らぬ態で応じる。

「しかし、池殿は、大姫乱心の真相を御存知なばかりか、いささか聞こし召しておられます。都は都でも、波の底の都にお帰りになられる日が近いやも知れません」

頼盛は、肩を竦めた。

「そうかもしれぬ。ただ、某は船旅に慣れているのでな。船で災禍に見舞われたとなれば、叔父の牧宗親が怪しむかもしれぬ。それに、彼の娘も、その夫であり頼朝殿の舅でもある北条時政も怪しむであろう。そうそう、某の長女の夫の甥は、頼朝殿の妹婿であった。某ともあながち知らぬ仲ではないので、きっと彼も怪しむであろうよ」

頼朝は沈黙した。

「後学に覚えておくがよい。蝶は、蜜を吸う花をあちらこちらに持っているものなのだ」

まるで悪鬼羅刹《あっきらせつ》を見たかのような顔の頼朝をなだめるため、頼盛はあえて悠然と構えた。

「安心せよ。花を枯らすまで蜜を吸う蝶などおらぬように、某も頼朝殿を窮地に陥らせる真似はせぬよ。今のは、頼朝殿が娘婿誅殺の企てのために、己の命の恩人たる某と、某の恩人たる大姫をも利用したことへの、ほんの意趣返し。これからも、源氏と池殿流平家、手と手を携えていこうではないか」

この言葉に、頼朝はぎこちないながらも笑みを作った。

頼盛は、目をそらすと、窓の外の、夏の日射しを浴びて青銀色に煌めく波の彼方を眺める。

船に吹きこむ風の匂いが変わる——陸が近くなってきたのだ。

陸に上がってから、もう一仕事あるので、まだ気は抜くまい。

頼盛の頰を、潮風と波音がかすめていった。

小笠懸を終え、喧騒の去った杜戸の岸は、夕映えに包まれていた。

色褪せた青い夕空に、薄紅《うすくれない》の雲がたなびいている。

小笠懸の後に開かれた宴を、酔い覚ましを口実に抜け出してきた頼盛は、浜辺を訪れていた。

波打ち際には、砕かれた貝殻の欠片が、いくつも打ち寄せられている。その中で無傷のまま打ち寄せられた貝殻を拾う、大姫と近習の少年がいた。

「大姫、暗くなる前には帰るのだぞ。夜の海は危ないのでな」

「うん、熊手兜の小父様。でも、義高様の四十九日の法要にお供えする、きれいな貝殻を四十九個欲しいの。義高様、貝殻が好きだったから……」

久しぶりに大姫と言葉を交わしたものの、いじらしい返事に、頼盛は痛ましく感じた。

「息子が義高の友だった縁もある。よければ、某が後でいくつか貝殻を進呈しようか」

大姫は、顔をこわばらせた。

気を使ったつもりで、かえって彼女と義高の思い出に土足で踏みこみ、傷つけてしまったか。

頼盛は、悔やんだ。

すると、それまで影のように大姫に付き従っていた少年が立ち上がった。

「せっかくの申し出ですが、お断りします。貝殻は貝殻でも、義高様は、大姫様がお選び下さった貝殻だけしかお喜びになられません」

決然とした少年の物言いに、大姫から顔のこわばりが取れていく。

少年は面やつれし、暗鬱な目つきをしているが、確かな気概が感じられた。

彼なら、大姫の支えとなれるだろう。頼盛は、安堵した。

「そうであったか。これは失礼した。だが、くれぐれも暗くなる前には帰るのだぞ」

頼盛は、もう一度念を押してから、二人から少し離れた所で夕映えの海を眺める一つの影に歩み寄った。

「相模国の波音は、瀬戸内《せとうち》の波音とは異なるが、これはこれで趣き深いものよ」

頼盛は、持っていた扇を開閉して音を立てると、相手の注意を惹いた。

「池前大納言様――」

千手前は、星空を凝縮したような美しい瞳をこちらに向ける。

そして、不意に微笑を浮かべた。

「――宴の席を設ける最中、佐殿がわたくしめの許へ来られて、『大姫のために苦労をかけた』と仰せになられましたの。……船の中で、池前大納言様が大姫様乱心の真相を解き明かしたからとのことでした」

千手前は、一瞬の躊躇《ためら》いののち、頼盛に訊ねた。

「どうして、本当のことを佐殿に仰らなかったのですか」

頼盛は、彼女の隣に立つ。

「大姫乱心騒ぎの黒幕が、おまえであるということをか」

千手前は頷く。

頼朝は、娘に対する負い目もやはり少しはあってか、このたびの大姫の偽乱心において、大姫が主で千手前が従であるとの頼盛の説明に、何ら疑問を抱いた様子は見られなかった。

だが、どう考えても、飲食を絶つほどの悲憤と絶望を味わった幼い少女が、すぐに父親への意趣返しを思いつき、実行するほどの気力があるとは到底思えない。

誰か、大姫に入れ知恵した者がいたと考えるのが、妥当だ。

それは、大姫の「内通者」である、千手前しか考えられない。

密かに主人へ牙を剝いていた美しき叛逆者を、頼盛は一瞥する。

「理由は、三つある。一つは、おまえが大姫を利用したとは言え、いつも大姫が必要以上に無理をしないよう、すぐに抱き上げて休ませ、いたわっていたからだ。二つ目は、真実を伝えることで、義高脱走後に大姫の馴れ親しんだ女房達が追放されたように、またも大姫から親しい者を取り上げないようにするためだ。某は、これ以上、大姫が心に痛手を受ける姿を見たくはない」

「わたくしめも、同感でございます。ところで、三つあると仰いましたが、最後の理由は何ですの」

千手前は、頼盛と目を合わせずに問う。

「三つ目はおまえが何故《なにゆえ》、命を懸けてまで頼朝殿を苦しめたのか、その理由を知りたいからだ。そういうわけで、千手前よ。真相にたどり着いた褒美に、某に真意を教えてくれぬか。己の主人に楯突《たてつ》く行為が死を招くことは、おまえも知っておろう」

「はい、存じ上げておりますわ。しかしながら、わたくしめは、死を恐れてはいません」

　静かだが、千手前はよく通る声で答えた。

「そうであろうな。今のおまえの凜とした面構えでよくわかる。だが、命を懸けてまで頼朝殿を苦しめる必要はあったのか」

　頼盛は、打ち寄せる波を避けながら訊ねた。

　千手前も、可憐な所作で波を避けると、顔にかかった鬢《びん》の毛を直した。

「ありましたわ。だって、佐殿は、わたくしの……遊女の誇りを傷つけたのですもの。誇りを取り戻すべく、命を懸けて意趣返しするのは当然ですわ」

　千手前は静かに答えるが、頼盛が感じたのは武人のような気迫だった。

「わたくしめは、かつて大姫様と義高様の御婚礼の席で、祝いの歌舞音曲を披露しましたの。大姫様は、貴方様が御存知のように、とても人懐こく無邪気で愛らしいお方ですし、一方の義高様は御自身の人質という立場を承知しながらも、気丈に振る舞う健気なお方でした。本当にお二人ともおかわいらしいご夫婦でしたのよ。双方の家の都合で政略結婚をさせられたというのに、仲睦まじく生きようとするお二人が、末永くお幸せに暮らせるよう、祈りをこめて歌いましたわ。その後もずっと、小さなご夫婦を見守り続けておりました。お二人とも、わたくしにとても懐いて下さいましたの」

過去を愛おしむように、千手前は虚空に向かって微笑する。

「わたくしめが寿《ことほ》いだご夫婦が、幸せにお暮らしになられていることは、わたくしめにとっても幸せであり、誇りでもありました。それなのに……」

千手前の美しい瞳に、不意に影が差す。

「おまえも、某と同様に、重衡慰撫の宴と義高誅殺の相談が同じ日に行なわれていた違和感に気づいたのだな」

頼盛は、言葉を補う。千手前は、小さく頷いた。

「はい。初めは気づきませんでした。けれども、拘禁されていた近習の少年の見舞いへ密かに行った時です。彼と話しているうちに、だんだんと違和感を覚えました。そして、よくよく考え、気づいたのです。あの四月二十日に、わたくしめが宴をするよう佐殿から命じられたのも、相談が大姫様の耳に届いたのも、すべては仕掛けられた罠だったと……」

千手前の声が、微かに震える。

「あの宴で披露したわたくしめの歌舞音曲が、義高様誅殺に利用された。仏の教えを説いた歌を唄い、神仏の化身という一面を持つ遊女の歌舞音曲は、人を救うためにあります。それを、佐殿は、よりにもよって、人を殺すために利用なさったのです。遊女の誇りを踏み躙《にじ》った以外の何ものでもありません。しかも、わたくしめがとこしえの幸いを願ったご夫婦の仲を、他ならぬわたくしめに引き裂く手伝いをさせたのです。その結果、義高様は命を落とされた。自分で自分が許せませんでした――」

千手前は、言葉を詰まらせる。

頼盛は、彼女の横顔に目をやった。

「――だから、義高への弔いとして、拘禁されている義高の近習の少年を釈放させることで、己の誇りを取り戻そうとしたのだな。人を救う遊女の歌舞音曲を使って。あの意趣返しをやめたのは、その目的を果たしたからか」

ようやく合点の行った頼盛に、千手前は微笑んだ。

「ええ、そうですわ。あの少年も、大姫様と義高様を心から慕っておりましたの。そして、まだ年端もいかないというのに、決死の覚悟で義高様の身代わりを買って出て、お二人の行く末をお守りしようとしたのです。そんな一途な志を持つあの子まで死ぬようなことになれば、ますます自分を許せません。それに、あの子が解放されれば、義高様の思い出を語り合える唯一の話し相手となりますし、佐殿が義高様誅殺の非を認めたことにもなりますから、大姫様の御心痛を少しでも和らげることができますもの。……それにしましても、こんなことまでお見通しでしたの」

千手前は、驚嘆のにじむ目を向ける。

頼盛は手にしていた扇を広げ、口許を隠した。

「心に大きな痛手を受けた大姫を少しでも救うために、何をすれば一番よいかと考えたら、義高との思い出のよすがになる者を生かしておくほかないと思ったのでな」

だからこそ、頼盛は真相を悟った時、頼朝へ近習の少年の釈放を進言したのだ。

「池前大納言様は、何でも見抜かれてしまわれるのですね。恐ろしいお方。貴方様なら、佐殿よりも、巧妙に御自身の敵を退けられることでしょうね」

「そう見えるか」

頼盛の脳裏に、今は亡き兄清盛の面影がよぎった。

「ところで、千手前よ。これからも、頼朝殿への意趣返しを続けるか。そうならば、やめよ。何しろ頼朝殿は、表向きの真相を告げただけでも、命の恩人である某すら脅して口止めしてくるような男。恩人でも何でもない官女であるおまえなど、ひとたまりもあるまい。真相を悟れば、きっと、ある日おまえが病で頓死したという形等で口封じをしてくるであろうよ」

千手前は、再び海を見つめた。

「……わたくし、重衡様のお世話を終えましたら、出家して義高様のお弔いをしようと思います」

重衡の世話を終えるということは、今はまだ保留中である重衡の処刑が執行されることを意味する。

千手前も、それを承知しているのか、こう続けた。

「もし、誰かに出家を止められましたら、重衡様を弔うためと答えますの。あのお方とわたくしめの間に、色めいた噂が囁かれていますから、きっと世間は納得しますわ。でも、おかしいですこと。あのお方が心から愛しておられるのは、都にいる奥方と恋人だけなのに。そして、あのお方を弔えるのは、その方々だけなのに。わたくしごときが重衡様を弔おうなどと、恐れ多いことですのに、世間はきっと疑いもしないでしょうね」

千手前は、寂しげな顔をする。

その表情から、言葉とは裏腹に、重衡への思い入れは決して浅くはないことを頼盛は感じ取った。

「そうして、重衡様を弔う名目で、義高様の故郷である信濃国の善光寺《ぜんこうじ》に行き、そこで出家するつもりです」

「では、頼朝殿への意趣返しを断念するのだな。それはよい。今の大姫には、おまえのように賢く親身な味方が必要だ。軽々しく命を捨てる真似をやめてくれて何よりだ」

千手前は一転、厳しい顔に変わる。

「いいえ。頼朝殿が、わたくしめにした仕打ち、そうたやすく忘れられるものではありません」

「しかし、弔いをしようと――」

「――弔いとは、死者を偲び続けて泣き暮らすことではございません」

彼女の口調は、いつになく強い。瞳が、燐火のように燃えていた。

「弔いとは、今を生きる者へ、死者の存在を突きつけ、その者に自らの生き様を考えさせるものです。少なくとも、わたくしめはそう解釈しております。だから、わたくしめは、善光寺で出家して、義高様を弔い続けることで、頼朝殿に意趣返しをして差し上げますの。貴方様が誅殺されたお方は、物の数にも入らない者からも弔われるほど、値打ちのあるお方だったのですよ。けれども、貴方様は、弔われる値打ちのある生き様をされているでしょうか、とね。このような意趣返しでしたら、大姫様を傷つけることにはなりませんわよね、池前大納言様」

頼盛は、舌を巻くしかなかった。

「やれやれ、そう来たか。見事な意趣返しを考えたものだな、千手前よ」

大姫が、さらなる心痛に襲われる危険はないとわかり、頼盛は胸を撫で下ろす。

「お褒めに与《あずか》り光栄でございます。佐殿には、力あるお立場になられても、踏み躙れないものがあるのだと、思い知らせて差し上げますわ」

冷笑を浮かべたのち、千手前の瞳は再び元の星空を凝縮したような輝きに戻る。

そして、潮風になびく髪を押さえながら、おもむろに頼盛から顔を背けた。
その眼差しの先には、貝殻拾いを続ける、大姫と近習の少年の姿があった。
「……大姫様と義高様には、お幸せになっていただきたかった」
潮風に紛れるような、か細い声だった。
波が打ち寄せてきたが、千手前は避けずに足を濡らすにまかせている。
頼盛も、打ち寄せる波を避けず、哀惜《あいせき》に満ちた彼女の横顔を眺め続けた。
赤銅色の夕日が、黒紫の海へ溶けこむように沈む。
潮鳴りだけが、辺りに響く。
千手前の慟哭のように、頼盛には聞こえた。

顔

降田　天

Message From Author

本作品は「地下鉄内殺傷事件に巻き込まれた人々＋ちょっと不思議」をテーマにした短編連作シリーズの三話目になります。

事件の当事者ではなく、たまたま居合わせただけの人々に焦点を当てようという試み。今回の主人公も、殺傷事件を中心に見た場合は正真正銘のモブなのですが、彼も彼なりの「誰にも言えない恐怖」を抱えているのでした……。

前二話の主人公が大人だったので、趣向を変えて男子高校生を主人公に。「部活」「友情」「異性の同級生」と学園ものっぽいモチーフを取り入れた結果、降田の著作にはわりと珍しい青春小説風に仕上がりました。

探偵役が関係者を集めて謎解きを披露するシーンを書くのは、これが初めてです。

降田　天（ふるた・てん）

鮎川颯と萩野瑛の二人からなる共作ユニット。2015年、『女王はかえらない』で第13回「このミステリーがすごい！」大賞を受賞しデビュー。18年、「偽りの春」で第71回日本推理作家協会賞短編部門を受賞。他の著書に『彼女はもどらない』『偽りの春 神倉駅前交番 狩野雷太の推理』『すみれ屋敷の罪人』がある。

力強く放たれたスマッシュが、コートの隅ぎりぎりに突き刺さった。

歓喜の映像に、女性の声にしては低い、冷静なトーンのナレーションが重なる。

『この一球で、水王《すいおう》高校の勝利とインターハイ出場が決まった』

カメラが切り替わり、ひとりの男子生徒の上半身が映し出される。白いウェアと、首にかけたスポーツタオル。学校のテニスコートの外だ。フェンスの内側では他の部員がラリーを交わしていて、小気味よい音とかけ声がＢＧＭになっている。

『都立水王高校テニス部三年、池渕亮《いけぶちりょう》。あのスマッシュで勝利を決定づけた彼は、エースとしての活躍を期待されながら、けがによって大会への出場さえ危ぶまれていた』

――完全復活と考えていいでしょうか。

姿なきインタビュアーの声はナレーションと同じだ。報道部三年の野江響《のえひびき》。祝福する口調ではなく、事実確認をしているかのように淡々としている。

「そう思ってもらえるプレーができたんなら、うれしいけど」

答える男子生徒、池渕亮は、日に焼けた顔にわずかな緊張を浮かべている。

――再起不能とも囁かれていましたが。

「自分でも正直もうだめかと思ってたんだ。三ヵ月もギプスが取れなくて、練習どころかまともに歩くこともできなくて」

伏せた視線を追うように、カメラが念のためにテーピングをしている右足首を捉える。

『池渕の選手生命を断ちかけた足首の骨折。それはある事件が原因だった。去年の十二月二十二日、走行中の地下鉄S線の車内で男が刃物を振り回し乗り合わせた乗客数名を殺傷した、いわゆる〈地下鉄S線内殺傷事件〉。まさにその現場に、彼はいた』

こもったような轟音《ごうおん》とともに暗がりを疾走する電車が映し出された。くすんだシルバーの車体に水色のライン。地下鉄S線だ。事件から半年近くたったあとに、南水王駅のホームで撮影された。顔をぼかされた乗客はみな初夏の装いで、窓には制汗剤の広告が貼られている。

〈南水王駅　十九時十三分発　日野原行き　各駅停車〉

なごやかな風景に白字のテロップがかぶさった。制服を着て大きなラケットバッグを肩にかけた池渕亮が、ひとり、うつむきかげんに電車に乗り込む。半年前の再現だった。

「すっげえよかった……」

スマホから顔を上げたとき、鬼の空手部員の目にはうっすら涙が光っていた。

「大げさだって。でもサンキューな」

池渕は頬をかき、カツサンドの最後のひとくちを口に放り込んだ。

空手部が見ていたのは、池渕を主役にしたドキュメンタリーだ。あの地下鉄殺傷事件に巻き込まれた悲運のエース、池渕亮。その復活劇。報道部が制作し、今日の午前八時にYouTubeで公開した。再生時間一時間にも及ぶそれを、空手部は休み時間のたびに少しずつ視聴し、ついにフィナーレを迎えたというわけだ。

池渕の尻ポケットでスマホがひっきりなしに振動している。同じタイミングで視聴を終えた友人たちからのラインだろう。報道部の宣伝が効いたのか、撮影が目立っていたせいか、生徒のあいだでは公開前からそこそこ話題になっていたようだ。

よくできたドキュメンタリーだと池渕も思う。だからこそ、折り合いをつけたはずの感情が胸の奥でざわめくのだろう。

パックに残ったいちごミルクを飲み干し、池渕は立ち上がった。どこ行くんだよと訊《き》かれ、トイレだと適当に答える。

教室を出るとき、村山《むらやま》と目が合った。反射的に体が硬くなった。男子テニス部のマネージャーリーダー。一年のときからの親友。でも今は……。先に目を逸《そ》らしたのは村山だったが、次の瞬間には池渕もそうしていた。

「よっ、水王のフェデラー!」

「どーもどーも」と調子よく応じながら、トイレの前を素通りして足の向くままに廊下を歩く。半袖シャツの襟もとが窮屈に感じられ、ボタンを外そうとしてやめた。そういうことじゃないと、わかっている。

通りがかった教室の中になにげなく目をやると、野江響の姿が目に入った。あのドキュメンタリーを中心になって制作した報道部員。窓際の席にひとり座って、表情もなく外を眺めている。ストレートの黒髪を耳にかけ、その耳にはワイヤレスイヤホン。

視線を感じたのか野江が振り向いた。池渕はそのまま教室の前を通過した。ふたりの視線が一瞬からんだことに気づいた者はいないだろう。

感動のドキュメンタリー。ヒーロー復活の物語。だが、そこには大きな嘘がある。池渕と野江、ふたりは共犯者だ。

悪夢を見たが目覚めた瞬間に忘れてしまった、ということはよくある。すごく怖かったのにと首を傾げつつほっとする。

しかし、その夢はそうではなかった。

池渕は階段を駆け上がっている。逃げなくちゃいけない、ただそれだけがたしかなことだ。だけど、どんなに走ってもてっぺんに着かない。階段に終わりはない。どこまでもどこまでも続いている。このままじゃだめだ。あいつが来る。追いかけてきて、追いつかれてしまう。池渕は必死で逃げる。けれどもついに、背後から腕をつかまれる。悲鳴をあげて振り返ると、そこにはつるりと黒いのっぺらぼうの顔が――。

いつもそこで目が覚める。びっしょりと汗をかき、胸を大きく上下させながら。ときには声を上げて飛び起きることもある。池渕はその内容を一日じゅうはっきり憶えているし、同じ夢がほとんど毎日くり返される。

それが始まったのは、去年のクリスマス前、地下鉄殺傷事件に巻き込まれた直後からだった。電車を降りて逃げる途中で池渕は駅の階段から転落し、頭を強く打って病院に搬送された。意識が戻ったのは翌日の午後だった。幸い脳や脊椎に異常は見られなかったものの、下された診断は足関節骨折。くるぶしの部分をボルトで固定する手術をして二週間入院し、三ヵ月かかってやっとまともに歩けるようになった。

どこまでも続く階段ものっぺらぼうも、もちろん現実には存在しない。だが、あのときの体験を夢で見ているのは間違いないだろう。ただの夢だと自分に言い聞かせるものの、三ヵ月以上も続くとさすがにきつい。

報道部から池渕のドキュメンタリーを制作したいという依頼があったのは、そんな折だった。三年に進級してすぐの放課後、それぞれの部活に散っていくクラスメートをバックに、報道部部長の五味《ごみ》は唾《つば》を飛ばしてまくしたてた。

「地下鉄殺傷事件のせいで選手生命の危機に陥ってる元スター！　こんなネタを放っておく手はないだろ？　しかも制作はうちのエースの野江にやらせる。野江が去年、学生の身でありながら産廃業者の不法投棄を暴いてみせたのは、池渕も知ってるよな。水王のフェデラーと水王のウッドワードのコラボってわけだ」

ウッドワードが誰だか知らないが、つまり報道の世界のフェデラーなんだろう。そう理解して、池渕は水王のウッドワードこと野江響に視線を向けた。興奮した五味とは対照的に、その半歩後ろでクールな顔をしている。校内新聞のために報道部の取材を受けたことは何度かあるが、野江とは初対面だった。切れ長の目に細い鼻梁《びりょう》、薄い唇。丸みのないすらりとした体型もあいまって、マネキンのような印象を受ける。

「ドキュメンタリーってことは映像だよな」

何を当たり前のことをとでも言いだけに、五味が大きくうなずく。

「がっつり密着取材で撮影させてもらうよ。テニスのこと、日常のこと、もちろん事件のことも」

事件のこと。ぎくりとしたが、幸い記者としての五味の目は節穴のようだ。交渉は部長に任せると決めているのか、野江は無言でやりとりを見守っている。

「ブチ？」

教室の戸口から村山が顔をのぞかせた。ジャージに着替えているということは、池渕がなかなか部室に来ないので様子を見に戻ってきたのだろう。本格的な練習はできなくても、けがをした部位を使わないトレーニングは欠かさず続けてきた。村山はマネージャーとしてそれを支えてくれている。

五味と野江を見て、村山はけげんな顔になった。

「えっと、たしか報道部の……？」

「おれのドキュメンタリーを作りたいんだって」

村山は即座に状況を理解したらしく、険しい表情で池渕と報道部のあいだに割って入った。一年生のときはマネージャーでなく選手だった村山は、背も高いし体も分厚い。ひょろりとした五味とは正反対だ。

「ようやくギプスが取れて、池渕は今が大事なときなんだ。そんなことやってる場合じゃないんだよ」

村山らしくないすごむような言い方だったが、五味はひるむふうもなく、池渕に向かって「いい返事を期待してるよ」と言い残して野江とともに去っていった。後ろ姿をにらんで村山が舌打ちする。

「ブチは校内新聞なんか読まないから知らないだろうけど、五味が書いた運動部に関する記事はひどいもんだよ。体育会系に対する偏見に充ち満ちてて、試合に負けようもんなら惨敗だの失態だのって書き立てるから、こっち側じゃみんな嫌ってる」

「おれ、活字読むと眠くなる体質なんだよな。でもその話はよく聞くよ」

「だろ？　そんなやつが作るドキュメンタリーなんて。そもそも今のブチを撮りたいってのがいやらしいんだよ。人の苦しみをネタとしか考えてないんだ」

村山が言っているのは、けがのことだけではない。その前から続く長いスランプも含めての「今のブチ」であり「苦しみ」だ。

幼いころからクラブに入って腕を磨いてきた池渕は、数々の大会で好成績を収め、鳴り物入りで強豪の水王高校テニス部に迎えられた。期待を裏切らない活躍で、次期エースと目されてもいた。ところが去年、団体戦のメンバーとして出場したインターハイで格下の相手にまさかの敗北を喫して以来、どうも調子が悪い。その後に出場した国体でも精彩を欠き、十二月の関東選抜では登録メンバーには選ばれたものの、本番で起用されるかどうかは怪しいところだった。結局けがのせいで関東選抜には出られなかったが、池渕なしでチームは勝ち進み、全国選抜に出場してベスト8という結果を残した。そんな状態で戦列を離れてもう三ヵ月以上になる。

池渕は村山に悟られないよう、ひそかに拳の内側に爪を立てた。

「実際に作るのは野江だって言ってたけど。あいつ、なんかすごいやつなんだって？」

「ああ、不法投棄の話な。畑をやってる年寄りから用水路の水がへんだって聞いて、近くの川が汚染されてる可能性に気づいて、産廃業者の不法投棄を突き止めたらしい」

「えっ、マジですげーじゃん」

「すげーじゃん、じゃねーよ」

村山は大きなため息をついた。

「そんなやつに密着取材なんてされたら、おまえなんかすぐぼろが出るよ。……まだ思い出さないんだろ？」

声を潜めての問いかけに、池渕は小さくうなずく。

村山の他には誰も知らないことだが、実のところ池渕は、地下鉄殺傷事件についてあまりよく憶えていない。頭を打ったせいなのか事件前後の記憶はほとんどなく、断片的に残っている記憶もあやふやなのだ。

だが、そのことを人に知られるわけにはいかない。

あれは退院してすぐのころだった。

――自称フェデラー氏のけが、わざとって本当？

耳に飛び込んできた言葉に、池渕ははじかれたように頭上を見た。ベランダで話していた何人かの生徒は、自分たちの真下に本人がいるなんて思っていなかったのだろう。

——あいつと一年生とで近々、関東選抜の出場枠をかけた選考試合をやる予定だったんだって。でも負けそうだったから、事件に巻き込まれたのをいいことに、わざと階段から落ちたんじゃないかって。

——え、事件に巻き込まれたこと自体が嘘ってあたしは聞いたよ。

——そういやあいつ、あんだけ目立ちたがりのくせに、事件の話は全然しないよな。虚偽確定だな。

ショックで頭が真っ白になった。松葉杖にすがるようにしてその場を離れ、自分の教室にたどり着いたときにはびっしょりと汗をかいていた。

選考試合が近かったのは事実だ。そのことで池渕がナーバスになっていたのも。池渕がスランプから抜け出せずにいたのに対し、対戦相手の一年生、桂《かつら》は、めきめきと実力を伸ばしていた。池渕は自信満々の顔をして、内心では負けるかもしれないと恐れていた。でも、だからといって、わざとけがなんかするもんか。そんな気持ちでテニスをやってはいない。

それ以来、自分に関するうわさにひどく敏感になった。口をきいたこともない生徒たちが、池渕の心の中まで見てきたように語るのが恐ろしかった。学校じゅうの生徒が、けがはわざとだと決めつけているように思えた。

池渕に事件の記憶がないとなれば、デマにリアリティを与えることになる。暇つぶしに悪意を向けてくる連中にとっては、もともと真実かどうかなんてどうでもいいのだ。今はうわさを信じていない者も考えを変えるかもしれない。

「あの夢はまだ続いてるのか？」

村山が眉をひそめて尋ねる。あのうわさを聞いてしまったあとで教室に入ったとたん、すぐに池渕の異変に気づいて、何かあったのかと顔をのぞき込んだときと同じように。

「夢？　ああ、そういや最近は見てないな。忘れてた」

池渕は嘘をついた。

マネージャーである村山には、ケアのために日ごろから自分のコンディションを伝える機会が多い。親友というのもあって、例の悪夢のこともつい打ち明けてしまったのだが、今では後悔している。

村山はもともと選手として入部した。水王高校テニス部に入部するからにはそれなりの実力と自信を備えていたものの、練習試合も含めたすべての試合に一度も出られずに一年が終わったところで、心臓に先天的な欠陥があることが発覚した。監督からは部を辞めるよう勧められたが、村山はマネージャーとして残るという決断をした。

今では部になくてはならない存在であり、支えてもらっている自分たち選手は、村山

も池渕はそう考えている。村山のほうも、池渕には特に期待をかけていた。少なくともあきらめざるをえなかった夢を背負っている。言葉にしたことはないが、少なくと

おれは村山の希望なんだ。そう思うからこそ、心配はかけたくない。

そうかと言いつつ村山にはお見通しのようで、表情は晴れなかった。

「とにかく、報道部の件はきっぱり断れよ。なんならおれが……」

「わーかったって。おまえはおれのこと心配しすぎなんだよ。どうせ心配するなら、かわいい女子でも紹介してくれよ。妹、光園《こうぞの》女子に受かったんだろ」

ところが、テニス部顧問の滝田《たきた》の意見は村山とは逆だった。

「ドキュメンタリーなんてすごいじゃないか。将来いい記念になるぞ。報道部のカメラとはいえ撮られるとなったら、部のみんなもやる気が出るんじゃないか」

意外だった。熱心な指導者である滝田なら、そんな暇があったら練習しろ、練習できないなら研究しろ、とでも言うに違いないと思っていた。だから報道部からの依頼について指示を仰いだつもりはなく、たんに報告のつもりだったのに。

戸惑う池渕を置き去りに、滝田の意識は早くもコートの中へ向いている。

「桂、今のいいぞ！」

「あの」

焦りに衝き動かされるように声が出た。

「一昨日、病院行ったんすけど、もう二週間もしたらコートに入っていいって言われました。だから総体には間に合います」

「おう、そうか。よく我慢したな」

ブチせんぱーい、と大きな声で呼びながら、桂がラケットを振り振り駆け寄ってきた。単純な動作でも、いや、だからこそわかるセンスのよさ。練習の途中だが、滝田は大目に見ることにしたようだ。

「ここにいるってことは、もしかしていよいよ本格復帰っすか？」

池渕が出られなかった三月の全国選抜で、チームのベスト8進出に貢献した一年生。二年生になった今も、特徴的ないがぐり頭は変わらない。規則でもないのにそんな髪型なのは、桂の頭にバリカンを当てるのがばあちゃんの唯一の楽しみだから。

天真爛漫を地で行く後輩にきらきらした目で訊かれ、池渕はちょっと言葉につまった。

「……もうちょい」

「そっかあ。でも、もうちょいで帰ってくるってことっすよね」

桂が池渕の復帰を心待ちにしているのが伝わってくる。その曇りのなさは、スランプに陥る前の自分を見ているようだ。

池渕にじゃれつく桂を、入部したばかりの一年生たちが興味深げに眺めている。桂はすでに見上げられる立場になっているのだと、今さらながらに認識する。

コートの反対側で忙しげにしている村山が、さっきからちらちらとこちらを気にしているのはわかっていた。池渕は桂から目を逸らす代わりに、「待ってろよ」と胸を張った。

滝田にああ言われては、断ったらかえってへんなふうに勘ぐられかねない。

報道部に承諾の返事をした翌日の昼休み、弁当を食べているところへ現れた野江響は、教室に入ってきたときからすでにハンディカメラを構えて撮影を開始していた。事情を知らないクラスメートたちがなんだなんだと驚いているが、それは池渕も同じだ。日常生活も含めての密着取材だとは聞いていたものの、予告なしにこんな、本当になんでもない生活のひとコマを撮られるとは思っていなかった。でも考えてみれば、プロ選手のドキュメンタリーにもごみ出しや犬の散歩のシーンがあったから、そういうものか。

野江は片手でカメラを構えたまま、手近な空いている椅子を引き寄せて座った。

「好きなおかずは？」

唐突な質問に面食らいつつ答える。

「やっぱ男はからあげっしょ」

自分は卵焼きっす、と空手部がしゃしゃり出る。

野江の細い指が何やらカメラを操作した。

「友達の目から見て池渕くんはどんな人？」

画角を広げて、一緒に弁当を食べている面々もフレームに入れたのだろう。熱血空手部と、チャラ男バスケ部と、それに村山。村山は無言で、明らかに野江を警戒している。池渕がやっぱり取材を受けようと思うと告げたときも、最後まで強く反対した。

「バカだけどいいやつ。マジでバカだけど」

「三年になれたの、奇跡だよな。なんせ水王のフェデラーとか名乗っちゃってるくらいだから」

空手部とバスケ部が口々に言う。フェデラーはもともとは自分から名乗ったわけではないのだが、まあいいことにする。こいつらに悪気は全然ないんだし、結局は自分でも名乗るようになったわけだし。

「あと、かっこつけてるけど童貞」

おいっ、と池渕は声を上げたが、野江はまったく無反応だった。無表情で続きを待たれて、バスケ部はたじたじになった。

助け船は思いがけないところからやってきた。いたたまれない沈黙を破ったのは、ブチせんぱーい、という底抜けに明るい声だった。いがぐり頭の二年生は、注目を浴びても意に介するふうもなく、池渕たちのほうへ近づいてくる。

「お、やってるやってる」

野江のカメラをうれしそうに見て、桂は持参した弁当箱を机の端に置いた。

「ブチ先輩のドキュメンタリーを作るって聞いて。おれもぜひ協力させてほしいっす」

これにはさすがの野江も面食らったようだ。呆気に取られる三年生にかまわず、桂はカメラのほうへ体を向けて腰を下ろした。

「さあ、おれに何でも訊いてください。おれ、ブチ先輩のことリスペクトしてるんで。あ、レギュラーの座を争うライバルなのに意外っすか？　そこはそれ、ってゆーか、ライバルと呼んでもらえたらむしろ光栄っす」

「……桂くんは」

「あっ、ハルクのぬいぐるみばっ！」

何でも訊いてくれと言っておきながら、野江が何か言いかけたところで、桂はまた勝手にしゃべりだす。その視線の先にあるのは、机の横に吊るした池渕のスクールバッグだ。持ち手に、緑色の大男をデフォルメしたぬいぐるみバッジがぶらさがっている。

「これ、どこで手に入れたんすか。前は付けてませんでしたよね」

「……入院中に見舞いでもらったんだよ」

つまりもう三ヵ月以上もバッグに付けているものだが、その間、桂がこれを目にする機会はなかった。池渕が部室に行く時間を遅くにずらしていたからだ。練習メニューが違って池渕はひとり早く終わってしまうため、帰りも全体の終了を待たずに先に出るようにしていた。自分がいたら周りが気を遣うだろうと遠慮したのもあるが、最大の理由は、みんなと一緒にいたくなかったからだ。特に桂とは。好きなだけ練習ができる、強くなっていく仲間と、同じ場所で笑うのはきつかった。

そんな気持ちを知ってか知らずか、桂は「いいなあ、おれも欲しい」と子どものように言う。それからカメラに向き直って、

「おれたちどっちもマーベル好きなんすよ。先輩はパンツもひとそろい持ってて、一番よくはいてるのはキャプテン・アメリカっすね」

池渕は天を仰ぎたい気分になった。やべー。友達だけじゃなくて後輩までバカだ。類は友を呼びまくりじゃん。

野江はさぞあきれているだろうと思うが、桂の発言を止めようとはしない。かといって興味を引かれた様子もなく、下ネタを受け流したときと同じ無表情で撮影を続けている。マネキンのようだという第一印象がいっそう強くなった。マネキンというよ

りアンドロイドか。野江響はきっと、ものを食べないし、トイレに行かないし、汗をかかない。

桂がしゃべり続けて昼休みは終わった。空手部とバスケ部はおもしろがっていたが、村山は食事のため以外にはほとんど口を開かなかった。こんな取材にはたして意味があるのか、はなはだ疑問だ。

しかしほっとしたのも束の間、野江は放課後、再びカメラを携えてやってきた。今日は病院へ行ったあとスポーツマッサージに行く予定だと言うと、どちらも学校からそう遠くないことを確認し、自転車でついてきた。活発な印象のない野江が自転車通学というのは意外な感じがしたが、時間帯やルートによってはそのほうが効率的だからと言われれば、なるほど野江らしいという気もする。実際、路線バスで移動した池渕と、野江の到着時間はほとんど変わらなかった。

野江は医師やトレーナーにまで取材交渉をおこなった。医師には断られたが、トレーナーのほうは池渕本人がいいならとのことで、野江のペースに呑《の》まれてつい許可してしまった池渕は、ベッドでうめく姿を撮影される羽目になった。

「おれ、もう帰るんだけど」

支払いを終えて外へ出たところで、離れる気配のない野江に告げる。野江はそれがどうかしたのかという表情で「どうぞ」と言った。

「どうぞって、まさか家までついてくる気？」

「いけない？」

「いけないっていうか……」

そこまでやるのかよ密着取材。池渕が口ごもっているあいだもカメラは仕事を続けている。

「池渕くんの家は駅で言うとどこ」

「……S線の青里。殺傷事件の犯人が取り押さえられたとこだよ」

「五駅か。自転車で行くには遠いかな」

つぶやいて、野江は茶色の革バンドの腕時計を見た。

「例の殺傷事件があった十二月二十二日、あなたが乗った電車は南水王駅何時何分発だった？」

突然の質問に、池渕は目をしばたたいた。事件について訊かれるのは、取材が始まってからはじめてだ。ついに来た。ひそかに腹に力を入れる。

「十九時十三分だろ。駅に行ってそのとき来た各停に乗っただけだから時間は見てなかったけど、事件のニュースで見た。たまたまその電車に乗っちゃうなんて、ついてないよな」

「電車だけじゃなく、車両までそうだったんでしょ」

「そうなんだよ、六両目。ほんとついてない」

夕方になって気温はぐっと下がっている。なのに背中を汗が流れ落ちていく。

本当のところ、池渕は自分が乗ったのが何両目だったのか知らない。転落した階段が六両目の停車位置のすぐそばだったことと、記憶はなくとも心に刻まれた強い恐怖から、そう推測しただけだ。夢の中であれほど「逃げなくては」と思っているのは、殺傷事件の現場に居合わせたからに違いない。

「どうして」

「は？」

「うちの学校からS線に乗ろうとすれば、ふつうは南水王駅の1番の出入り口を使うことになる。すると一両目がいちばん近いはずだよね。実際、うちの生徒はたいていそのあたりに乗るから、あの電車に乗ってた人は他にもいたけど、六両目で起きた事件には誰も巻き込まれずにすんだ」

「それは……」

考えたことがなかった。たしかに、池渕もふだんは一両目か二両目に乗り、青里駅ではホーム西端の階段を使う。ところがあの日、転落したのは、ホーム中央の階段だった。なぜふだんと違う行動を取ったのだろう。思い出せない。

「そういう気分だったんだよ。あのころはあんまり調子がよくなかったから、知ってるやつと顔を合わせたくなくてさ」

口にしたらそうだった気がしてきた。スランプから抜け出せないまま選考試合が迫ってきている状況で、不安と焦りでぴりぴりしていたのだ。

「じゃあ、ひとりだった？」

「ああ」

そのはずだ。帰りの電車はいつもひとりだし、病院に運ばれたときに付き添いはいなかったと聞いている。

「乗り込んだとき、車内の様子はどうだった」

「どうって」

「混み具合は？　池渕くんは六両目のどのあたりに乗ったの？　犯人は……」

「ちょっと待ってよ」

淀みなく繰り出される質問をどうにか遮った。テニスの試合で相手の攻勢がすさまじく、たじたじになって打ち返したボールがアウトになった、そんな気分だ。

野江はこちらの要求どおりに質問を止めて待機している。冷静そのものの表情でじっとこちらを見て、次の言葉を待っている。

強い渇きを覚えて唾を飲んだが、空気を飲んだだけのように感じた。無理やり笑みの形にした口を開く。

「急にそんなに訊かれても。三ヵ月以上前のことだし、あのときは混乱してたし、そのあとはけがのことでいっぱいだったし、うまく思い出せないよ」

「ゆっくり思い出して。こっちはいくらでも待つから」

「いやいや、おれは帰るんだって。つーか、うっかり立ち話しちゃったけど寒くね？」

「なら歩きながらでも……」

「またにしてよ。うちに来るとかも突然は無理だから」

野江は小さく息をついた。

「わかった」

カメラを下ろし、駐輪スペースに停めてあった自転車に手をかける。池渕は今のうちに立ち去ってしまいたかったが、逃げたように思われそうで、結局その場に留まっていた。

自転車に跨《また》がった野江が、不意打ちのようにこちらに顔を向けた。

「事件のことは話したくない？」

「え……なんで」

「口が重くなるみたいだから」

いったいどう答えるのが正解だったのだろう。そんなことないよ？　まあ、いい思い出じゃないから？　野江が「また明日」という不吉な言葉を残して去ったあとで考えたが、わからなかった。ただ、何も言えずに立ち尽くしてしまったのが失敗だったことだけは間違いない。

――そんなやつに密着取材なんてされたら、おまえなんかすぐぼろが出るよ。

依頼を受けることに反対した村山の言葉がよみがえった。

「……心配しすぎだっての」

これはむしろチャンスなんだと自分に言い聞かせる。野江の追及にうまく応えることができれば、けがに関する悪意ある憶測、池渕が嘘つきであるかのようなうわさを、払拭できるはずだ。

その夜もまた夢を見た。

南水王駅のホームに立つ池渕の前に、地下鉄が滑り込んでくる。S線の各駅停車。スマホに表示されている時刻は、十九時十三分。車内には空席もあったが、池渕はドアのそばに立った。続いて乗り込んできた子連れの男性が、その席に子どもを座らせた。

スマホをいじりながら電車に揺られること十数分。四駅目の西水王駅を出たところで、突然、車内で悲鳴が上がった。反射的に声のほうを見ると、車両の真ん中あたりの乗客がいっせいに腰を浮かせ、あるいは吊革を離して、わっと浮き足立っている。何事かと思う間もなく、彼らはこっちへ押し寄せてくる。たちまちもみくちゃになった池渕の目に、信じられない光景が飛び込んできた。ぶんぶんと空を切る、刃先に血のついたナイフ。それを握りしめた若い男と、その正面に立ち塞《ふさ》がる老人。対峙《たいじ》するふたりの男の足もとに、女がひとり、シートから滑り落ちた格好でくずおれている。彼女のものとおぼしきバッグに付いているあれは、マタニティマークだ。一瞬だったが、すべてはっきりと見えた。

大柄なサラリーマン風の男を筆頭に、乗客が隣の車両へと逃げていく。車両のつなぎ目で渋滞が発生し、池渕は人の群れに呑まれて押しつぶされる。電車が青里駅に着きドアが開くと、堤防が決壊したみたいに乗客がホームへあふれ出した。押し合いへし合いがあって、転倒する人もいて、そこでもパニックが発生する。

どうにか通り抜けた池渕は、ちょうど目の前にあった階段を一目散に駆け上がった。逃げなくちゃいけない。あいつが来る。追いかけてきて、追いつかれてしまう。池渕は必死で逃げる。前へ、上へ、遠くへ、一段飛ばしで走る。だけど、どんなに走ってもてっぺんに着かない。階段に終わりはない。どこまでもどこまでも続いている。

やっぱりいつもと同じところへ来た。お決まりの悪夢の終着点。

背後から腕をつかまれ、悲鳴をあげて振り返る。そこには——。

びっしょりと汗をかいて目を覚ましたとき、部屋は真っ暗でしんとしていた。ベッドが揺れていると感じるのは、心臓の鼓動が激しいせいだ。こわばった体を起こし、手のひらで顔面をなでる。ぬるりと嫌な感触に、全身の毛が逆立つ。

夢の中で池渕の腕をつかむ、あののっぺらぼうの正体は、殺傷事件の犯人に違いない。実際には犯人は車内で取り押さえられており、池渕を追ってきたという事実はないが、追いかけてくるんじゃないかとおびえていた気持ちがそういう形で夢に出ているのだろう。

熱のこもった息をゆっくりと吐き、体の力を抜いていく。今まで階段の場面だけだった夢が、今回は電車に乗るところから始まった。これはきっと記憶が戻りつつある兆候だ。帰宅してから寝るまで、事件についての記事や個人が発信する情報をネットで読み漁った甲斐があった。

〈十二月二十二日午後七時三十分ごろ、西水王駅—青里駅を走行中の地下鉄S線各駅停車（栗駒発日野原行き）の六号車において、北浦誠治《きたうらせいじ》容疑者（25）が乗客五人をナイフで切りつけ、一人を殺害し、四人に軽傷を負わせた。北浦容疑者は乗客の男性らによって取り押さえられ、駆けつけた警察官により逮捕された〉

〈その電車乗ってた！　二両目だったからそんなことが起きてるなんて全然知らなくて、青里駅で停まったらホームが急に騒然となって、逃げろとか聞こえてきたから、降りる駅じゃなかったけどとりあえず降りた。駅はパニック状態で地獄絵図〉

〈軽傷を負った四人のうち一人は妊娠中の女性で、犯人の左隣に座っていて最初に襲われた。とっさに身をよじったため二の腕を切りつけられる格好になり、体勢を崩してシートの下に滑り落ちた。そのとき近くに立っていた向井《むかい》正道《まさみち》さん（70）が犯人と女性のあいだに割って入った。女性は他の乗客の助けを借りてどうにかその場を逃れたが、向井さんは犯人に全身を刺され死亡した〉

〈恐怖はありましたけど、切りつけられた女性を見捨てるわけにはいかないじゃないですか。あの亡くなった方が体を張って女性をかばってくれたので、そのあいだに何人かで女性を引っぱって。どうにか犯人を取り押さえられたのも、あの方のおかげです。いや、私のけがなんてかすり傷ですよ〉

写真や動画もたくさん出まわっていた。

容疑者の北浦誠治は貧相な体つきで、ダウンジャケットのフードをかぶっているせいもあってか、顔色が悪く、目つきが異様に暗く見えた。貧相という点では、犠牲になった向井なにがしも負けず劣らずだったが、犯人に立ち向かう動作に迷いは感じられなかった。逆に、若くたくましい肉体を持っていても、他人を押しのけて逃げていく男もいる。逃げ惑う乗客。ホームで転倒する人。音がひび割れて何を言っているのかわからないアナウンス。悲鳴。怒号。混乱。恐怖。

枕もとのスマホを手にとって時刻を見ると、まだまだ夜明けには遠い。しかし再び眠る気にはなれず、池渕はさらに事件の情報を探しはじめた。つらい作業だが、記憶の空白を完全に埋めないことには、野江には立ち向かえない。

翌日は練習メニューが軽い日だったので、部活が終わったあとで村山とスポーツショップに行く約束をしていた。昼休みに取材に来てそれを聞いた野江は、案の定、同行したいと言った。それは予想どおりだったが、村山が承諾したのは予想外だった。

「ブチの態度があまりにもあからさまだからだよ。野江にびびってるのが出すぎ」

「びびってなんか」

「身構えちゃうのはわかるけど、そんなんじゃなおさら怪しまれるよ。同じ理由で、かたくなに拒否するのもよくないだろ」

池渕はため息をついた。結局、心配をかけてしまっている。

「はっきり思い出せないだけで、嘘ついてるわけじゃないのに……」

あんまり思いつめるなよと言うように、村山は池渕の背中をたたいた。

行きつけのスポーツショップは学校からはやや離れていて、JRの急行電車に十分ほど乗らなければならない。野江は部室に寄ってから行くというので、村山とふたりで電車に揺られ、先に店に着いた。ほどなくやって来た野江は、池渕がガットの張り替えを頼んだと言うと、その様子を撮影したいと店に交渉して奥へ消えていった。さすが水王のウッドなんとか。マッサージのときといい、すごい行動力だ。

「感心してる場合か」

シューズを見ていた村山が、あきれ顔で言って、そのうちの一足を手に取った。

「これ買ったら、ちょっと外出て他の用事もすませてくる。ガット、まだかかるだろ」

了解と告げ、池渕はカラフルなウェアのあいだをうろついた。こうしてふつうに歩いている分には足首は痛まない。だが以前のようなプレーができるかというと、正直、自信がなかった。しかも柱に勝って出場枠を得るためには、「以前のような」ではだめなのだ。それ以上でないと。ガットの張り替えのついでに気に入ったウェアがあったら買うつもりでいたが、どうもそんな気になれない。

野江が店の奥から出てきた。

「撮りながら話を聞いたけど、ラケットの世界も奥が深いんだ」

「ああ、あの人は店長なんだけど、めちゃめちゃ詳しいから。シューズ選ぶときとかもアドバイスもらってるし、テニス始めたときからずっと世話になってる」

「当たり前かもしれないけど、選手の活躍の裏にはいろんな人のサポートがあるんだね」

その言葉が、ずんと胸に響いた。常に心に刻んでいるつもりだが、自分のことで精いっぱいになると、つい感謝がおろそかになってしまう。

「村山くんは？」

「ちょっと出かけた」

「そう。車内でのこと、思い出した？」

「え？」

何を言われたのか、しばらくわからなかった。マッサージの帰りに、殺傷事件のときの車内の様子を訊かれてまたにしてくれと答えた、その続きだと気づいて背筋が凍りついた。テニスに関する穏やかな会話からの、突然の切り替え。強烈なフェイント。息を呑む池渕に野江がカメラを向ける。

これはチャンスなんだ。池渕はとっさに商品のほうへと視線を逃がし、自分に言い聞かせた。集めた情報と夢の内容をそのまま話せばいいだけだ。唇を舌で湿らせ、慎重に口を開く。

「車内はそんなに混んでなかった。おれのすぐあとに男の子とお父さんかな、が乗ってきて……」

ゆっくりと言葉を重ねていくうちに、本当に思い出してきた。たんなる夢じゃない。あの親子を見たのは、間違いなく現実の体験だ。そう、あのとき、

「男の子がおれを指さして何か言ったんだ。人を指さしちゃだめだって、お父さんは急いで注意してた。おれはドアのそばに立ってスマホをいじってて……」

悲鳴。パニック。血に濡れたナイフ。立ち向かう年寄り。マタニティマーク。青里駅。階段。そして——。

舌がなめらかに動き、気がつくと悪夢のことまで話してしまっていた。

「PTSDなんて大げさなもんじゃないんだけどさ、ときどきあのときのことを夢に見るんだ。ちょっとフィクション入ってんだけど」

「というと?」

「のっぺらぼうが出てくるんだ」

「……のっぺらぼう?」

野江の応答に間が空くのはめずらしい。

「おれが電車から逃げて階段を駆け上がってたら、背後から誰かに腕をつかまれる。で、振り返ったらそこにのっぺらぼうがいる、ってそんだけ。いつもそこで目が覚める」

「のっぺらぼうに何か特徴はないの？　性別とか年齢とか」

「何も。ミステリー漫画の犯人みたいに、体全体が黒い影のかたまりなんだ。犯人が追っかけてくるんじゃないかってびびってたせいで、そんな夢見るんだろうけど」

池渕はなんでもないことのように言って肩をすくめてみせたが、野江は指を顎に当てて何やら考え込んでいるふうだ。

「ところで、池渕くんはなんでその電車に乗ったの」

「なんでって？」

「部活が終わってまっすぐ駅に行けば、十八時四十五分ごろの電車に乗れるはずでしょ。でも、その日はなぜか十九時十三分のに乗った」

言われてみれば、なんでだろう。考えたことがなかった。そして、その部分の記憶の空白はまだ埋まっていない。

「さあ、なんかだらだらしてたんじゃない？」

笑顔でごまかしたところで、村山が外から戻ってきた。ぬいぐるみを片腕に抱えている。

「何だよ、それ。それ買いに行ったの？」

「買ったんじゃなくてゲーセン。プライズ限定品が出たから取ってこいって妹に言われててさ」

「この短時間でぱっと行ってぱっと取れちゃうのが、さすがだよな」

村山はクレーンゲームの名人で、池渕がスクールバッグに付けているハルクも村山が取ってくれたものだ。転落事故で入院しているときに、見舞いとしてもらったらしい。らしいというのは、その記憶がないからだ。自分のバッグに見覚えのないぬいぐるみバッジがぶらさがっているのを不思議に思って村山に尋ねたところ、そういうことだった。

さっきの返答でごまかせたのかどうか、野江はそれ以上は追及してこなかった。ガットの張り替えが終わるのを待ち、三人そろってスポーツショップを出る。野江は自転車を学校に置いてきたそうだ。ここからは地下鉄で帰るというので、ＪＲの駅へ引き返す池渕たちとは店の前で別れることになった。

別々の方向へ歩きだしてから、池渕はほっと息をついた。どうにか乗り切った。たくさんの情報を集めたおかげで、事件についてすらすらと話すことができたし、思いがけず記憶の一部がよみがえるというおまけまでついてきた。この調子でもっと情報を集めれば、取材が終わるまで持ちこたえられるか、もしくはその前にすべての記憶を取り戻せるのではないか。

「亮くん！」

店長が小走りに追いかけてきて、二つ折りタイプのパスケースを差し出した。

「これ、野江さんが落としてったみたいなんだ」

彼女の腕時計のベルトと同じ、茶色の革のものだ。池渕は野江が歩いていったほうへ首を伸ばしたが、その姿は見当たらない。

しかたがないので代わりに受け取ったとき、パスケースから白い紙片が落ちた。拾ってみるとレシートだ。パスケースを開き、ノエヒビキとカタカナで印字されたＩＣ定期券の上に挟み込む。

再度、通りを見まわしたが、やはり野江は見つけられなかった。取材前に連絡先を知らされていたのを思い出し、電話をかける。三コールで出た野江に、パスケースのことを告げると、明日でいいと言われた。

「わざわざありがとう。店長さんにもお礼を伝えて」

心なしかいつもより早口だ。ミスに慣れていないのか、野江でも動揺することがあるのかと意外な思いだった。

考えてみれば、池渕は野江のことを何も知らない。逆はあれこれ必要なさそうなことまで知られているのに。テニスでもそうだが、敵を知ることは有利に働く。それに、少しだけ野江響という人間に興味も出てきた。少なくともアンドロイドのイメージは変わりつつある。

池渕は野江のクラスの女子を中心に、彼女についてそれとなく訊いてみた。

――野江さん？ 池渕が話を聞いた範囲で、野江を響と呼ぶ子はいなかった。クールビューティー。頭よさそう。近寄りがたい感じ。話したことない。よく知らない。男子に訊いてもほぼ同じで、なんか怖い、同級生は相手にしなさそう、という意見が追加されたくらいだった。ただ、野江が自転車通学を始めたのは二年の三学期からで、それ以前はN線を利用していたということだけはわかった。

「野江のことなんかそんなに気にするなよ」

村山には再三、注意されている。最初はたしなめる程度の言い方だったが、だんだん口調がきつくなってきた。

「それに、事件について調べるのもいいかげんにしとけ。睡眠不足なの、見ればわかるよ。事件と同じ電車の同じ車両に乗ってみたり、同じ階段を駆け上がってみたりもしてるだろ。本格復帰が目の前だってのに、そんなんじゃ肉体的にも精神的にもよくない」

心配してくれているのは重々わかっているが、ありがた迷惑だ。記憶が戻りつつある証拠に、夢の内容はますます具体的になってきている。犯人が着ていたダウンジャケットの迷彩柄や、その破れ目からこぼれた羽根が妊婦のバッグに落ちる様、向井正道のベージュのコートのくたびれ具合まで、今でははっきりと見える。

「大丈夫だって」

声にいらだちがにじんでしまい、言ったそばから後悔した。

「おめでとうございます!」

ついに復帰した池渕を一番うれしそうに迎えたのは桂だった。まだ幼さの残る顔の全部で笑って、グラウンドを挟んだ校舎まで届きそうな声を張りあげる。

「そんな大声出さなくても聞こえるって」

桂はいいやつだ。そして、うまい。どんどんうまくなる。

池渕は片手の指を耳に突っ込んでみせながら、体側《たいそく》に下ろしたもう片方の手でラケットを握りしめた。しかし次の瞬間には、はっとして力を抜いた。テニスコートには、もちろん野江の姿もある。他の部員たちにとってもおなじみになったカメラが、池渕と桂を捉えている。

ウォーミングアップのあとのラリーの練習で、池渕は桂にやろうと声をかけた。いけるのかと顧問の滝田に訊かれ、もちろんですと力強く答える。医者のゴーサインは出た。復帰に向けてできる限りのトレーニングもしてきた。睡眠不足を心配していた村山は、今ものの言いたげにこちらを見つめているが、試合のときだって必ずしも万全のコンディションで臨めるとは限らない。

「やっと先輩とやれるの、めっちゃうれしいっす。選抜にああいう形で選ばれたのは不本意だったし」

桂の両目からは強い感情がほとばしっていた。ちゃんと試合をして決着をつけられなかったことは、桂にとってもしこりになっていたのだと、そのときはじめて気がついた。池渕が勝負を避けるためにわざとけがをしたというあのうわさを、桂はどう思っているのだろう。

池渕は感触を確かめるようにボールをバウンドさせ、深く息を吸い込んだ。まずは体を慣らす程度の軽いショートラリーのはずだったのに、少し力が入りすぎた。黄色いボールが桂の右手側に勢いよく飛び込んでいく。桂が打ち返し、それをまた池渕が打ち返す。

ショートラリーからロングラリー、そしてボレー&ストローク。池渕は復活をアピールするように走りまわった。きわどいコースを突いて桂を挑発したりもした。桂も乗ってきて、たちまちかなり激しい打ち合いになった。

思った以上に桂は実力を伸ばしている。こちらの衰えと睡眠不足もあって、試合でもないのに正直きつい。でも、いける。見ろ、水王のフェデラーは健在だ。他の部員から声が飛ぶ。いいぞ、池渕！　やっぱやるな。

「やめ」

滝田の合図でラリーを中断したとき、池渕の息は荒く、手足も重かった。やはり体力が落ちているのを痛感する。だが気持ちは前を向いていた。

「五分休憩ののち、サーブ&リターン。池渕は村山とやってくれ」

「えっ」

「いきなり無理するな。ちょっと飛ばしすぎだぞ」

「大丈夫です。痛くないし、やれます」

「そういうときが危ないんだ。マネージャー、頼むぞ」

はい、と村山が応じた。村山ももとはそこそこ強い選手なので、練習相手は充分に務まる。

村山が心配そうに打ってきた病人食のようなサーブを、池渕は全力で打ち返した。予想外に鋭いリターンを村山は拾えず、コートを出たボールは、ちょうど野江の足もとへ跳ねていった。

冷静に撮影を続けるその姿を見たとたん、猛烈な恥ずかしさに襲われた。いわば第一線の練習から外されて、村山にやつあたりをした自覚がある。村山のほうも、やつあたりをされたとわかっているはずだ。

「ごめん、ごめん」

ボールを拾って駆け戻ってくる村山の笑顔を見られなかった。

その日の帰りには、部の仲間が復活祝いにとタピオカミルクティーをおごってくれた。メンバーの中でS線の下り電車に乗るのは池渕だけだ。ひとりになった池渕は、1番の出入り口からホームに下りて最も近い一両目に乗り込んだ。前に野江に指摘されたとおり、ふつうならそうする。あの日はいったいどうして……。

ぼんやり考えながら電車内に足を踏み入れたところで、池渕はぎくりとして立ち止まった。シートに座っている乗客の中に、迷彩柄のダウンジャケットを着た男がいたからだ。殺傷事件の犯人と同じ。脳がそう認識する前に、体が硬直する。

あとから乗ってきた乗客が背中にぶつかった。押される形で一歩進み、池渕は目をみはった。背後に気を取られた一瞬のうちに、迷彩柄の男が消えている。いや、違う。シートはすべて埋まったままだ。そして迷彩柄が座っていた場所には、同じくダウンを着た男。その色は、黒だ。

見間違い――池渕は何度もまばたきをして、さらに目をごしごしこすった。いくら見てもダウンの色は黒で、身につけている人物もあの犯人とは似ても似つかない。視線に気づいたのか黒ダウンの男がこちらを見たので、目が合う前にあわてて逸らした。

同じような間違いは、それからも続いた。悲鳴は自転車のブレーキ音だったし、ポケットから取り出されたナイフはスマホだったし、道に転々と落ちた血は散ったツツジの花だった。そのたびに池渕は指がぴんと反り返るほど緊張する。

それはしだいに幻覚や幻聴へとエスカレートしていった。顔を洗って鏡を見ると、背後に人影が現れる。歩いていると、自分のものではない息づかいが聞こえる。悪夢が現実を侵食しているようだ。境界を越えてじわじわと身に迫ってくる。事件が、犯人が、のっぺらぼうが追ってくる。

帰り道で突然、背後から腕をつかまれ、池渕は反射的に強く振り払った。勢い余って体勢を崩し、歩道の柵にぶつかったほどだ。

「……ごめん、びっくりさせたみたいで」

自分こそ驚いた顔で片手を宙に浮かせたまま、村山は言葉を選ぶように言った。

「何度も呼んだんだけど」

「いや……」

さりげなく柵から体を離し、口もとを覆った片手の下でひそかに深呼吸をする。息の熱さで手のひらが湿るのを感じながら、この場に野江がいなくてよかったと心から思った。

「何か用？」

「うん、前にさ、光園女子の子、紹介してくれみたいなこと言ってたろ。妹に話したら、友達何人かとカラオケとかどうかって。写真もあるよ」

村山がスマホを差し出す。

「ちょっと気分転換しないと」

池渕は受け取ろうとした手を止めた。目を上げて村山をじっと見る。

「どういう意味？」

自分の唇の端が引きつっているのを感じた。村山はちょっとひるんだ様子を見せたが、スマホを引っ込めようとはしなかった。眉間にしわを寄せ、意を決したように口を開く。

「このごろのおまえ、マジでおかしいよ。今だって歩きながらきょろきょろ周囲をうかがって、三歩進むたびに振り返って。めちゃくちゃ挙動不審なの、自分で気づいてる？」

そう、だっただろうか。

「……おまえに関係ないだろ」

「心配してるんだよ」

そんなことはわかっている。よくわかっている。

「オカンかよ」

茶化したが、村山は乗ってこなかった。

「事件について調べるのはもうやめろよ。人のうわさなんて気にすんな。次のレギュラーのこともいったん忘れたほうがいい」

は？　池渕は耳を疑った。

「レギュラーが何だって？」

「焦るなって言ってんだ。今はじっくり心身を癒やすことに専念しろ」

「勝手なこと言うなよ」

強い声が出て、通行人が振り返った。続く言葉が喉につかえてなかなか出てこない。

「が……がんばれって言ったり休めって言ったり。だいたい大きなお世話なんだよ。自分のメンタルくらい自分で管理できるっての。おまえ、何なんだよ」

「おれはマネージャーだよ」

「ああ、だよな。自分じゃコートに立てない。だからっておれに夢を押しつけるなよ！」

ひどいことを言っている。でも止められない。気が昂《たか》ぶるあまり目が潤み、村山の顔がぼやける。

「そうかもしれない。ごめん」

謝られたとたん、かっと頬が熱くなり、池渕はその場から駆け出した。村山は追ってはこなかった。

翌日からも村山の態度は変わらなかった。まるで何事もなかったかのように。いや、村山にとっては実際に何ほどのこともなかったのかもしれない。池渕に限らず、部員がマネージャーにやつあたりするのはままあることだ。マネージャーを軽んじているわけではないが、選手ファーストのスタンスがしばしば悪い形で出る。今までの関係性に甘えて、やっぱりカラオケ行くよと声をかけてみることも考えたが、結局は言葉にならなかった。そうすれば村山が合わせてくれるのは目に見えていて、それはあまりに卑怯だと思った。

息がつまるような気まずさを水面下に秘めたまま、カレンダーは四月から五月へと変わった。野江は勘づいているのではないかと思うが、そのことにはふれない。ただ撮影を続け、テニスに関する質問と事件に関する質問を巧みに織り交ぜてときおり池渕をひやりとさせるだけだ。

その間にテニス部では重大な発表があった。部内で試合をおこなうというのだ。時期的に見て、来たる高校総体の選手選考を意識したものであるのは間違いない。

試合当日の朝、池渕はいつもより早く起きて丹念に顔を洗った。睡眠不足と悪夢の残滓《ざんし》を少しでも洗い流したかった。鏡の中にはいやに白い顔がある。母は力の入った朝食を用意してくれたが、胃がまともに働いておらず、ほとんど手をつけずに家を出た。代わりに、コンビニで買った栄養補助ゼリーを無理やり喉に流し込む。

村山から調子を尋ねるラインが届いていた。「絶好調！　気合い入りすぎてもう家出た！」と返信したが、信じてはいないだろう。このところ練習中に池渕を見る村山の表情は曇っている。自分でも歯がゆさを感じる場面が多い。

集合時間よりかなり早く着いたため、部室には一番乗りだった。幻覚にも幻聴にも出会わずに来られたことにほっとしながら、身支度をしてテニスシューズの紐を締める。ウォーミングアップと集中にたっぷり時間をかけるつもりだった。今日のコンディションもつかんでおきたい。なんとしても結果を出し、総体の出場権を勝ち取るのだ。そのためにできることは全部やる。全力を尽くす。

両手で頬をたたき、立ち上がった。そのとき、部室のドアが開いた。池渕はそちらを見て、凍りついた。

のっぺらぼうが、いた。

黙って入り口に立ち、目も鼻も口もない、つるりと黒い顔をこちらに向けている。

のっぺらぼうが池渕に向かってゆっくりと腕を伸ばした。池渕は悲鳴を上げ、背を向けて逃げようとした。けれどいつもの夢と違って、そこに階段はなかった。行く手を阻む部室の壁に両手をつき、振り返る。のっぺらぼうが、ゆらゆらと近づいてくる。池渕はわめき散らし、めちゃくちゃに壁をたたいた。

怖い。逃げたい。忘れたい——。

意識があったのはそこまでだ。

気がついたとき、池渕は保健室に寝かされていた。目が視力検査表と薬品棚を捉えてから、脳がそう認識するまで、しばらくかかった。

「気分はどう？」

ベッドサイドに腰かけた女子生徒に見下ろされている。その後ろに明るい窓があって、レースのカーテンがやわらかく揺れている。

「おれ、気を失ったんだな。野江が見つけてくれたの？」

「私だったら救急車を呼んでた。部室で倒れてるのを一年生が見つけて、滝田先生に知らせたんだって。私がコートに行ったときには、すでにここへ運ばれてた」

「そっか」

壁の時計を見る。試合はとうに始まっている。

野江がハンドタオルを差し出した。なんだよととぼけたかったが、喉がつまって声が出なかった。受け取って顔に押し当てる。火がついたみたいに熱いまぶたの裏に、桂の姿が浮かぶ。おれはまた同じことをやらかした。戦わずに負けた——。

「……のっぺらぼうを見たんだ」

なさけなくふるえる声に、野江は静かに応えた。

「夢の話？」

「違う。最近は起きてるときでも幻覚を見る」

落ち着いて考えれば、さっきのも幻覚だったのだとわかる。だがあのときは、とてもそうは思えなかった。いや、今だってやっぱりそうは思えない。

池渕は一気にすべてを打ち明けた。事件前後の記憶がほとんどないことも、ネットで集めた情報と断片的な記憶を混ぜて野江に語ったことも。

「嘘をつくつもりなんてなかったんだ。でも本当のことが言えなくて、結果的にそうなった。だましてごめん」

野江は黙っていた。池渕の嘘に前から気づいていたのかもしれない。産廃業者の不法投棄を暴いたように、それを暴こうとしていたのか。

不思議と腹は立たなかった。柔軟剤だろうか、野江のハンドタオルからはフローラル系のいいにおいがする。顔に当てていると、だんだん心が落ち着いてくる。

池渕はハンドタオルを取り、枕の上で首をひねって野江を見た。せっかくの告白の場面なのに、野江はカメラを構えてはいなかった。

「書いていいよ。池渕は臆病な嘘つきだって。そのほうがいっそすっきりする」

野江はやはり黙っている。薄い唇を結び、かすかに眉をひそめ、何か考え込んでいる——迷っているように見える。こんなのははじめてだ。

「野江？」

池渕が体を起こすと、野江の目に力が戻った。池渕をまっすぐに見て尋ねる。

「あなたは記憶を取り戻したい？　真実を知って、傷つくことになったとしても」

野江に呼び出されたのは、翌週の火曜日だった。場所は屋上。立ち入り禁止だが、教師の目を盗んで出入りしている者たちがいることは、生徒のあいだでは周知の事実だ。

その日は朝から雨が降っており、池渕は傘を持って屋上へ続く階段を上った。この階段にはちゃんと終わりがあって、突き当たりのドアの鍵は外されている。開けると、紺色の傘をさした野江が立っていた。昼休みだが、天気のせいか他に人はいない。

池渕は傘を広げ、野江のそばに立った。

「話って？」

「もうひとりが来てから」

もうひとり？　首を傾げたとき、背後でドアの開く音がした。振り返ると同時にぱっと傘が開き、円が上に動いて三角形に変わる。傘の下に現れたのは、村山の当惑した顔だった。

「ブチ？」

「私がふたりを呼んだの。池渕くんの身に起こった出来事を明らかにするために」

「意味がわかんないんだけど」

当惑顔に警戒をプラスして、村山も近づいてくる。

野江は落ち着き払った態度でそれを待ち、いきなり思いもよらないことを告げた。

「先週の試合の朝、部室に現れたのっぺらぼうは村山くんだよね」

「……はあ？」

一拍の間のあと、反応したのは村山ではなく池渕だった。

「何言ってんだよ。のっぺらぼうはおれの幻覚だって……」

「その可能性もある。だけど、村山くんは池渕くんの悪夢のことを知ってたんだよね。しょっちゅう一緒にいて様子を観察してれば、夢に留まらず幻覚まで見てるのもわかったんじゃない？」

村山から様子がおかしいと指摘されたことはたしかにある。でも、だからって。

「池渕くんは試合の日、かなり早い時間に部室に行った。その時間を村山くんに教えなかった？」

「教えてな……」

いや、教えた。調子を尋ねるラインに「もう家出た」と返した。

途切れた言葉で察したのか、野江はやはりというふうに軽くうなずいた。傘のふちから雨滴が落ちて、制服の肩に染みを作る。自分の肩も濡れていることに気づいたが、冷たさは感じない。

「さらに言えば、部室に現れたのっぺらぼうの顔が、池渕くんにはよく見えなかったと思う。パニックになっただろうし、のっぺらぼうがドアから入ってきたなら太陽の光が後ろから当たってたはずで、つまり逆光になるでしょ。顔を黒い布か何かで覆っておけば、それだけで池渕くんが瞬時にのっぺらぼうだと思い込む可能性は低くない」

池渕はうろたえて村山を見た。そんなわけがないと思うのに、どう反論すればいいのかわからない。村山は黙って野江を見つめるばかりだ。

「池渕くんがバッグに付けてるぬいぐるみバッジ」

急に話題が飛んで、池渕は戸惑った。

「入院中にもらったって言ってたけど、それはたしか？」

「え……そうだよ。憶えてないけど、村山が持ってきてくれたんだ」

「村山くんからそう聞いたの？」

「そう、だけど」

野江は村山に視線を移し、そのままで「池渕くん」と続けた。

「あなたに事件の記憶がないのは当然なの。なぜなら、あなたは事件の起きた電車には乗ってなかったから」

池渕はぽかんと口を開けた。

「は？　それ、どういう……」

「ブチ、行こう」

村山が会話に割り込んだ。

「わけわかんないし、付き合うことないって」

校舎のほうへ池渕をうながすが、池渕の足は動かない。そうなる自信があったのか、野江は少しもあわてることなく口を開く。

「池渕くんが乗ったのは十九時十三分じゃなくて十九時八分発、一本前の電車なんだよ」

「そんなわけないだろ。おれは事件現場から逃げる途中で階段から落ちたんだ。記憶はなくても、必死で逃げようとしてたのは本当だって、それは自信持って言える。車内の様子だって部分的にだけど思い出したし」

「南水王駅で一緒に乗り込んだ親子のことだね。それこそ一本前の電車だったっていう証拠なの」

「全然わかんね」

「正直に言うと、私は最初から池渕くんがあの電車に乗ってたっていう話を信じてなかった。事件に関する情報を徹底的に調べて、だから池渕くんの語る内容がそういうものの寄せ集めだってことにもすぐに気づいたの。だけどその親子だけは別だった。どの動画にも映ってないし、どの証言にも出てこない。いわば池渕くんのオリジナル。気になって南水王駅で調査してみたら、その親子を突きとめることができたの。話を聞いたら、息子さんの習い事の関係で毎週同じ電車に乗るんだって。例の十二月二十二日もそうだった。一本あとの電車であんなことが起きたと知ってぞっとしたって言ってたよ」

野江のペースはまったく乱れない。一方、もともとスペックが高くない池渕の頭は大混乱だ。

「男の子が池渕くんを指さして何か言ったんだったよね。男の子のほうも池渕くんを憶えてたよ。正確には、池渕くんのバッグに付いてたハルクを」

池渕は無意識に側頭部に手を当てた。

――パパ、見て。あのお兄ちゃん、バッグにハルク。

あどけない声がよみがえる。小さな人差し指が見える。そうだ、あの子はたしかにバッグを指さしてそう言った。

「思い出した？　あの親子と同じ電車だったなら、あなたが乗ったのは事件の一本前の電車だったってことになる」

「そんな……」

「そしてもうひとつ、池渕くんはその時点ですでにハルクのぬいぐるみバッジをバッグに付けてた。入院中にお見舞いとしてもらったんじゃなくて」

池渕はおそるおそる村山を見た。今ひとつ理解が追いつかないが、村山が嘘を教えたのだということだけはわかる。

「そんなのでたらめだ、聞くな」

そう言う村山の顔はひどく青ざめていた。

――怖い。逃げたい。忘れたい。

部室で気を失う直前に感じたことがふいによみがえり、池渕は反射的に目を逸らした。なんで今？　それに、怖いと逃げたいはわかるが、忘れたいって何だ？

「また、ドキュメンタリーのための取材を開始した昼休み、桂くんがハルクをはじめて見たと言ってたことから、池渕くんは事件の日より前にはそれを付けてなかったことがわかる。けがをして別メニューをやるようになるまでは、ほぼ同じ時間に部室に出入りしてたわけだから、バッグを目にする機会が必ずあったはずだもんね。まして桂くんはずいぶん池渕くんを好きみたいだし、マーベルも好き。付けてればすぐに気づいたんじゃない？　つまり、池渕くんがハルクをバッグに付けたのは、転落事故の当日、部室を出てから電車に乗るまでのあいだと考えていいと思う」

心臓の音がうるさくて、野江の説明がよく聞こえない。桂がどうしたって？

「さて、池渕くんが乗ったのは一本前の電車だった。とはいえ、部活が終わってまっすぐ駅へ向かったにしては遅い。たいていは十八時四十五分ごろの電車に乗っていて、部誌によればその日の練習が特別に長かったということはなかった。マネージャーリーダーの村山くんには言うまでもないことだけど。その空白の時間にハルクを手に入れたんだと考えれば、つじつまが合うでしょ」

だめだ、全然ついていけない。

「ネットで見てみたら、そのハルクはプライズ限定品だった。村山くんはクレーンゲームの名人だったよね。学校から駅へ向かういくつかのルート上にゲームセンターはひとつしかない。そこの店員さんが、去年のクリスマス前にクレーンゲームをやりにきた水王生ふたり組のことを憶えてたよ。補導対象の時間だったけど見ないふりしてやったのに、ひとりがうまくいかないのにキレて機械を蹴り、見かねたもうひとりが代わったら一発で限定品をゲットしたから、よく憶えてるって。学校から回り道してゲーセンに寄ってから南水王駅に行けば、３番出入り口からホームに下りることになる。そこから各駅停車に乗るなら、一番近いのは六両目」

聞き手の理解が追いつくのを待つように、野江はいったん言葉を切った。野江が期待したほどの効果はたぶんなかったが、麻痺したような池渕の頭にある光景が浮かんできた。クレーンゲームのケースの中で折り重なったさまざまなぬいぐるみバッジ。アームがハルクの頭をかすめ、空振りしてもとの位置に戻っていく。くそっ。料金の投入口に百円玉が吸い込まれる。いらだっているせいでうまく入らない。ボタンに手のひらをたたきつける。また空振り。くそっ。機械を蹴る。ブチ、よせよ。貸せって、おれがやるから――。

「整理すると、あの日、池渕くんは部活が終わったあと回り道してゲーセンに寄り、そこでハルクを手に入れてバッグに付け、南水王駅から十九時八分発の各停の六両目に乗車した。そして、ハルクを指さした例の男の子によると、『お兄ちゃんはお友達と一緒だった』」

手の力が抜けて、傘がぐらぐらした。雨粒が顔をたたく。

「村山くん、あなただよね。あの子にもあなたの映像を見てもらったけど、たぶんこの人だって」

子どもの記憶なんて当てにならない。そう反論することもできたのに、村山はしなかった。できなかったのだろう。

野江に対して無言を貫いていた村山がついに発した声は、ひび割れふるえていた。どんな表情を浮かべようとしているのか、顔の筋肉が陸に打ち上げられた魚みたいにぴくぴくしている。

「……まるで探偵だな」

「報道部員だよ」

対する野江の態度はあくまでもクールだった。

「村山くんはS線の利用者じゃないにもかかわらず、あの日は何か理由があって池渕くんと一緒に乗った。そのことを隠してたのはどうして？　事件に巻き込まれたという池渕くんの思い込みを正してあげなかったのは？」

村山の反応を待たずに野江はたたみかける。

「池渕くんが青里駅の階段から転落したときも、あなたは一緒にいたんじゃない？　もしかして村山くんが池渕くんを……」

「やめてくれ！」

叫んだのは池渕だった。野江と村山がともに目を見開いて池渕を見つめる。

「村山は悪くない。悪いのはおれなんだ……」

思い出した。

うなだれた池渕の手から傘が落ちた。

ずっと、出口のない闇の中をさまよっているようだった。海の底でどこかにあるはずの光を探して泳ぎ続けていた。

でも、そうすることに疲れてしまった。どんなに努力しても工夫してもスランプから抜け出せない。勝てないし、強くなれない。あんなに好きだったテニスを心底嫌いになる瞬間があって、そのたびに傷ついた。ラケットを持つのもつらくなっていたけれど、誰にも言えなかったし認めたくもなかった。だって、池渕亮からテニスを取ったら何が残る？

怖いから、逆に明るく振る舞った。あの日の部活のあと、ゲーセン行こうぜと村山を誘ったのは、桂のスマッシュに完全に抜かれて怖《お》じ気《け》づいた自分をなかったことにしたかったからだ。補導されるぞと止める村山を、オカンとからかった。いつもの軽口だったが、いつもより加虐的な気持ちが乗っていたことに、村山も気づいていただろう。だからこそ放っておけずに付き合ってくれたのだ。

だが、村山がハルクを取ってくれたとき、池渕が感じたのは激しいいらだちだった。機嫌とっててんじゃねーよと思った。村山にそうさせる自分も嫌だった。やっぱすげーな、おれがおまえに勝てるものなんてテニスくらいしかねーわ。一度も試合に出られないまま病気で選手をあきらめた村山に、無邪気を装って言いながら、本当はさして欲しくもなかったハルクをその場でバッグに付けた。

村山はついでに家までついていくと言った。いい機会だから、長引くスランプの原因と対策をじっくり考えてみようと。村山が前々から主張していることだったが、それよりもたんに池渕をひとりで帰すのが心配だったに違いない。断り切れずに一緒に乗った地下鉄の中でバカ話をしているときも、村山のまなざしは常に池渕を気遣っていた。

そこまで心配される自分がみじめでしかたなかった。自分はフェデラーではなく、成長するにつれて周囲に埋もれていくその他大勢のひとりにすぎないのだと、思い知らされているようだった。そう思わせる村山にむかついたし、それに気づかない鈍さに二重にむかついた。

だから言ってやったのだ。

「おれさあ、ぶっちゃけテニスもういいわ。飽きたし」

「え?」

青里駅の階段を前後に並んで上っているときだった。顔を合わせていなかったから言えたのかもしれない。後ろを歩く村山の声が瞬時に硬くなり、そのことに意地の悪い快感を覚えた。

「何言い出すんだよ」

「だって試合にも出れないのに続ける意味ないじゃん」

「出られるって」

「おまえはすげーよなあ。選手からマネージャーに転向して部に残るなんて、おれには絶対無理。マジ理解できない。あ、これ、本気で褒めてんのよ」

笑い混じりの言葉に、村山の反応はなかった。

「マネージャーなんかやってて楽しい？　自分がプレーできないのに他人の世話したり応援したりなんて、むなしくなんねーの？」

突然、背後から腕をつかまれた。はっと振り返った池渕の目に飛び込んできたのは、今まで見たことのない村山の顔だった。怒っているのでも悲しんでいるのでもない、何の感情も読み取れない完全な無表情。ひとつ下の段から池渕を見上げているが、その目は池渕を見てはいない。何も見ていない。口は薄く開かれていたが、その空間は言葉につながるものではなく、ただの穴だった。

池渕は致命的な失敗をしたことに気づいた。村山がどんな思いで選手をあきらめたか、どんな覚悟でマネージャーになったのか、知っていたのに。部の仲間として、親友として、一番近くで見てきたのに。その近さに甘えて、言ってはいけないことを言った。取り返しがつかないほどに傷つけた。

逃げ出したいと思った。なかったことにしたいと。その一心で、体ごと強く腕を引いた。そして、バランスを崩したのだ。振った腕に引っぱられるように体が傾いで、池渕は階段を転げ落ちた。下段にいた村山を巻き込まずにすんだのは、奇跡としか言いようがない。

「忘れたかったんだ。おれが村山にしてしまったこと。村山のあの顔を」

なぜのっぺらぼうなのか、やっとわかった。

「ごめん」

深くうなだれた池渕の首筋を雨が濡らす。本当はあのときにこうするべきだった。逃げるのではなく。

「よせよ、謝るのはおれのほうだ。階段から落ちたおまえを置いて逃げたんだから。そもそもおまえが落ちたのは、おれの手を振り払おうとしたせいだし」

池渕はうなだれたまま首を横に振った。

村山はただ池渕の腕をつかんだだけだ。それだけだ。池渕が無理に振りほどかなければ、そもそも逃げようとしなければ、あんなことにはならなかった。完全な自業自得だ。あの瞬間、村山は完全に停止していた。頭も体も心も。あの顔を見たからわかる。立ち尽くすうちに次の電車——殺傷事件が起きた電車が到着し、ホームも階段もパニックに呑み込まれたことは想像に難くない。

「病院に見舞いに行ったとき、ちゃんと謝るつもりだったんだ。でもおまえ忘れてるし、事件に巻き込まれたんだって思い込んでるし。本当のことを言うべきだと思ったけど、のっぺらぼうの話聞いて、ブチは忘れたくて忘れたんだってわかった」

「だから話を合わせたの？　池渕くんのために」

野江が池渕の傘を拾って頭上にさしかけた。そういえば落としたままだったとそれで気づいた。雨が少し激しくなったようだ。

「保身の気持ちがなかったとは言わない」

村山はそう言ったが、それは嘘をつく動機になるほど強いものではなかっただろう。野江の言葉が正解だ。ただでさえ当時の池渕は不安定な精神状態にあり、村山はひどく心配していたから。

「池渕くんに対して悪意を持っていなかったなら、先週の試合の日、部室でのっぺらぼうのふりをして脅したのはどうして？」

あれは村山だったと決めつけて野江は訊いたが、村山は否定しなかった。ただし質問にも答えない。意思をもって強く結ばれた唇を見て、これもまた池渕のために口を閉ざしているのだと直感した。

「言えよ、村山」

村山の喉がふるえる。

「いいから」

なおしばらくの沈黙のあと、言いたくないと全身で主張しながら、村山はやっとのことで口を開いた。

「滝田が……池渕はもうだめだって。ないと思うが、万が一、部内の試合で好成績を残したとしても、総体には出さないって。それよりは将来のある下級生に経験を積ませるって」

案外、ショックはなかった。

「いつ聞いたの？」

「おまえが本格復帰した直後と、部内で試合をやるって発表される前。発表される前におれは知らされてたから」

なるほど、自分ではいけると手ごたえを感じていたが、顧問の目には見限るレベルに映っていたわけだ。それでか。滝田が記念になるなんて言って報道部の取材を受けるよう勧めたのは。桂との練習を中断させ、村山に相手をさせたのは。

「前におまえに言われたよな、自分の夢を押しつけるなって。図星だったよ。おれの分までブチにテニスで活躍してほしかった。だからうざがられるくらい世話を焼いて応援してた。だけど地下鉄での一件で、おまえがどれだけ苦しんでたのか痛感したんだ。つらいときも虚勢張って明るく振る舞うおまえが、あんなことを言ってしまうほど追いつめられてたんだって。そのことを忘れたおまえはレギュラーに復帰しようとがんばってて、おれもそうなればいいと願ってたけど、望みがないとわかってるなら話は別だ。傷つく前に止めてやろう、それがおまえに夢を背負わせてきたおれの責任だと思った」

「だからレギュラーのことはいったん忘れろって言ったのか」

「それでうんって聞くわけないのにな。しかたなく脅して出場をやめさせることにしたんだ。のっぺらぼうを使えばいけると踏んでたけど、あんなにうまくいくとは思わなかった。本当に、まさか気絶するなんて思わなかったんだ。倒れたときに頭打ったりしなくてよかったよ」

村山は無理に笑った。それとも、泣き出す寸前に顔がゆがんだだけだったのか。

何か答えなくてはと思ったが、喉に異物がつまったように声が出なかった。村山はこちらに背を向け、屋上から去っていった。

どうしておれはこんなにバカなんだろう。傷つけて、悔やんで、謝って、それなのにまた傷つけた。しかも、これからどうすればいいのか、どうしたいのかもわからない。

「ごめんなさい」

野江がぽつりと言った。今日はみんな謝ってばかりだ。

「野江が謝ることじゃないって。記憶を取り戻して真実を知りたいって、おれが望んだんだから。むしろ、ありがとな」

ちゃんと向き合わなければいけないことだった。本当ならあの日に。それに、野江はカメラを持たず、人がいない場所を選んで話をしてくれた。

野江に傘を持たせたままだったことに気づき、あわてて受け取る。さっき落としたせいで柄は濡れていた。

「ところでさ、野江が電車に乗れなくなったのはなんで？」

「え？」

野江の目が大きく見開かれた。ずっと大人っぽい印象だった彼女が急に同年代の女子になったようで、こちらのほうが戸惑った。

「あ、いや、言いたくないならいいんだけど」

「どうしてそう思うの」

「ほら、前に野江がパスケース落としたじゃん。スポーツショップの帰りに。あのとき見た定期の期限は三月末までだったのに、野江が自転車通学に変えたのは去年の三学期からだって聞いたんだ。それに、パスケースに挟まれたレシートをたまたま見ちゃったんだけど、けっこうな金額だったろ。あとから考えたら、あれってタクシーの料金だったんじゃないかって。定期のＩＣカードで払って、そのレシートを挟んだんじゃないかって思ったんだ。野江は自転車を学校に置いて電車で来たってことだったけど、部室に寄るからってひとりだけ別行動だったよな」

そこまで黙って聞いていた野江が、観念したようにため息をついた。めったに感情を表さない顔に、ごくわずかに苦い色が浮かぶ。

「鋭いところあるんだ。当たり。パスケースを落としてるって電話をもらったときは、タクシーの中だったの。だからもう取りには戻れなかった。現金が足りるかひやひやしたよ」

「声が動揺してるっぽくて意外に思ったんだよな。おれさ、記憶の穴を埋めるために事件についての情報を漁ってたじゃん。あの場に居合わせた人の中には、ＰＴＳＤで電車に乗れなくなったって人もいたんだ。ひょっとしたら野江もそういうのなのかなって」

「飛躍したね。……でも、当たり」

もともと高くない野江の声が、さらに一段低くなった。長い睫毛《まつげ》を伏せ、傘をくるくる回しはじめる。

「私、あの地下鉄に乗ってたの」

「え？」

「十二月二十二日の十九時十三分に南水王駅を出た各停の、しかも六両目に」

「それって！」

「そう、殺傷事件のあった地下鉄。親戚を訪ねる用があってね。南水王駅から二駅目で降りたから、事件には巻き込まれずにすんだけど。だから、池渕くんがそこにいなかったことも、あの親子がいなかったことも、最初から知ってた」

「だったらなんでそう言わなかったんだよ」

責めているのでなく、純粋に不思議だ。野江はめずらしく言いよどんだようだった。

「……あの電車で痴漢に遭ったの」

「え……」

「それ自体はたまにあることで、そのたび必ず駅員に突き出してやるんだけど、あの日は朝の電車でも痴漢に遭って、一日で二回目だった。最悪って思った。ちょうど虫の居所も悪かった。朝に続いてこれ？　なんで世の中ゴミみたいなやつがあふれてるの？　だから、その相手の顔を見て言ってやったの。死ねよ、って」

野江の口からそんな乱暴な言葉が出たことに、池渕は驚いた。今も口調は落ち着いたままだからなおさらだ。

「ニュースにその男の顔が出てきたときはびっくりした。名前は、向井正道」

「えっ、向井って……」

「地下鉄殺傷事件の被害者。妊婦をかばって死んだ人。私が死ねよって言った直後に、本当に死んじゃった」

それは——何と言ったらいいのだろう。

「向井さんって、危険を冒して他人を助けるようなタイプじゃなかったんだって。なんでそんなことをしたのかって遺族は首を傾げてたけど、もしかしたら私が死ねって言ったせいかもしれない」

暗い空の下、紺色の傘はゆっくりと回りつづけている。

「あの人、ひどく驚いたみたいだった。そのときは、被害者面でご自分が傷ついたつもりかよって、よけいにいらついたんだけど。でももしかしたら、私の体にさわったのはたんなる偶然で、痴漢なんかじゃなかったのかもしれない。いきなり見ず知らずの相手に理由もなく死ねって言われて、その言葉が彼を死に誘引したのかも。顔色も悪かったし。力のない老人が刃物を持った犯人の前に出ていくなんて、一種の自殺じゃない？」

「考えすぎだって！」

やっとはっきりした声が出て、野江の語りを遮ることができた。同時に傘の回転も止まった。

「そんなことわかりようもないし、考えたってしかたねーじゃん。向井さんを死なせたのは犯人だよ。野江じゃない」

「そうだよね、わかってる。でも、ずっと考えてた。私が正義面で発した言葉が彼を死に追いやったのかもしれない。私は人殺しかもしれない。そうじゃないとは証明できないでしょう。だって彼は死んでしまって、もう何も語れないんだもの」

人殺しという強い言葉を選んで口にする野江は、裏腹にひどく弱々しく見えた。自分の言葉で自分を傷つけたがっているようでもある。

「こんなこと誰にも言えない。ずっと自分だけの胸に秘めておくしかない。そう思ってた、池渕くんのドキュメンタリーを撮ることになるまでは」

野江の口もとに自嘲するようなほのかな笑みが浮かんだ。

「池渕くんが事件に巻き込まれたっていう嘘、というか実際には思い込みだったわけだけど、もともとはそれを追及する気はなかったの。人はいろんな理由で嘘をつく生き物だし、その先に断罪されるべき悪がなければ、嘘そのものは捨て置かれてもいいと私は思ってる。だけどあなたの取材をすることになったとき、欲が生まれた。私と同じように嘘をついてる人なら、その理由によっては、私の罪を打ち明けても黙っててくれるんじゃないかって。秘密を共有する、いわば共犯者になってくれるんじゃないかって。そのために、あなたの嘘の理由を知ろうとしたの。脅迫みたいなものだよね」

野江は傘を後ろに大きく傾けて空を仰いだ。髪が流れてあらわになった白い顔に、ほっそりとした喉に、細かい雨粒が降りかかる。

「私は自分で思い上がってたほど、強くも正しくもなかった。私の正義が、正義だと無邪気に信じてたものが、取り返しのつかない過ちを犯したかもしれないっていうことを、ひとりで抱えてはいられなかった」

野江がずっと泣いていたことに、池渕はようやく気がついた。涙を流してはいない。目もとを濡らしているのは雨だ。だが野江はたしかに、皮膚の下で泣いている。そして同時に怒っている。自分自身に対して。

「その話、乗るよ」

なるべく軽やかに聞こえるように、池渕は告げた。頭を起こした野江は、夢から覚めたばかりのように長い睫毛を上下させ、不思議そうに池渕を見た。

「難しそうに言ってるけど、要するに話を聞いてくれってことだろ。なるよ、共犯者。何でも聞くし、誰にも言わない。その代わり、おれと村山のことも誰にも言わないでほしいんだ。おれは今までどおり殺傷事件に巻き込まれたってことで。いつか真実を打ち明けるかもしれないけど、それは村山とちゃんと話をしてから決めることだと思う。でも、今はあいつとどう話せばいいのかわからない。テニスのこともどうするのか、どうしたいのか考えなきゃなんないし、要するにいっぱいいっぱいなんだわ」

「時間が欲しいってこと？」

「おれ、バカだからさ」

野江は口もとを緩め、髪をすくって耳にかけた。

「自分のキャパシティがわかってるって、評価されるべきことだと思う」

「それって褒めてる？」

「もちろん。私はそれができてなくて、ひとり相撲をとってた気がするから」

意味がよくわからなかったが、どうやら提案は受け入れられたらしい。

池渕と野江の共犯関係は、このときをもって成立した。


あれから一ヵ月ちょっと。

屋上での一件のあと、どういうわけか池渕の調子はぐんぐんよくなった。池渕は総体の出場枠を勝ち取り、その活躍によってチームはインターハイへの切符を手に入れた。滝田の評価を聞いて何かが吹っ切れたせいかもしれないし、たんに調整がうまくいったのかもしれない。

それを誰より喜んでくれるはずだった相手とは、いまだに話せていなかった。ふたりのあいだに距離が生じていることに、周囲はふれないでくれている。

あの日、殺傷事件の裏で起きていた出来事を知っているのは、池渕と野江と、そして村山だけだ。本人に自覚はなくとも、そういう意味では村山も共犯者と言えるのかもしれない。

スマホが振動して、見ると野江からのラインだった。

〈ドキュメンタリーの評判がいいから、インターハイ編も撮ろうかと思うんだけど〉

池渕はインターハイの舞台に立つ自分を想像した。照りつける太陽。満員の観客。そして勝利。

その喜びの瞬間に、あいつもいるはずだ。

顔を思い浮かべる。のっぺらぼうなんかじゃない、はじけるような笑顔を。

よし、と気合いを入れ、池渕は返信した。

最後の夏が始まろうとしている。

笛を吹く家

澤村伊智

Message From Author

この短篇は『小説現代』2020年9月号の「真夏の怪談特集　超怖い物件」に寄稿したもので、要は数ある物件怪談の一つだと思わせることで、サプライズの効果を上げる意図がありました。逆に言えば、今回のように「ミステリですよ」と謳《うた》う媒体に収録されるのは「ブチ壊し」に近い。

それでも掲載を快諾したのは、これはミステリが本来的に抱える避けようのないジレンマである、と今更ながら気付いたからです。また「意図が薄れようと何だろうと、読まれる機会が増えた方がいいに決まっている」と考えたからでもあります。

勿論これは作者の見解に過ぎません。読者の皆様方におかれましては、どうぞ好きに読んで好きにジャッジしてください。

澤村伊智（さわむら・いち）
1979年、大阪府生まれ。2015年、『ぼぎわんが、来る』で第22回日本ホラー小説大賞を受賞してデビュー。17年、『ずうのめ人形』で第30回山本周五郎賞候補。19年、「学校は死の匂い」で第72回日本推理作家協会賞短編部門を受賞。近著に『ファミリーランド』『うるはしみにくしあなたのともだち』『アウターQ　弱小Webマガジンの事件簿』『ぜんしゅの跫』など。

三年前、子供が生まれました。男の子です。それからの日々は予想だにしなかったことの連続でとにかく慌ただしく、私達夫婦は戸惑い、疲れ果て、それでも楽しみながら、手探りで息子を育てました。ようやく自分達のペースが摑《つか》めて、心に落ち着きを取り戻せたのは、つい数ヵ月前のことです。

以下の物語は先日、夫婦と息子の三人で、近所を散歩した時の体験を元に創作したものです。

作者より

※　　※

「修一《しゆういち》、ちょっと曲がってみてもいいかな」

「なんで？」

後ろに座った息子の修一が、唇を尖《とが》らせる。

私は自転車を押しながら笑顔で答える。

「何となくだよ。あっちは人も少ないし」

「いいよ」

修一はぶっきらぼうに言った。傍らを歩く私の妻、由美《ゆみ》が驚きと安堵の混じった笑みを浮かべる。私は自転車のハンドルを傾けて遊歩道から外れ、狭く短い坂を下って、住宅街に足を踏み入れた。散歩のコースを外れるのは初めてだった。

土曜の午前だった。

そよ風が心地よく、ぎらぎらと照りつける初夏の日差しも、アスファルトが放つ熱気も、決して苦ではない。見慣れない景色がむしろ楽しく感じられる。

由美はしきりに額や口元の汗を拭っているが、その表情は晴れやかだ。修一は建ち並ぶ家々をぼんやりと眺めていた。

誰もいない路地を気紛れに折れながら進んでいると、修一が「あ」と声を上げた。

「幽霊屋敷っ」

短い指が差す先に目を向け、

「本当だ」

私は思わずそう漏らした。

二階建ての一軒家が聳《そび》え立っていた。

屋敷、と呼べるほど大きくも、古式ゆかしくもなかった。それでも私は修一の言葉に納得していたからだ。

その家だけが、暗闇に包まれていたからだ。

暗く湿っぽい雰囲気が立ち籠めている。いや――暗黒そのものを放っている。目を凝らせば煙か何かのように、目に見えるに違いない。そんな風に考えてしまうほど、その家だけが暗かった。

見慣れた住宅の形をしていない。四角い形状と窓の配列、そして大きな玄関ドアから連想したのは、「足のない郵便ポスト」だった。

ポストをイメージしたのは色のせいもあるだろう。外壁には煉瓦《れんが》を模した赤い長方形のタイルが貼られていた。その隙間には緑色の苔がみっしりと生えている。言葉の上ではクリスマスカラーだが、煉瓦の赤は色あせ、苔の緑は濁っているせいで華やかにも神聖にも見えなかった。ただただ薄汚く、不吉に感じられた。

「誰も住んでないのかしら」

由美が灰色の門柱を見ながら、おずおずと言った。ひび割れだらけの表札に「笛吹」と横書きされている。たしかこれで「うすい」と読むはずだ。高校二年の時の担任がそうだった。

「そうかもな」

私は答えた。

郵便受けからは元が何色かも分からない、ボロボロになったチラシが何枚も飛び出していた。

狭い駐車スペースに車はなく、大小の空っぽの植木鉢が、空間を埋め尽くすように並んでいた。全ての窓は閉ざされていたがカーテンはかかっておらず、中が真っ暗なのが分かる。

平らな屋根の上に、南国風の大きな植物の葉がのぞいていた。その手前にかすかに見える棒のようなものは、おそらく物干し竿だ。屋上にバルコニーがあり、放置された鉢植えが今も育っているらしい。

自転車を押しながら周囲を歩き回り、近付いては離れ、離れては近付いて、私は修一の言う幽霊屋敷を観察した。当の修一も、由美も家を見上げている。

こんな家があったなんて知らなかった。

こんな風に見知らぬ家を、家族揃って見上げるのも初めてだった。不作法だと呆れる自分と、止められない自分がいる。

「すごいねえ修一」

仰《の》け反《ぞ》るようにして家を見ながら、由美が言った。

「うん。すごい」

「どこが？　どこがすごい？」

「うーん、ぜんぶ。なんかすごい……吸い込まれそう。こんな家、見たことない」

「ね」

由美の顔が輝いた。普段は一言二言しか話さない修一が、一応は文章で喋ったのが嬉しいのだ。それも長々と。私も思わず口元を綻ばせていた。

息子の言葉が腑《ふ》に落ちてもいた。特に奇抜な外観ではない。駐車スペースの植木鉢が異様と言えば異様だが、そこまで珍しい光景とも思えない。だが目の前の戸建ては不思議な力で私達を魅了している。今この瞬間も引き付け、引き寄せている。

そうだ。遡ると、そもそも遊歩道を折れようと思ったのも、この家のせいかもしれない。予定外のことをすると機嫌を悪くする修一が、すんなり承諾したのも。そうだ、きっとそうに違いない。

納得がいった。

途端に足が竦んだ。動けなくなった。

家に見下ろされている――そんな気がした。もちろん屋上にも窓にも、それ以外にも人は見えない。だが視線を感じてしまう。汚れた赤と緑の、誰もいない、古い家が、家そのものが私を、私達をじっと、

「こんにちは」

場違いに朗らかな声が背後からして、私は飛び上がった。妻も小さな悲鳴を上げ

る。慌てて修一の様子を窺《うかが》ったが縮こまっているだけで、泣き叫ぶ気配はなかった。

「やっぱり澤野《さわの》さんでしたかあ」

この声には聞き覚えがある、と遅れて気付く。おそるおそる振り向くと、老いた制服警官が自転車から下りるところだった。小柄だが分厚い体軀。四角くて皺《しわ》だらけの顔。白い歯を見せてこちらに笑いかける。

顔見知りの南巡査《みなみ》だった。

「びっくりしたあ」

由美が青い顔に引き攣った笑みを浮かべる。白い自転車を押しながら、南がこちらに近付いてくる。

「申し訳ない。ちょっとね、ここに怪しい人がいるって聞いたもんですから。聞いてたら、あ、これ澤野さんだなって分かったんですけど、確かめないって選択肢はないわけじゃないですか。街のお巡りさんとしてはね」

「ですね。お騒がせしてすみません」

私は詫《わ》びた。往来で会えば挨拶し、私達家族のことも気に掛けてくれる、数少ない、いや殆《ほとん》ど唯一と言っていい人物だった。

「お散歩ですか」

「ええ」由美が答えた。「そしたら修一がこの家を見付けて、あの、失礼な話なんですけどわたしたちも、つい気になってその……」

「ああ、ええ、はい、なるほどね」

由美の弁解を遮るように、南が言った。訳知り顔で件《くだん》の家を見上げる。

「澤野さんはご存じでなかったんですか、この家」

「ええ。この辺を通るのは初めてでして」

「そうですかあ」

南は私達と家の間に割って入った。さりげなさを装ってはいたが不自然な移動で、小さな戸惑いが胸に広がる。

「まあ、じろじろ見られるのも、あんまり気分のいいものじゃないでしょう――もちろん、ご近所さんにとって、という意味ですけどね」

表情と仕草が「立ち去れ」と告げている。笑顔のままだが目は笑っていない。

「修一くんも、分かってくれるかな」

カクッと音が聞こえそうなほど大袈裟《おおげさ》に、眉を八の字にして目を細める。修一は不満そうな顔をしていたが、やがて「うん」と小さく頷《うなず》いた。

「帰る」

修一が高らかに言った。「その方がいい。雲行きも何だか怪しいし」と南が空を見上げる。いつの間にか濃い灰色の雲が、空を覆っていた。

それで終わるはずだった。

代わり映えしない日常に不意に現れた、ほんの少しの変化。煎じ詰めればその程度の体験にすぎない。

にも拘《かか》わらず、私はあの家のことが気になっていた。

通勤中はもちろん、仕事中もふとあの赤と緑の外観を思い出すようになった。夜中に泣き出した修一を宥《なだ》め、寝かし付けている間に、頭の隅でぼんやり考えた。土曜の散歩でもふらりと立ち寄りたくなってしまう。気のせいかもしれないが修一も遊歩道を歩く間、あの家の方を気にしている風に見えた。

南巡査の作り物めいた笑顔も、あの行動も気になっていた。今思えば、まるで私達をあの家から遠ざけようとしているかのようだった。それ以上に、あの家を恐れているかのようにも見えた。穿《うが》った見方だ。考えすぎだ。そう分析し突っぱねることが、日に日に困難になっていった。

そんなある日のこと。

深夜に目が覚めてしまい、電気を点けずに台所で水を飲んでいると、由美が起きてきた。思い詰めた様子でこちらを窺い、囁き声で言う。

「あの家のことなんだけど」

「なんだ。お前も気になるのか」

慌てて口を押さえ、二人揃って耳を澄ます。物音はしない。修一は目を覚ましてはいないらしい。

「……調べたの」

「調べた、って、どうやって」

「三谷《みたに》さん。ほら、修一が生まれてすぐの頃、仲良くしてた」

「ああ、ママ友だな。でも知り合ったのは病院で、ご近所さんじゃないよな。都心の方じゃなかったか？」

おぼろげな記憶を頼りに問いかけると、

「そうなんだけど、三谷さん、この手の話が好きだったの。ちょっとしたマニアね。だから連絡取ってみたんだけど」

「うん」

「思い出話が盛り上がって、長電話になっちゃったんだけど」

「うん」

「やっぱりそういう家みたい。そういう、ええと」

「事故物件」

「そう。あくまで噂だよって三谷さん言ってたけど、あの家ね、三十年ちょっと前、若い夫婦が住んでたんですって。笛吹夫婦。事業で成功して家を建てて、それから子供もできて。とても幸せに暮らしてたんだけど……」

私が黙って先を促すと、由美は更に声を潜めて言った。

「お子さんがね、家で死んだそうよ。まだ二歳だったんだって」

「死んだ?」

「うん。事故。ふざけて洗濯機のボタン押して、自分で入って蓋閉めちゃって、そのまま水が……っていう。そんなこともあるんだ、って思うけど、その頃って今ほど安全設計じゃなかったでしょ」

「ああ」

胸を痛めながら想像していた。溺死だけはしたくないものだが、洗濯機の中で死ぬのは尚のこと嫌だ。凄《すさ》まじい力で回転させられる苦痛。あの狭さから来る閉塞感。そしてありふれた家電の中で死を迎える、滑稽さと裏表の不条理。小中学校の頃、プールの排水口に吸い込まれて死ぬことを妄想し、布団の中で怯えたものだが、洗濯機内での溺死はその次くらいに嫌で恐ろしい。

「それでね」妻は話を続けていた。「そのショックで奥さんが自殺しちゃったの。台所で……熱い油をね、鍋で、あ、頭から」

「うん」

私は頷いて、最後まで言わせないようにした。それでも頭は勝手に想像してしまう。妻が言おうとした言葉を考えないようにした。それでも頭は勝手に想像してしまう。うっかり台所の奥、コンロの方を見てしまう。使い終えた油の、独特の匂いを嗅いだ気がした。

「旦那さんはお風呂で手首を切ったの。発見された時は腐敗が進んでて……」

「うん、分かったよ由美」

私は再び遮った。

また考えてしまっていた。今度はより克明に、隅々まで。

脱衣所の古い洗濯機。

汚れた台所。

カビの生えた浴室。

そして――

私は大きく息を継いで、頭に浮かんだ光景を振り払った。

「それで一家全滅。買い手が付かなくてそのまま放置されてる、ってことか」

「さっきも言ったけど、あくまで噂よ」

「悲しい話だけど、まあその、何というか普通だな。作り話っぽくもある」

「そう、かなあ」

「うん。そうだよ」

私は殊更に明るく断言した。そうだ。そうに決まっている。

「きっとあの家に誰も住まなくなってから、近所の人や通りすがりの人が後付けで捏造した作り話だよ。人間は理由付けしたがるものさ。それも異様でドラマチックな理由をね。単なる夜逃げじゃ面白くないんだ。普通だから」

自分で言って自分で納得する。

「だから由美も、気にしない方がいいよ」

「でも三谷さん……」

「教えてくれた人に悪いから信用しようなんて、おかしな話さ。この手の怪談話なら尚更ね」

優しく、穏やかに、同時にきっぱりと言い切る。心が軽くなるのが分かった。そうだ。こんな話は嘘《うそ》だ。あの家のことも気にしない方がいい。

だが、由美は納得しかねる様子だった。黙って足元の古いキッチンマットを見つめていた。

「……違うの」

「え？」

「わたしもね、あなたの言うとおりだと思うの。三谷さんから聞いたのがそれで全部だったらね。でも違うの。この話にはね、続きがあるの」

由美は私を見つめた。真剣で、悲しみを湛《たた》えた目に私はひるんでしまう。

「何だい」

私は訊ねた。彼女はスウ、と小さく深呼吸し、口を開いた。

「それからあの家の周りで、こ――」

がちゃ、と廊下の向こうで戸の開く音がした。苛立たしげな足音が近付いてくる。

修一がリビングに現れた。肩を寄せ合って見つめていると、彼はぼそりと呟《つぶや》いた。

「ハンバーグ」

「え？」

「ハンバーグ、食べたい」

「も、もうこんな時間よ。明日の晩に作ってあげるから――」

「ハンバーグ！」

修一が喚《わめ》いた。ダイニングテーブルを激しく殴り付け、ティッシュペーパーを撒き散らす。

「ごめんね、修……」

落ち着かせようとした由美に、修一は猛然と殴りかかった。

「ハンバーグ！　ハンバーグ！　ハンバーグ！　わああああ！」

何度も母親の腕や腹を叩き、勢い余って床に転がり、手足を振って泣き喚く。

時折こうなる。寝ぼけているだけで大人しく引き下がってくれることもあるが、今回は違ったようだ。こうなってしまっては手が付けられない。言うことを聞いてやる以外に、対処法はない。

由美が痛みに顔を歪めて、

「ごめんね、すぐ作るね、だから泣かないで」

と言って、台所の電気を点けた。私は振り回す手足が当たらないように避《よ》けながら、息子を宥めた。

ハンバーグを食べ終わった修一がリビングのソファで眠り込んだのは、朝の七時を回った頃だった。ソースを口周りに付けたまま寝息を立てる息子を確認してから、私は家を出た。

それから一ヵ月ほどは何もなかった。

平日は会社で仕事をし、酒席には出ず真っ直ぐ帰って、家族と過ごす。土曜日は雨天でない限り、午前中に由美と修一と三人で散歩に出て、日曜日は天気に拘わらず家にいる。

同じだ。あの家を知る前と同じ、代わり映えこそしないが平和で、穏やかな日々。

綻びが生じたのは、ある平日の夕方のことだった。

仕事が予想外に早く片付いたので、退勤させてもらうことにした。会社のエントランスを出たのが午後三時。我が家のあるマンションの、エントランスをくぐったのは四時過ぎだった。由美に連絡は入れなかった。黙って帰って驚かれることはあっても、迷惑がられることはないだろう。

「ただいま」

玄関ドアを開けたが、返事はなかった。

「由美」

靴を脱ぎながら呼んだ。

「修一」

こちらも応答はない。二人とも昼寝をしているのかもしれない。何気なく修一の部屋に目を向けると、ドアが開け放たれていた。

中に息子の姿はなかった。となるとリビングか、和室か。

手洗いうがいを済ませてリビングに行くと、薄暗い中、由美がソファに座ったまま眠っていた。身体を背もたれに預け、完全に弛緩《しかん》している。安らかな表情で、スウスウと寝息を立てている。

こんなにリラックスした由美を見るのは久々で、私は思わず彼女の顔に見蕩《みと》れていた。最初はリビングのど真ん中で彼女を見下ろし、次いですぐ傍らにしゃがみ込み、まじまじと見つめた。

出会った頃より皺が増えた。ただ時が経ったせいではない。苦労をかけたからだ。私は同じ世代の男性よりは育児に取り組んだつもりだが、それでも由美に比べれば些《さ》細《さい》なものだ。現に今も平日昼間は任せっきりになっている。愚痴の一つも零《こぼ》さないが、きっと心身ともに限界に近いのだろう。

であれば寝かせておこう。

修一が起きてきたら、私が面倒を見ればいい。ところであいつは何処に――

見回しても修一の姿はなかった。

和室の襖《ふすま》をそっと開けたが、やはりいない。風呂にも、トイレにも。物置にも。ベランダにも。

まさかと思って玄関を確かめると、修一の靴がなかった。

胸が激しく鳴った。

「ゆ、由美！」

気遣ってはいられず、大慌てでリビングへと走る。乱暴に肩を揺すると、彼女は眠たげな目を擦《こす》った。

「あら……もうそんな時間？」

「そんなことはいい。修一は？　修一はどうした？」

「しゅういち……」

寝起きで朦朧《もうろう》としている。

「だから修一だよ。一人で外に行ったのか？　靴がないぞ！」

「え？」

「一人で外に出たら危ないだろ！」

「ああ」

彼女の目にふっと、明瞭な理性の光りが灯《とも》った。うっすらと微笑を浮かべる。

「大丈夫よ。見てもらってるから」

「な、何？」

「人に預けてるの」

「馬鹿言うな」

私は場違いな苦笑を漏らした。

「今になって預かってくれる人なんて、見つかるわけがない。ずっと駄目だったじゃないか。たまに親切で見てくれる人が現れても、全然馴染めなくてすぐ――」

「だから、今回は大丈夫だったの」

ううん、と伸びをすると、由美はソファから立ち上がった。壁の時計を見上げて、

「そろそろね」とつぶやく。

「迎えに行ってくる。一人で大丈夫よ」

和室の鏡台を開き、髪を整える。

「しかし」

「そういえばあなた、今日は早かったのね」

「え？　ああ、仕事が早く済んだから」

「そうなんだ。あ、自転車借りるね」

由美は私に笑いかけた。てきぱきと身支度を済ませて家を出る。不自然なところは一切なく、落ち着き払い、堂々としていた。その態度に圧倒された私は、彼女を見送ることしかできなかった。

修一を連れて彼女が戻ってきたのは、三十分後のことだった。修一は大人しく素直で、夕食を食べるなり寝入ってしまった。

「どこって、友達のところ。幼馴染みって言ったほうがいいのかな。最近こっちに越して来たんだって。お買い物してたらばったり会って、ほんとにびっくりしたわ」

私の質問に、彼女はすんなりと答えた。

週に一度か二度、由美は修一を幼馴染みに預けるようになった。預けている間は家でのんびり休息を取るか、軽く出かけたりしているという。

幼馴染みの名前は佐藤《さとう》さん――旧姓井口《いぐち》さんという同い年の女性で、近所の戸建てに旦那と二人で暮らしているらしい。昼間はずっと家にいて退屈で、修一を預かるくらいは余裕だから、と先方から提案があったそうだ。報酬の類は一切受け取らない、と先に釘を刺されたとも言う。

嘘臭い。

説明を聞いた私は思った。あまりに都合が好すぎる。由美の説明もやけに饒舌《じょうぜつ》に感じられた。そんな幼馴染みがいたことなど、今まで聞いたことがない。

だが、私は問い詰めはしなかった。疑念や違和感を提示することも止めた。

ソファですやすやと、気持ちよさそうに午睡する妻の姿が脳裏をよぎったからだ。

どうやら上手くいっているらしい。いや、「らしい」ではなく、事実として上手くいっている。由美はもちろんだが修一も。あいつが夜に泣き喚くことも、私達の態度や言葉に機嫌を損ねたりすることも減った。確実に育てやすく、養いやすくなっていた。であれば妙な詮索はしない方がいいだろう。

私はそう考えることにした。考え続けることにした。不意の早帰りから三ヵ月と少しの間は。

半袖では肌寒さを感じるようになった、土曜の昼過ぎのことだった。

散歩から帰り、妻が作った昼食を食べた私は、リビングでテレビを見ていた。

と、思った時にはテレビが消えていた。

疲れてうたた寝をしていたらしい、と頭を働かせる。手元にリモコンがないところを見ると、テレビを消したのは由美だ。タオルケットを掛けてくれたのも。時刻は午後三時過ぎ。

思考を巡らせていると、廊下で気配がした。次いで声がした。

「さあ、修一」

「うん」

玄関ドアが開く音がして、室内の気圧が僅かに変わるのが感じられた。靴を突っかける音がし、ドアが閉まり、静寂が立ち籠める。

体感で一分ほど待ってから、私は起き上がった。小走りで玄関に向かう。

自転車の鍵が見当たらなかった。定位置である靴箱の上にも、それ以外のうっかり置きそうな場所にもなかった。

思い立ってベランダから見下ろすと、豆粒ほどの小さな由美が見えた。自転車を漕《こ》いでいる。後ろに修一を乗せている。遊歩道を、いつものコースを走っている。

「おい、由美!」

大声で呼んだが、届かなかったらしい。

由美は風に揺れる並木に隠れ、見えなくなった。散歩していた時は快晴だったのに、今は降り出しそうなほどの曇天になっている。

二人はどこに向かったのか。疑問はすぐさま推測に変わり、確信へと至る。根拠らしい根拠は殆どないが、そうだとしか思えなかった。

私は大急きで家を飛び出した。

息を切らして目的地に到着すると、門の脇に自転車が停《と》めてあった。どこからどう見ても間違いなく、私の使っているものだった。

例の家が私を見下ろしていた。

私は声もなく家を見上げていた。

冷や汗がシャツの下、背中を後から後から伝っていた。

しばらくして、音もなく玄関ドアが開いた。

中から現れたのは、由美だった。忍び足で門を出て、自転車に手を掛けたところで周囲を見回し、そこでようやく私に気付く。

彼女は驚きこそしたが、慌てても取り乱しもしなかった。まるで重い荷物を下ろした直後のような、安堵の表情が顔に広がっている。

私が黙って見つめていると、彼女は自転車を押し、私のすぐ近くで立ち止まった。

「見当は、付いてたでしょ」

「ああ」

私は答えた。

「でも理由は分からない。由美、どうして――」

「三谷さんが教えてくれた噂にはね、続きがあるの」

由美は話し始めた。

「この家に誰も住まなくなって、しばらくしてからね。周りの家で、子供が行方不明になる事件が相次いだっていうの。家の前の路地で遊んでたらいつの間にか、とか。部屋で勉強してたのに、とか。生まれたばっかりの赤ちゃんが、ふと目を離した隙にベビーベッドから消えたりしたそうよ」

私は黙っていた。

「そのうちね、この家が怪しいってみんな言い出したの。いなくなった子供が、その直前に中に入っていくのを見たって人も出てきた。この家はね――子供をどこかへ連れて行ってしまうの。ハーメルンの笛吹き男みたいに」

「馬鹿馬鹿しい」

私は斬り捨てた。

「単なるこじつけと連想ゲームじゃないか。要は廃屋と、笛吹って苗字と、子供の失踪事件を安易に結び付けただけだ。それにお前、最初の笛吹家の事故死と自殺はどうなったんだよ。前後がまるで繋がってないぞ。そんな出来の悪い作り話を真に受けて、由美、お前」

「実際に子供はいなくなってるの」

由美はハンドルを握り締めた。唇が青ざめ、震えている。

「一九九八年に小学四年の女の子が、翌年には四歳の男の子が、二〇〇四年には生後一ヵ月の赤ちゃんが、市内で失踪してる。未だに見つかってない。わたしがネットで見付けたのはこの三人だけだけど、もっとちゃんと調べたら――」

「ネットか。市内か」

私は殊更に呆れてみせた。どちらも全く根拠たり得ない。やはり由美はまともな思考ができなくなっているのだ。妄執に取り付かれているのだ。

「でもねあなた、修一は最初から魅せられてたわ。散歩のコースを逸《そ》れても拒まなかった。ドアだって開いた」

由美は笑った。

目に涙が光った。

「中でも大人しくしてる。家より落ち着くみたい。蜘蛛の巣がはって、変な染みがあちこち付いてるけど、あの子は嫌がりもしないの。迎えに行ったらブツブツ呟いてることもあるわ。だれかと喋ってるみたいに」

「……………」

「きっと呼ばれたのよ。今も呼ばれ続けてるのよ。噂は本当なの。だから」

「やめろ」

由美が何を言うのかが分かって、私は窘《たしな》めた。

「それ以上は喋るな。修一が中にいるんだな？　今すぐ連れて出てこい」

「試してみようって思ったの。今は途中よ。上手くいくかもしれない」

「お前がやらないなら私がやる」

足を踏み出した途端、由美に通せんぼされる。自転車が音を立てて倒れた。

風が屋上の葉をバサバサと鳴らした。

「……ね、邪魔しないで。もうすこしで、修一はいなくなるかもしれない」

「それ以上言うな」

「もう限界よ。いつまでこんな生活、続けたらいいの？」

「言うな」

「死ぬまでこのまま修一に」

「黙れ！」

私は怒鳴った。妻の両腕を摑み、憤然と睨み付ける。

子供を攫《さら》う家などあるものか。そんな非科学的なものが存在するはずがない。出鱈目《でたらめ》だ。

よしんば実在するとしても。

そんな家があったとしても。

それがまさに目の前の、かつて笛吹邸だった廃屋だとしても――

「修一は三十七歳だぞ。もう中年だ。おっさんなんだ。連れて行ってくれるわけがないだろっ」

絞り出すように言う。

由美は私を見上げながら、ぽろぽろと大粒の涙を零した。

「う、う……どうして、どうして……」

私の胸に顔を押し付け、啜り泣きながら繰り返す。

どうしてだろう。どうしてこんなことになってしまったのだろう。

嫌がり暴れる修一が怖くなって、病院に連れて行くことを断念したせいだろうか。

どのアルバイトも長続きせず、やがて部屋に籠もるようになった修一に、ちゃんと向き合わなかったせいだろうか。

卒業ぎりぎりに内定をくれた会社を一ヵ月で退職した修一と、しっかり話し合わなかったからだろうか。

志望する大学に合格できなかった修一に、浪人という選択肢を許さなかったせいだろうか。或いはもっと以前に原因があるのかもしれない。

いずれにせよ、私達夫婦は修一を独り立ちさせることができなかった。おかしくなった息子を、ずっと家に置いて養っていた。子供のように。幼児のように。

いつしかそれが日常になっていた。私も由美も六十歳を超えていた。

誰かに助けを求めることをしなくなった。手を差し伸べてくれる人もいなくなった。どちらが原因でどちらが結果なのか、今となっては分からない。近所の人々は非難こそしないが受け入れることもなく、私達から距離を置いている。

「いいでしょ、これくらい。じ、実際に手にかけるわけじゃないんだから……あなたやわたしが、あの元農水省の人みたいになったら、最悪でしょ。それか修一が登戸《のぼりと》の通り魔みたいになったら」

由美が嗚咽の合間に話していた。

「今がまともだと思うの？　おかしいと思わない？　わたしが殴られても止めないくせに、公道の二人乗りを止める方が大事？　大事なのよね、あなたにとっては人目の方が気になるのよね。だから大声で呼んだんでしょ。ちゃんと聞こえてたわ……」

私は黙って聞いていた。

妻の言うとおりだった。ベランダから由美と修一が自転車に乗っているのを見た時、私が真っ先に気にしたのは二人乗りのことだった。いつも修一を後ろに乗せて、自分は押している。由美もそうするべきだ。根本的にどうにかしなければならない点を幾つも無視して、私はそんな些末なことを――

「ほんとに解放されたの、あの子をここに預けてる時だけは……それにね、今度見に行った時には消えてる、こ、今度こそいなくなってるって……」

話し終わっても彼女は泣いていた。私は彼女が落ち着くのを待った。

風が草木を鳴らす。人通りは全くなく、人の気配や足音すらない。虚《うつ》ろで乾いた空気が周囲に漂っていた。建ち並んだ家々はどれも書き割りか、ドールハウスのように見えた。かつて笛吹邸だった廃屋だけが、重々しい存在感を放っていた。

妻のしゃくり上げる声が小さくなった頃、私は言った。

「修一を見てくる」

由美は小さく頷いて、身体を離した。

門をくぐり、数歩歩いてドアの取っ手を掴む。べたりと手に張り付くような感触がするのは、先入観のせいだろうか。迷いが生じる前に一気に引く。

暗闇が口を開けた。

汚れた三和土《たたき》と、玄関マットが見えた。入ってゆっくりとドアを閉める。

一面に埃が舞っている。ドアの上、明かり取りの窓から入る光で、屋内がぼんやりと照らされている。息子の姿はない。小柄だが肥満で、長髪で無精髭で、顔立ちは未成熟で、表情は曖昧で、いつもジャージの息子、修一の姿は見えない。

「修一」

私は呼んだ。しばらく待ってみたが、返事はなかった。

靴のまま廊下に足を踏み入れる。耳を澄ますが聞こえるのは静寂ばかりだ。すぐ目の前を蜘蛛の糸が掠め、咄嗟に顔を背ける。

奥にいるのだろうか。あるいは二階にいるのだろうか。

「修一」

私は再び呼んだ。

沈黙に耳を澄まし、再び息子の姿を想像する。

これまでいなくなったという、子供達のことを思い描く。

彼ら彼女らの全てが望まれ、愛された子供だろうか。

帰って来てほしい存在だろうか。

一人や二人は違ったかもしれない。ひょっとすると大多数がそうかもしれない。

要らない子供を連れて行ってくれる家。

そうだったら。

そうであってくれれば。

「修一」

答えが返ってこなければいい、姿もこのまま見えなければいい。

お願いだ。

息子を連れて行ってくれ。

埃が踊る暗い廊下に佇み、いつしか私は祈っていた。

すていほぉ〜む殺人事件

柴田勝家

Message From Author

2020年は様々な風景が変わってしまう一年であり、民俗学SF作家を名乗っているワシにとっては悩ましい時代になりました。伝統ある祭りや行事も中断する一方、今の世界からの未来を想像するのも難渋するばかり。そうした中、新しい日常だからこそ生まれる殺意、そして密室殺人をテーマにしたアンソロジー『ステイホームの密室殺人』（星海社）が編まれることになり、この作品を寄せる運びとなりました。これまで親しんできたミステリー作品への敬意と、もしかすると失われてしまうかもしれない風景への思いを馳せて執筆しました。物騒な内容で書いてはおりますが、これはメイド喫茶と秋葉原を心より応援する作品であります。

柴田勝家（しばた・かついえ）
1987年、東京都生まれ。成城大学大学院文学研究科日本常民文化専攻博士課程前期修了。2014年、『ニルヤの島』で第2回ハヤカワSFコンテスト大賞を受賞しデビュー。18年、「雲南省スー族におけるVR技術の使用例」で第49回星雲賞日本短編部門受賞。近著に『ワールド・インシュランス』『ヒト夜の永い夢』『アメリカン・ブッダ』など。

ボクはメイド喫茶が好きだ。

彼女と一緒に撮ったチェキを見るたびに、そうした思いが沸き上がってくる。

栗色のショートボブ。自信に満ち溢れた笑顔。並の女子には許されない情熱的な色の口紅。二重どころか十重くらいはありそうな瞼に、これで自前だという長いまつ毛。日本人離れした美人。誰もがそう言う。それでも写真の彼女はメイドさんで、制服だけがアンバランスなほどに可愛らしい。

ボクも色んなメイドさんと出会ってきたが、彼女との出会いが一番、なんというか印象的だった。

1

メイド喫茶ブームも遥かに過ぎて。それでも秋葉原《あきはばら》には文化として定着したようで――。

大学進学で東京に出てきたボクにとって、秋葉原のメイド喫茶というのは憧れだった。高校の修学旅行で東京に行った際、友人たちとひやかし半分で流行りのメイド喫茶を訪れた。人生初の体験だったが、そこですっかり魅了されてしまった。

メイドさんはクラスの女子よりずっと華やかで、それでいてアイドルよりも身近だった。可愛らしい制服に身を包んで、楽しげに話しかけてくれて、歌やダンスを披露すればキラキラと輝いている。ボクの思春期の最後に、彼女たちはきっちりハートを奪っていった。

そうしたわけで、昨年から東京で暮らすようになったボクは、時を置かずメイド喫茶に通うようになった。

最初は引っ込み思案だったボクも、いつしか特定のメイドさんを好きになり、推し宣言をしてみたり、ツイッターでアカウントを作って他の常連さんと仲良くなったりもした。慣れてくれば一つの店舗だけでなく、好きなメイドさんのリアル友達が勤めているという別店舗に顔を出すようになり、今では一日に五軒くらい平気で回るようになった。

そんなボクのメイド喫茶ライフだが、二年目になって変化が訪れた。

『みんな〜、久しぶり〜』

手にしたスマホから愛らしい声が聞こえてくる。

そこに映るのはセミロングの茶髪に愛嬌のある笑顔。彼女自身は女性芸人の誰かに似ていると言っているが、ボクから見ればもっと似たアイドルがいたようにも思う。つまり可愛い。

「ああ、マルルちゃんだ……」

ボクの独り言が自室に響く。ＰＣ上に放置された大学の課題と、テーブルの上に積み重なった空のカップ麵容器。散らかりっぱなしの部屋で、ボクはスマホの画面を食い入るように見つめている。

『はじめましての人もいるかな？　えっとね、この配信はね〈はぴぶる〉の公式でメイドさんが週替わりで配信するんだけど、え、ああ、はいはい、〈はぴぶる〉っていうのは秋葉原にある〈Happy Bloom〉っていうメイド喫茶で、えーと、あとはなんか検索して？』

コメント欄では笑いが起きている。視聴者の誰かが送った「ちゃんと説明した方が良い」という言葉に対して、こんな風に雑に返してしまうマルルちゃん。そういうところが可愛らしい。

『いやぁ、〈はぴぶる〉も営業休止しちゃったからねぇ。本当、コロナで大変だよ。みんなもどうしてるの？　ええ、秋葉原行かないから貯金できてる？』

ボクは昨年末から〈はぴぶる〉に行くようになったが、店のメイドさん全員から知られている。ボクの推しではないが、マルルちゃんも普段から仲良くしているメイドさんの一人。なんと言ってもボクの推しであるプリムちゃんの親友だから、自然と会話に出ることも多い。

しかし、今さっきマルルちゃんが言ったように店は休業中。メイドさんに会いたくても会えない状況。本当なら来月は彼女の生誕イベントだったはずだ。

「コロナ許さないからな」

そう、昨今のコロナ禍は秋葉原にも大きな影響を与えた。

大体のメイド喫茶は、雰囲気重視で窓を設けず、各地からオタクが集まり、メイドさんと近い距離で話せる。つまり密閉、密集、密接のいわゆる三密から逃れられない。賢明なメイド喫茶各店は、緊急事態宣言の前後から早々に店を休業とした。こういうところは世間の居酒屋よりも対応が早いのだ。

しかし。

『やっぱり会えないのは寂しいよね〜』

「そうだよねぇ……」

などとコメントには送らず独り言で会話。

つい先週まで会えていたメイドさんたちと話せない。これは大学が長い春休みに突入するよりも重大事件だ。

「でも、配信があって良かった……」

最近では、各地のメイド喫茶が自粛中の営業として、グッズを通販したり、メイドさんがリモートお給仕をしたりと色々な工夫をこらしている。

特に配信ならば、ビデオチャット上でメイドさんと話せるし、なんなら課金アイテムを送って支援できる。推しに良い生活を送ってもらいたいのはオタクの悲願だ。〈はぴぶる〉もその波に乗ってきたというわけだ。実にありがたい。

『あは、そだよ〜。今ね、私服。珍しいでしょお？』

ここで誰かのチャットに反応し、マルルちゃんが披露するようにフリルのついたブラウスを示してくる。背景に映るのも彼女の自室のようで、花柄のカーテンの前には彼女の好きなサンリオキャラのぬいぐるみ、サイドボードには楽しげに化粧品が並んでいる。

マルルちゃんは声優さんみたいな甘い声で、だけど気さくでさっぱりした性格なものだから人気が高い。既にチャット欄では彼女を推している常連さんが大量の挨拶を送っている。

『ジューシーさんおひさ〜、たく君も久しぶりだね。あ、マロンさんこんばんは〜』

配信中のマルルちゃんが丁寧に名前を呼び上げて挨拶を交わす。ボクは見守るだけに徹しようと思ったが、その様子が羨ましくなって、つい挨拶文を書き込んでしまった。

『こんばんは』

チャット欄にボクのアカウントが並ぶ。コメントはどんどん流れていく。これで気づかれなかったらショックは大きい。多分泣く。

『あ、ぼっちーも来てる~。こんばんは!』

「よっし!」

一人きりの部屋でガッツポーズ。

反応をもらえることが、これほど嬉しいとは思わなかった。人気メイドの彼女が自分を認知してくれている。推しではないと言いつつ、どこか優越感のようなものを覚える。

『覚えてくれてて嬉しいよ』

このコメントに反応はなかったが、それからもマルルちゃんは何回か絡んでくれた。それとプリムちゃんも参加していたらしく、途中で一言だけコメントを送っていた。これにはボクも大いに沸き上がる。それからの会話は、最近の家での過ごし方に移り、画面上の彼女は「暇すぎて録画したアニメ全部見ちゃった」などと笑っていた。

雲行きが怪しくなったのは開始から二十分が経った頃。

『ちょっと飲み物取ってくるね』

そう言って彼女がカメラを消した直後、新しい参加者がチャット欄に現れた。「てんちゃん」を名乗る見覚えのないアカウント。

『こん、初がらみー。前に店行ったよー』

それだけなら驚くことでもないが、その参加者は一万円分の課金アイテムを気軽に投げつけていた。

『ただいま。あ、てんちゃんだ。覚えてるよ、こんばんは〜』

再び画面に現れたマルルちゃんは、マグカップを握っていない方の手で新たに参加した人物に手を振ってみせる。

正直、嫉妬していた。

これまで彼女は、名前を呼び上げて挨拶することはあっても、手を振ってくれることはなかった。そんなのたまたまだとか、自意識過剰だとか、そういう意見はもちろんわかる。でもオタクにとって、こういう小さな特別扱いは胸がチクチクするのだ。

『わっ、課金もしてくれてるんだ！　ごめんね〜、ありがとね〜』

推していないボクでさえ嫉妬を覚えるのだから、マルルちゃんが本命の常連さんなど気が気でないだろう。

『マルルちゃん、笑うと八重歯見えんの、ほんと可愛いよねｗ』

『えー、八重歯見えてるの、ちょっとコンプレックスなんだけどな～』

うっ、と呻く。

画面越しのマルルちゃんの照れた表情。普段の快活な喋り方とは違う、どこか甘えるような響きがあった。誰か特定の人物への、メイドさんのこういった姿はあまり見たくない。

案の定、チャット欄は静まり返り、そうなると空気を読めないてんちゃんなる人物の発言だけが続く。だからマルルちゃんも彼（おそらくだけど）の質問を読み上げるしかなく、会話に入り込む隙がなくなってしまう。悪循環だ。

ふと、ここでスマホの画面上部に通知があった。秋葉原での友達からのＬＩＮＥだった。文言は実に簡単。

『マルルの配信見てる？　やばくね。あれ彼氏っしょ（笑）』

友人への返信は後回しにして、未だに二人きりの世界を楽しんでいるマルルちゃんの配信を見続ける。

確かに、マルルちゃんに彼氏がいるという噂はある。男性と歩いている彼女の目撃情報はクソみたいな掲示板に多く書き込まれているし、ボクも「ま、いるだろうな」とは思っている。

ここは誤解なきようだが、ボクはメイドさんにリアルで恋人がいることには文句はない。一人の女の子だからだ。でも、それをメイドさんでいる最中に持ち込むのは許せない。そういう主義。

そしてそういった主義を持っていたのは、どうやらボクだけではなかったらしく。

『ごめ、ちょっとくしゃみ〜』

ほんの数秒、マルルちゃんが画面を消した時、その文言がチャット欄に現れた。

『はじめまして。いきなりだけど、不穏だね』

新たに登場した人物。「ふがし大好き」なる名前。そのアイコンには全く見覚えがないから、常連ではないのかもしれない。

『わっ、ごめんなさい〜。新規さんだぁ』

画面に再びのマルルちゃん。ティッシュで鼻を押さえている姿が可愛らしかった。

『マルルちゃんも、いろいろ気をつけなね（笑）』

チャット欄が荒れないよう、いくらか冗談めかしているようだが、その言わんとすることは理解できる。ボクも同じ気持ちだった。

『え〜、大丈夫だよ。くしゃみする姿は映ってなかったでしょ？』

ここはマルルちゃん、上手い具合にスルー。チャット欄の空気も戻り、オタクたちが「くしゃみ見たかった」とか「ティッシュ欲しい」とか気持ち悪いことを言っている。これが見たかった。

いくらかモヤモヤは残るが、流れが戻るならそれが一番だ。ボクもそれ以上は何も思わないようにする。

『そういうことじゃなくてさ』

しかし、例の「ふがし大好き」は追及を止めなかった。

『まぁ、いいや。少し話聞いてよ』

こともあろうに、そこで彼（多分）は一番高い課金アイテムをポンポンと投げつけた。これだけでマルルちゃんには一万円くらいのバックが入るはずだ。

『ええ！　ありがと〜。でも、いいよ、そんな高いの出してくれなくても』

『話したいことがあるから。明日、十一時。アニメイト裏の横の駐車場で待ってるよ』

そう言って「ふがし」野郎は、トドメとばかりに複数の課金アイテムを投げつけ、あとは何も言わずに退室していった。これは明らかに、オフで会おうと誘っている。

「なんだコイツ！」

当初はボクと同じ主義かと思っていたが、いつしか完全に敵になっていた。注意するフリをして自分はがっつく。最悪のオタクだ。

これには大人しかったチャット欄も紛糾し——とはいえ冷静に——諭すようなコメントが大量に流れていく。マルルちゃんを気づかうオタクたち。曰く「気にしない方がいいよ」とか「よくいる繋がり厨だから」とか。

『会いに行っちゃダメだよ』

そして、これがボクのコメント。そう言うので精一杯だった。

『あはは、大丈夫だって』

画面の中でマルルちゃんは笑ってくれる。自分のコメントに反応してくれたようで、それまでムカついていたのが一気に溶けてしまった。それは他の人たちも同じだったのだろう。その後は流れも戻り、楽しいトークを続けることができた。

可愛いメイドさんと話す。それだけで十分だ。

2

と、昨日は思っていたものの。

『あれ上手いよな、マルルのリア友だろ』

『そうなの？』

スマホ上で友人たちとの会話が続く。昨日の配信を見ていた常連同士のグループチャットだ。

『じゃないの？　変な流れになってきたから、捨て垢で荒らして無理矢理に空気変えたんでしょ』

つまりマルルちゃんの彼氏（？）が勝手に配信に来たのを見て、二人の間柄を知っている友人が助け船を出したというのだ。相変わらず、メイド喫茶オタクは裏を勘ぐることにかけては一流だ。

『なる』

納得したように返信する。他の人たちも同じ。これで会話はおしまい。

だけど、だ。

「会おうとしてたのはマジじゃん」

ボクは顔を上げる。

目に入るのは閑散とした秋葉原の通り。ラーメン屋もドンキも時短営業だったり休業だったりで、とにかく人がいない。これまで沢山の人を集めていたパチンコ屋も今日は臨時休業だ。

そんな通りの一角、雑居ビルとアニメイトに挟まれた空間に、六坪程度の狭い駐車場がある。

そう、ボクは張り込みをしている。

ここでスマホを取り出せば、時刻は午前十時五十六分。アイツが一方的に決めた約束の時間まで数分。

ボクは駐車場の対面、秋葉原ＵＤＸの階段に陣取っている。ここからなら、いつでも飛び出せるし、なんなら隠し撮りだってできる。

ボクはメイドさんと個人的に会おうとする輩《やから》を許せない。マルルちゃんの配信を荒らしたのも度しがたい。正義感に燃えているわけじゃないけど、ボクの楽しみにケチをつけた相手を確かめて、あわよくばネットに晒してやろうと考えた。そんな後ろ向きな理由での外出だ。不要不急の極みでもある。

そうして見守っていると、だ。

視界の端に人影がよぎった。単なる通行人だと思っていた人間が、きっちり十一時、駐車場に足を踏み入れた。

最初は「まさか」と思った。だってそうだよ。今、駐車場で億劫そうに腕を組んでいる人間は——

「美女だ」

読んでそのまま、美しい女性が駐車場にやってきた。遠目からでも十分にわかる。栗色のショートボブに鮮やかな口紅の色。黒いコートのよく似合う高めの背丈。履いているパンプスにはド派手なビジューが輝いている。

何かの間違いだろう。あの美女は、たまたま駐車場に用があるのだ。ちょうどコインロッカーもあるし、自販機もある。

で、当たらずとも遠からず。やがて女性はコインロッカーを背にして、提げていたバッグから棒状のものを取り出し、口元へと運んだ。きっと煙草でも吸おうというのだ。

話しかけるチャンスだ、と思った。

千代田区では路上喫煙は罰金だ。それを理由に咎めてやろう。その上で、目的の人物かどうか判断してやるのだ。これがオラオラ系の男性だったら見逃していたが、幸いに女性ならボクでも相手ができる、はずだ。

ボクは階段を駆け下り、すぐさま駐車場の方へと向かう。

「ちょっと、煙草はダメですよ」

近づきつつ、その美女に話しかける。この時点でボクは勝利を確信していたが、彼女はこちらをチラと一瞥しただけで、なおも美味しそうに煙草を……。

「んん？」

近づいてわかったことは二つ。その女性が予想以上に綺麗だったこと。もう一つは彼女が咥えるものがやけに太かったこと。

「あの、それ煙草ですか？」

葉巻かな、と思ったけど、もっと似てるものがある。黒くてゴツゴツしてて細長いお菓子。硬いところをかじるのがクセになる。

「そう見える？」

その声は予想以上に柔らかくて、でも凛《りん》としてて。

「これね、ふがしだよ」

「ふがし」

「そう、ふがし。大好きなんだ」

「え、なんでこんなところで食べ……、えっ！」

ふがし、大好き。

そのふざけた名前が脳内で再生される。

「あ、もしかして、アンタ」

「ああ、そっか。キミ、マルルの配信にいたのか」

その言葉によって答え合わせが済んだ。

「なるほどね。配信中にアポを取ったのはまずかったな。繋がり行為に見えたのか。偉いね、それを注意するために、キミはわざわざ自粛期間中に秋葉原まで来たのか」

全部正解、完全にお見通し。ボクは頷《うなず》くことしかできない。

間違いない。この女性こそが、昨晩の配信を荒らした「ふがし大好き」なのだ。そして自分が誰かわかるように、こんな往来で突如としてふがしを食べ始めた。今が自粛期間中で良かったと思う。

「で、でも、え、なんでマルルちゃんと……」

正直に言えば、数分前まで確かにあった怒りは薄れていた。メイドさんと個人的に会うのは許せないが、相手が同性なら問題が小さくなってくる。なおズルいのは、彼女が秋葉原には場違いなほどに美人なところだ。色の白いは七難隠す、だ。もう何が問題なのかわからなくなってくる。

で、さらに彼女はこんなことを言う。

「なんで、って。彼女とは同僚だ。いや、同僚になる、かな」

「え、どういう意味……」

「ああ、近々〈はぴぶる〉で働く予定だ。私もメイドだよ。これまで色々な店にいたから、そこそこの歴はある」

それを聞いて、ボクはがっくりと肩を落とす。

もう追及する気も起きない。同性かつ同僚なら、これはもう客が入り込む余地はない。きっとメイドさん同士で仕事の話でもする予定だったのだろう。単なるボクの早とちりで終了。でも仕方なくない？

ボクは勘違いを謝罪してから、そろそろと顔を上げる。

「ちなみに……、お名前は？」

「黒苺フガシ。好きなものを全部つけた」

自信たっぷりの返答。長いまつ毛に大きな瞳。大人びた表情、そして二本の指に挟まれた一本のふがし。

「フガシ、さん……」

ツッコミを入れるべきか迷ったが、ここは流しておこう。それから、この件をグループチャットで報告するのも止めにする。恥ずかしい失敗談になるだけだ。

「あの、ではこれで……」

「待って、静かに」

と、言われたから素直に待つ。

でも、どうやら彼女はボクに用があるわけではないらしい。真剣な表情で耳をそばだてて、周囲の音を確かめているようだった。とはいえ人の声が聞こえてくることもなく、せいぜい中央通りを走る車の音がするだけ。やけに耳につくサイレンの音とか。

「停まったね」

「何がですか？」

「パトカーと救急車、セットで来てる。末広町《すえひろちょう》方面で停まった」

一息で言い遂げるや、そこでフガシさんは大股で一歩。ボクの横をすり抜けて一目散に走っていく。すれ違いざまに感じたのは大人っぽい香水の匂い。

美女の背中が見えた。

「ええ？」

駐車場から情けなく路地へ顔を出せば、楚々としながらも猛スピードで駆けていく美女の背中が見えた。

ここでボクは溜め息を吐く。

このまま帰ってしまっても良かった。その方が自分のためだし、社会のためでもある。でも気になることもある。あの謎の女性が走っていく方向、そこにあるはずのものを想像してしまった。

末広町駅から徒歩一分、つまりここから数百メートルの距離、そこにある雑居ビル。その六階にあるのが〈はぴぶる〉だ。

ボクは導かれるように一歩を踏み出す。そうすると緊急車両のランプが放つ赤い閃光が目に入る。件《くだん》の雑居ビルがある裏通り、そこにパトカーと救急車が並んでいた。ボクは一匹の蛾のように光に引き寄せられる。

嫌なタイプの胸騒ぎがする。

たまに「外出中に自宅が火事になったら」みたいな想像をする時がある。帰宅時に炎が見えて「まさかウチじゃないだろう」と思いつつ、それでも近所に人がたむろしていて、次第に不安が大きくなっていくのだ。やがて到着すれば住んでるアパートは大火事。呆然となるボクに消防士さんが「近づかないで」と注意してくる。

その光景が今、現実にあった。

通い慣れた路地裏には規制線が張られつつある。今の時期だから野次馬は少ないが、既に近所の人が集まっていた。警察官がブルーシートで雑居ビルの入り口付近を覆っていく。チラと垣間見えた向こう側には救急車が停まっていて、そこで救急隊員が担架を準備していた。

この時まで「とはいえ〈はぴぷる〉とは無関係だね」とか思っていた。それが覆ったのは女性の悲痛な声が聞こえてきた時。

「どうして！」

ブルーシートの向こうから二人の女性が現れた。うつむいたままに泣き叫び、弱った足取りで歩く黒髪の女性。そして彼女を抱くようにして支えていたのは、さっき走り出したフガシさんだった。

「フガシさん、と……」

ボクに気づいたのか、フガシさんは一度だけ頷く。そして視線を周囲に送る。人々が気づかうように脇へと避《よ》けていく。それでもボクは動けなかった。何故って、そこで泣いている女性を知っていたから。

「カガヤさん」

そう呼んだ。彼女はボクが〈はぴぷる〉で出会ったメイドさんの一人で、バイトリーダーみたいな立場にあるベテランだった。

「あ……」

カガヤさんがボクに気づいたらしかった。乱れた前髪から怯えた視線が覗く。目元には大量の涙。それ以上は弱った表情を見せたくなかったのか、カガヤさんはフガシさんの肩に寄りすがってしまった。メイドさんの私服が見れてラッキー、なんていう状況ではない。

「あの、何か……、あったんですか？」

ボクはフガシさんへ問いかけた。彼女は持ち前の神秘的な目で、ボクをまっすぐに見つめてくる。

「大した話じゃない」

そこでフガシさんが人差し指を唇に添える。これは秘密、とでも言うように。そして綺麗な顔をボクの耳元に近づけて。

「〈はぴぶる〉で殺人事件が起きた」

3

秋葉原駅を昭和通り口から出たところに広場がある。秋葉原公園という名前だが、別に遊具があるわけじゃない。ビルに囲まれた待ち合わせスポットだ。

「カガちゃんはね、私の古い友達なんだ」

その秋葉原公園で二人、ボクとフガシさんが街路樹を挟んで立っている。昼ご飯として彼女にハンバーガーをおごってもらった。一緒にもらった缶コーヒーは甘いやつ。

「もともと、彼女に誘われて〈はぴぶる〉に行くことになってた。この様子だと、しばらく仕事もないだろうけど」

「カガヤさん、泣いてました」

真反対にいるフガシさんに聞こえるように、ボクは精一杯に声を張り上げる。

「カガちゃんは偉いよ。オープンスタッフとしてずっと頑張ってた。だから、あんな風に泣いていた。悪い子じゃない」

「何があったか、聞いていいんですか？」

「私は話すつもりだ。キミを大いに巻き込むつもり。だって、その方が便利だしね」

フガシさんが意味不明なことを言い始めた。心の社会的距離がどんどんと離れていく。

「殺人事件、って言ってましたけど……」

だけど、ボクは聞いておきたかった。それだけ大変なことが起こっているのだから。

「まぁ、恐らくだけどね」

街路樹の反対側から咳払いが聞こえてきた。

「状況はこうだ。今日の十時半頃、カガちゃんは必要書類を持ち出すために、休業中の〈はぴぶる〉を訪れた。そして鍵を開け、店内へと入ろうとした。その瞬間、扉に寄りかかっていたんだろう、血まみれの男性が倒れ込んできた。それが被害者、店長の永崎《ながさき》だ」

「えっ、店長が!」

思わず振り返ってしまった。

普段は別に〈はぴぶる〉の店長さんと絡みはないが、何回かエレベーターで一緒になったことがある。四十代くらいで、ちょっとチャラい感じの茶髪の人だった。一部では「メイドさんに手を出している」とか言われていたけど、ボクには気さくに挨拶してくれて、良い人だと思っていた。

「ここ一年でメイドは入れ替わってたからね、カガちゃんにとっては店長が一番の同僚だ。そんな相手が無残な姿で現れる。彼女は悲鳴を上げながらも、なんとか正気を取り戻し、すぐに一階にあるビルの管理事務所に駆け込んで事態を説明、警察を呼んでもらったらしい」

想像すると胸が苦しくなる。

カガヤさんは優しい性格で、みんなのお姉さんのような人だった。昔は別の店で一番人気だったらしく、今でも当時のお客さんが来てくれている。暇そうにしているお客さんがいれば、率先して話しかけに行くような理想的なメイドさん。ボクも何度か会っているし、プリムちゃんについての悩みを聞いてくれた恩人だ。

「カガヤさんは、今は」

「警察で色々と聞かれてるだろうね。助けに行きたいけど、私は現場に立ち会ったわけでもないしね」

言いようのない罪悪感がある。それを飲み込むためにハンバーガーにかぶりつく。

ボクが意味もなく階段に座って駐車場を見張っていた、まさにあの時間にカガヤさんは悲劇的な目に遭っていたのだろう。そういう意味なら、このフガシさんも同類だから少しだけ気が休まるけど。

「あの、店長はなんで殺されたんですか？」

「包丁だってさ」

「いや、凶器ではなくて……」

「動機かい？　それは不明だ。ただ警察の見立てでは、休業中の店舗を狙った窃盗犯と運悪く鉢合わせ、これまた不幸に殺害された、と。凶器の包丁も、店舗内のキッチンにあったものらしいしね」

ここでフガシさんの不敵な笑い声。一体何がおかしいのか。ボクが尋ねようとしたところで、ふいに彼女の真顔が視界に現れた。グルッと樹の周囲を回ってきたらしい。

「ここまで聞いて、キミは不思議に思わないか？」

「あ、あの……、ソーシャルディスタンスが……」

間近で顔を覗き込まれると非常に困る。良い香りがするのもまずい。

「おっと、いけない。今の御時世は私には不利だな」

「で、何が不思議なんです？」

一応の距離を取ってくれたフガシさんが、意味深に指を振る。

「いいかい。店の鍵を持っていたのは店長とカガちゃん、それからビルのオーナーから預けられた管理人のおじさんだ。その内、店長が持っていた鍵は店内にあり、事務所にある方は別の鍵がかかったボックスの中に入っていた」

「えと、つまり」

「キミは〈はぴぶる〉に行ったことがあるだろう。なら知ってると思うが、出入り口は店の扉だけだ。避難用の扉もあるが、それは開ければ外からは閉じられない作りになっている」

ボクはフガシさんの言葉とハンバーガーを咀嚼していく。すると確かに不思議なことが浮かび上がってくる。

「あれ、カガヤさんが店の鍵を開けて、それで店長の死体を発見したんですよね？　それって……」

「そう、密室殺人事件だ」

ほっ、と思わず息を吐く。ドラマや漫画でしか聞けない単語が飛び出してきた。それも、こんな非常事態な世の中で。

「いやいや、何かの勘違いですよ。たとえばカガヤさんが鍵を開けようとした時に、こう、一度閉めちゃって、もっかい開けて、みたいな。ボクも部屋の鍵かけ忘れて、それで帰ってきた時とか、そういう風になりますし」

ボクはなるべく常識的な解釈を添える。なんだか、このフガシさんは常識が通用しないような雰囲気があるから心配だけど。

「もちろん、その可能性もあるよ」

良かった、常識人だ。

「だから、今から〈はぴぶる〉に乗り込んで調べる」

ダメだ、非常識人だ。

「そろそろ三時間、初動の現場検証も終わっただろうさ」

ボクの呆れ顔を見ることもなく、フガシさんは悠々と歩き去ろうとしている。黒いコートが春の風になびく。

「えっ、ちょっと待ってくださいよ。どうしてフガシさんがそこまでするんです。警察に任せればいいじゃないですか」

どうにか一言を発する。フガシさんは立ち止まり、こちらへ振り返ってくれる。

「そうもいかないよ。私は頼まれた」

「だ、誰にですか？」

「カガちゃんだよ」

え、と全ての疑問を込めた一文字が口をついて出る。

「数週間前に頼まれた。最近の〈はぴぶる〉が不穏だから助けてくれ、って。キミも常連なら知ってるだろう。メイドの彼氏問題とか、そういった悪い噂だ」

思わず何度も頷いてしまう。マルルちゃんの配信での件もそうだが、最近はそういった噂ばかり耳にするようになってしまった。

「新興店にありがちな話さ。店のルールが徹底されてないと、どんどん風紀が乱れてくる。ここでつまずいたメイド喫茶は必ず潰れる。メイドは客と繋がって飛ぶ、もしくはレジの金を盗んで音信不通。よくあることさ」

「それでフガシさんは〈はぴぶる〉に……？」

「そうさ。私は秋葉原で働き始めて十数年、メイド歴なら一流だ。そんな私だから依頼が来る。メイド喫茶が健全に運営できるよう、内部から調査してくれ、と」

再びの春の風。さっきよりも強く吹いたそれが、フガシさんのコートを大きく翻す。

「私は、メイド喫茶専門の探偵さ」

彼女のコートの下には、フリルたっぷりのメイド制服。

「そして、これからキミにも手伝ってもらうよ」

堂々とした宣言と可愛らしい姿。あまりにもミスマッチに思えるそれが、ボクの世界に強く焼き付いた。

4

どうやら、黒苺フガシという女性は凄い人らしい。

「お疲れさまです、フガシさん！」

ボクらが〈はぴぶる〉のあるフロアに到着して早々、青いキャップをかぶった小太りの男性が出迎えてくれた。

普段ならメイドさんが来てくれるところだが、今回は三十代くらいのメガネの男性。青い作業着の胸元には「警視庁」の文字。よくドラマで見たことがある。鑑識の人だ。

「お疲れ、リョウちゃんさん」

不自然な呼び方だが、ボクのような秋葉原の人間には不思議と馴染みがある。案の定、リョウちゃんと呼ばれた男性は嬉しそうに顔を歪ませる。この反応も知ってる。

「いやぁ、フガシさんのために現場、温めておきましたよ」

なんだ、この人。

ボクが気味悪がっているのに気づいたのか、フガシさんがそっと耳打ち。

「彼もメイド喫茶オタクだ。もう六年ほど私を推してくれている」

「え、ってことはまさか……」

嫌な予感。しかも現在進行中で予感は現実に変わりつつある。

「リョウちゃんさん、店に忘れ物をしてしまった。すぐ出るから取ってきていいかな？」

「ええ、喜んで！　僕が見張ってますので、どうぞ！」

彼の同意を得ると共に、フガシさんは躊躇《ちゅうちょ》なく店の中へと入っていく。あからさまな嘘だが、彼はこれを見逃すつもりらしい。

「いやぁ、推しに現場見てもらうの、興奮するなぁ」

最悪なオタク来たな。

「あと、そこにいるのは私の助手だ。通してやって」

「ええ、いいですとも！」

リョウちゃんさんが、それこそ執事のように手を伸ばして、この殺人現場へとエスコートしてくる。

未だに不本意な部分はあるが、協力を求められて断るほどの勇気も主体性もボクにはない。粛々と調査を進めようとするフガシさんを追って、ボクも〈はぴぶる〉の店内へ。

まず目に入るのは、王道のメイド喫茶を意識したピンクと白の内装。目隠しの壁にはアール・ヌーヴォー調のデザインがちりばめられ、ミュシャの『春』をイメージしたアニメ絵が飾られている。

「ねぇ、キミ」

ふと横からフガシさんの声がする。思わず振り向けば、ボクは「あう」と呻いてしまった。

「なんだ、失礼だな」

フガシさんはコートを脱いだのか、今はばっちりメイドさんの姿だった。

「いえ、あの……。なんというか、予想外に似合っていたので」

「まぁね。可愛い系の制服も嫌いじゃない」

そう言うフガシさんの制服こそ、この〈はぴぶる〉のメイド服だ。白いブラウスにはフリルがたっぷり多めのパニエにピンクのエプロンスカート。首元には花をモチーフにしたブローチが輝く。花の妖精をコンセプトにした〈はぴぶる〉の制服は、秋葉原の中でも人気が高い。

「フフン、推してくれてもいいんだぞ？」

「考えときます」

仕草も雰囲気も大人っぽいフガシさんだが、顔の作り自体は幼くもある。黙ってさえいれば、ビスクドールのように儚げで美しい。

「しかし、やはり良い店だね」

感心するようなフガシさんの言葉。腕を組んでホールを見回していた。彼女の言う通り、この〈はぴぶる〉は内装にもこだわっている。

シャンデリア風の照明に、アンティーク調の家具でまとめた撮影用スペース。ライブ映像などを流す壁掛けテレビが一つ。また二人がけのソファが二組、テーブル席が四つ、あとはキッチンカウンターに並んだ椅子が八席。決して大きい店ではないが、業務スペースとの接続を上手く区切って十分に広く見せている。

「さて、この辺を見てごらん」

フガシさんが示したのはホールの一角。そこにあるものを見て、今度こそ本当の呻き声が漏れ出てしまう。

「血痕、ですか……」

大理石風の床に黒ずんだシミが広がっている。とはいえ想像していた血の海よりはずっと小さく、せいぜい血の湖くらいだ。それがかえって生々しい。

「それほど血の量は多くない。店長の死因は失血死でなく、血胸……、つまり呼吸困難による窒息死だったらしい。まぁ、検死結果で詳しくわかると思うけどね」

「どういうことですか？」

ボクの疑問を受けて、フガシさんが透明の包丁を振ってみせた。

「凶器の包丁は背中に刺さったらしい。こう、斜め下から肩甲骨を避けるようにズブリ。それで肺に穴を開けた。苦しい死に方だ」

彼女は平然と言ってのけるが、想像していた十倍は凄惨な状況だった。ボクはそろそろ頭が痛くなってくる。

「ふむ、だからだな。刺された後も数分は息があった。どうにかしようと周囲を歩き回ったらしい」

フガシさんはしゃがみ込み、床についた足跡を調べている。確かに床には、血で描かれた足跡が複数あった。足の大きさは成人男性のものだという。

「さらに死亡推定時刻は昨夜の八時から十時くらいだ」

「あの、さっきから言ってることって……」

「もちろん、リョウちゃんさんが教えてくれた。秘密だぞ」

本当に最悪なオタクだな。

「それで……、なるほど、被害者はこう動いたわけだ」

なおもフガシさんが血の足跡を追っていく。よく見れば、壁にも黒ずんだ手形が残されている。それを引きずるように入り口の方へ。

「わかってきたな。店長はホールで刺された後、振り返って入り口を目指した。逃げようとしたのか？　違うな、犯人の足跡はない。犯人は刺した直後に、もう入り口の方まで逃げていた。なら店長は犯人を追った、もしくは……」

ブツブツと呟きながら、フガシさんはボクの横を通り過ぎ、細い通路をたどって入り口の方へ。それを追った方が良いのか迷っていると、

「きゃっ」と短く可愛らしい悲鳴。まさかフガシさんなわけがない。

ボクも入り口へ向かうと、そこで一人の女性が立ち尽くしていた。彼女は鑑識のリョウちゃんさんに止められ、弱った表情を浮かべている。その様子を見下ろすフガシさん。

「あ、あの……」

彼女の姿を見て、ボクの心臓がドクンと跳ねる。

いつものツインテールを下ろしたサラサラの黒髪。マスク越しのあどけない顔には薄い化粧。私服も可愛い清楚系。街ですれ違えば半分が振り返るような美少女。

「プリムちゃん！」

彼女こそボクの推しである。天使が事件現場に降臨してしまった。

「あっ、ぼっちーさん、どうしてここに」

「なんだ、キミが推してる子か」

「なるほど、関係者の美少女ですか？」

プリムちゃんとフガシさんとオタク、三人から一気に話しかけられる。処理できないので推しにだけ反応しよう。

「そこにいるフガシさんが……、えっと、店に忘れ物をしたとかで、ええと……、店に詳しい人に案内を頼みたいとかで……」

言い訳する必要もないけど、どこから答えればいいかわからない。だから頭をひねっての返答だ。

だが無念なことに。

「ねぇ、店長が死んだってホント？」

ひねり損だ。プリムちゃんも事態を知って駆けつけたらしい。

「本当だよ。そうか、カガちゃんから聞いたのか」

フガシさんが話に割って入る。ボクが説明するのは気が重いので任せるしかない。

「はい。今日は、もともとカガヤさんと打ち合わせの予定で……」

プリムちゃんが眉を下げる。可愛らしい困り顔。オタクは推しに対して語彙《ごい》力を失うから可愛いとしか言えない。

「それでカガヤさんに連絡したら……、店長が店で死んでたって言われて……」

「そうだな、アナタにも事情を聞いた方がいいか。一緒に来てくれ。構わないね、リョウちゃんさん」

「ええ！　忘れ物を早く取ってきてくださいね！」

ビシッと敬礼を送るリョウちゃんさんにフガシさんがウインクを返した。ボクもプリムちゃんにやってもらいたい。

「あとホールは見ない方が良い。バックへ行こう」

フガシさんがプリムちゃんの腕を引いて、ホールとは反対へ。ボクらが立ち入ることのないバックヤードの方だ。扉で仕切られているが、普段からメイドさんが出入りするから今日も開きっぱなし。

入っていいものか迷っていると、プリムちゃんの助けを求めるような視線と目が合った。これは大義名分だ。ボクも意を決してカーテンをくぐってバックヤードへと入る。

「こ、こうなってるのかぁ」

店内の内装とは打って変わって、バックはとても質素な事務所だ。会計用のレジスターが一つ、メイドさんが休憩中に食事などをするテーブル、背後にはロッカーと姿見の大きな鏡。窓からは秋葉原の夕景が見える。ホールには窓がないから、ここがビルの六階だというのがわかって新鮮だ。

「ほら、キミも座って休んでなさい」

ボクは促されるまま、プリムちゃんとテーブルを挟んで対面で座る。貴重な機会だ。興奮してきた。一方のフガシさんは、レジを入念に調べているようだった。

「物取りの犯行だというが、なるほどレジに金はない。しかし気がかりだね」

「何がですか？」

「ここは休業中だったんだろう？　それならレジや金庫に金を残すことはない。閉める前に口座に入れる」

それは確かにそうだ。窃盗犯がうかつだったのだろうか。

「あの……」

ここでソワソワしていたプリムちゃんが声を上げる。視線はなおも部屋を調べるフガシさんの方へ。いくらか飽きたように、開けたままの扉の内鍵をいじっている。

「もしかして、貴女がフガシさん、ですか？」

「そうだよ。カガちゃんから聞いてるよね」

「はい。今度、大ベテランの新人さんが来るから、と。それに、その人には包み隠さず話した方が良い、って……」

「ああ、見ての通り、探偵っぽいことをしている。事件を解決したいんだ。だから色々と話してくれると助かる。アナタだって、この店が潰れるのは困るよね」

プリムちゃんが神妙に頷いた。ボクも同じ気持ちだ。フガシさんの言葉を噛みしめている。

こんな事件が起きて、普通に営業が続けられるのだろうか。一週間は立入禁止になるだろうし、肝心の店長だって死んでしまった。もし運営元から新任店長が来て営業を再開しても、殺人現場で楽しくお喋りできるだろうか。ある意味、このコロナ騒ぎで休業中なのが不幸中の幸いというやつだ。

ここでボクの思考を断ち切るように、フガシさんが咳払い。

「さて、まずは店の監視カメラだけど、いいかな？」

それなら、とプリムちゃんが壁際の机にあるパソコンを指させば、フガシさんは慣れた様子で機械を操作していく。どうやらパスワードも聞いていたのか、早々にログインして中身を調べているようだった。

「なるほどね、監視カメラの録画はない。休業中で切っていたか、それとも削除されたか。警察が証拠にしてないってことは前者かな」

そうして少しの間、カタカタとパソコンをいじる音。目的が達せられないとわかったのか、フガシさんは小さく溜め息を吐いてから振り返る。

「じゃあ次だ。プリムちゃん、アナタは昨日の夜は何をしていたかな？」

「えっ」

と、これはボクとプリムちゃんが同時に反応した。

「待ってくださいよ、フガシさん」

ボクは思わず立ち上がっていた。

「それってアリバイってヤツでしょう。プリムちゃんを疑ってるんですか？　こんな可憐《かれん》な美少女メイドが店長を殺すはずないですよ！」

「可憐な殺人鬼、美少女殺人鬼、殺人メイド。殺人鬼って言葉は、どんな修飾語もつけられるマジックワードさ」

対するフガシさんは確固たる意思があるのか一歩も退かない。そんな高い壁に当たるにはボクは弱すぎる。

「まぁ、私が聞かなくても、いずれは警察に聞かれるよ」

そろそろと着席したボクを慰めるつもりなのか、プリムちゃんが力強く頷いてくれる。そしてフガシさんを真正面から見つめ返す。やはりボクの推しは可愛くて強い。

「昨日は、マルルの配信を見てました。配信が始まる直前まで電話してて、その後は十時くらいまでいました。コメントもしました」

そうとも、昨日の配信の途中でプリムちゃんはコメントを送っていた。十分なアリバイだ。

「コメントだけなら、どこからでも送れるだろうけどね」

十分ではなかったかもしれない。

「あのでも、店長は強盗に殺された、って……」

「それなら私は警察に任せる。それ以外の可能性を潰すんだ」

冷ややかな言葉だった。ボクは慣れてきたけど、プリムちゃんはそれを聞いて眉を寄せていた。今にも泣き出してしまいそうだ。

「それなら——」

でもプリムちゃんは別のことを考えていたらしい。それも、なんだか嫌な感じの。

「カガヤさんが、怪しいんじゃないですか？」

5

店に入った瞬間に非日常へと誘《いざな》ってくれる。

それこそがメイド喫茶の醍醐味だ。ボクもそれが大好きだった。しかし残念なことに、今はそこに血なまぐさい非日常が入り込んでしまったのだ。

「あの人、店長の元カノですもん」

そんな言葉をプリムちゃんが放ったのは数十分前。今は彼女を秋葉原駅まで送り届ける最中だ。ちなみにフガシさんは同行していない。

「カガヤさん、少し前に店長に捨てられて、そのことで悩んでました。恨んでたかもしれません。女性関係が適当な店長も悪いんですけど」

これも数十分前の言葉だ。しっかり覚えてる。

店のバックヤードで、この可憐なプリムちゃんがカガヤさんの醜聞を言い立てていた。どこか距離があるとは思っていたけれど、あそこまで言わなくてもいいじゃないか。

「ぼっちーさん」

ふいに横を歩くプリムちゃんが話しかけてきた。こちらはオフのメイドさんに話しかけないように努めていたが、彼女の方から声をかけてきてくれるとは。

でも――。

「送ってくれて、ありがとうございます」

これが昨日だったら、いや数時間前でも有頂天になれただろう。だけど今となっては、ボクの嫌いな女同士の確執とか派閥争いとかが透けて見えてしまって。

「ああ、うん……」

「マルルが迎えに来てくれてるので、この辺でいいですよ」

駅のロータリー前にある信号。あれが青に変わった瞬間から、ボクとプリムちゃんの間で距離が生まれてしまう。社会的な？　違う、心理的な、だ。

「それと、今日のこと」

「大丈夫、誰にも話さない」

これは本当。誰に話すつもりもない。楽しくない話だからだ。

「じゃあ、またお店が再開したら、会いに来てくださいね」

「うん」

視界に青が滲む。

プリムちゃんが横断歩道を渡っていく。オレンジ色の街灯に照らされた彼女の背は、やっぱり小さくて可憐で可愛い。

なんて思っていると。

「女の世界は怖いね」

背後から甘くて冷たい声。メロンソーダを背中に流し込まれた感じだ。

「フガシさん、まだプリムちゃんを疑ってるんですか？」

振り返れば、そこにフガシさんの優美な顔。

「別に。カガちゃんだって友達だけど、ちゃんと調べるよ。それより色々と確認したい。人と話して整理するのがクセなんだ。付き合って」

今さら断ることもできず、さっさと歩き出したフガシさんの背を必死に追う。向かう方向は駅とは逆。彼女と最初に出会った駐車場の方だ。

「ところで、キミは今、一応とはいえメイドさんと二人きりだ。こんな夜にね。これは出禁になってしまうかな」

「誘ったのフガシさんなのに……」

「冗談だよ。それに出禁になる店が残れば、の話さ」

それだけ言って、フガシさんはそそくさと先へ歩いていく。少し先で立ち止まり、左右を確認して通りを渡る。

「ルールを破るという意味なら、世間的にもそうだ。外に出るなと言われている状況で出会った。二重にルールを破ってしまった」

そう言われると、ぐうの音も出ない。ボクにとっては何よりも心苦しい事態だ。

「キミはきっと、ルールを守るのが好きなんだろう。だから今の状況に耐えられなくなっている」

ここで例の駐車場へ到着した。薄暗い空間をかすかな街灯の明かりが切り取っている。

そこでフガシさんが振り返り、こちらに手を突き出す。半ば強引にボクの手を引いて、駐車場の敷地へ引き寄せた。

「これで、三つ目」

悪戯《いたずら》っぽい視線がボクを捉える。すぐに放してくれたけど、手首を握られた感触が熱く残ってしまう。

「もっと喜んで。手を繋ぐなんて、私のイベントで二番目に高いシャンパンを入れたのと同じ特典だぞ」

「フガシさんは、ルールを破るのが平気な人なんですか？」

「私もルールは大事にする。でも、時として大きなルールを守るために小さなルールを破ることがある。今回もそうだ。人を殺さないという、その大きなルールを守らせる必要があった」

それは不思議な言葉だった。もはや過去形で、まるで特定の誰かに向けて放った言葉。

「さて、じゃあ君の辛さを癒やすためにもルールを守り、この事件を解決させよう」

これまで遊んでいたようなフガシさんの表情が、いくらか真剣な色を帯びる。

「まず状況の確認だけど、店の監視カメラは止まっていた。そしてレジに売上金は残されていない。この二つは矛盾しない。休業中だからだ」

「そうですね」

「では、そこに店舗荒らしがやってくる。休業中の店を狙う。これも妥当だ。レジに金が残っていたらラッキーだからね」

「そう思います」

「しかし、ここから先が不自然になる」

「店長はホールで刺されていた。一方、レジのあるバックは真反対にある。もしレジに金がなかったのなら、わざわざ店長と鉢合わせするような場所に行くだろうか？そのまま隠れて外に出れば良い」

「金の在り処を聞き出そうとしたとか……」

「違うよ。店長は背後から刺されたんだ。争った形跡もない。気づかれることもなく、こう、包丁で一撃」

フガシさんが虚空に包丁を振る。そこから何かを連想したのか、斜め上に視線をやってから「ふむ」と声を漏らす。

「次に殺害状況から考えよう。キミ、身長はいくつ？」

「一六七センチですけど……」

あまり身長のことは聞かないでほしい。コンプレックスなのだ。

「ならちょうど良いかな。店長の永崎も一七〇くらいだ。ちょっと背伸びしててくれ」

言われるがままに背を伸ばす。ちょっと辛い。

「そうすると、だ」

ふいに眼前のフガシさんの背丈が縮んだ。もぞもぞと足元を動かしている。どうやらパンプスを脱いでいるようだ。

「け、結構、高めのヒール履いてたんですね」

「身長のことは言わないで。少しコンプレックスだから」

ボクと同じですね、と言いたくなったが、それはそれで蹴られそうなので黙っておく。

「私は一五二センチだから、およそ二〇センチ差だ。これで背中から包丁を刺そうとする。ちょっと後ろ向いて」

背伸び状態で一回転。ちょっと苦しい。

「角度が悪い」

ひっ、と声が出てしまう。だって仕方ない。フガシさんの手がボクの腰をしっかりと掴んできたからだ。それから両手でボクの腰を左右に回して角度を調整してくる。

「肺にまで到達する傷ってことは、犯人は相当に力を込めて刺したはずだ。なら必ず、包丁を両手で握る」

冷静に説明してくれるが、こちらはそれどころではない。後ろから抱きつかれる形で姿勢を調整されているのだ。お互いの服が擦《こす》れるたびに、ボクは必死に離れようとして余計に姿勢を悪くしてしまう。

「ほら、大人しくしろ」

「この状況でそんなセリフ言わないでください」

フガシさんの声はよく通る。いくら人がいない自粛期間中の夜だといっても、他人に見られたら絶対に誤解される状況だ。その場合、ボクが逮捕されるのだろうか。

「それで、両手を使って斜め下から刺すとなると、これくらいの身長差が必要だ。しゃがんでいた場合は別だけどね」

ようやく手が離れて解放されたと思ったら、今度はトン、と背中に何かが当たる。ちょうど背骨と肩甲骨の間くらい、背中がかゆい時に手が届かないあたりだ。

「もういいよ」

ようやく背伸びを止めて振り返る。見ればフガシさんは、何やら黒い棒状のものを握っていた。それを包丁に見立てていたらしい。これは数時間前にも見た光景だ。

「ふがし……」

「呼び捨て、じゃないね。そう、おやつタイムだ」

フガシさんは黒いふがしの側面を器用にかじり取る。硬くて甘くて美味しいところだ。

「もう少し説明しようか」

「お願いします」

そこでフガシさんは、口に咥えたふがしをさらに絶妙な形でかじっていく。二本の指で支え、それこそ葉巻のように一服している。

「葉巻の味はカットの仕方で変わるんだ。口当たりや含む空気の量、煙草の温度も違う。同じように、ふがしを吸う時もかじり方で味が変わってくる。フラットかじりが一般的だが、よりグルテンを感じたい時は両端をかじるのも良い」

「ふがしの食べ方ではなくて……」

フゥ、とフガシさんが億劫そうに息を吐く。吹き飛んだふがしの粉が街灯に照らされて、どこか神秘的だった。

「わからないかな。犯人は永崎よりも背の低い人物だよ」

それは、と口にしたけど先は継げなかった。

「ああ、恐らく〈はぴぶる〉のメイドの誰かが店長を殺害した」

息を呑む。

つい半日前まで、こんな事態になるとは思ってもみなかった。メイド喫茶という枠の中に閉じ込められていた非日常が、いよいよボクの現実を侵食してきたようだった。

「フガシさんは、犯人がわかってるんですか」

「いや、まだだ。だから私はキミを頼る。普段の〈はぴぶる〉を知る人物に色々と聞く必要がある」

様々な光景がフラッシュバックしていく。メイド喫茶でのんきに楽しんでいた日々。メイドさんたちの愛らしく元気な姿。どうやら、そっちの方が単なる幻でしかなく、陰惨な殺人事件の方が現実らしい。

「どうして、ボクなんですか。なんで巻き込まれたんですか」

フガシさんはボクの気持ちなど考えず、ふがしを両手で掴んで頬張っていく。リスのように頬が膨れていく。まるで証拠品を隠蔽するような勢いだった。

「いつか教えてあげる」

ごくん、とフガシさんが口の中のものを飲み込んだ。ボクの方は何も飲み込めていないというのに。

「さてと、それじゃ昨日の配信の様子でも教えてくれるかな。私が参加するより前のこととか。話すまで帰さない」

強引なフガシさんに、ボクはもう何も言えなくなってしまった。この感覚は知っている。メイド喫茶の推しに何かお願いされた時と同じだ。断ることなんてできない。

そんなボクを見てフガシさんが笑った。彼女の笑顔を見たのは初めてだった。

「フフ、事件が甘く溶けてきたね」

6

結局、昨晩は終電近くまでフガシさんに付き合わされた。

駐車場で消費されたふがしは計十六本、うち二本はボクが食べた分。それくらいの時間をかけてフガシさんに〈はぴぷる〉の普段の様子や、マルルちゃんの配信の様子を伝えた。

すると、その途中でフガシさんから「もういいよ」と一方的な宣告。何かに思い至ったのか、彼女はそそくさと帰ろうとしていた。

その去り際、取り残されたボクへ向けて最後に一言。

「明日の夜、カガちゃんの配信を見てごらん。関係者を集める」

で、その配信の時間まであと数分。

最初は配信することに何の意味があるのか疑問だったが、この一日の間に痛いほどに理解できてしまった。

まず店長が殺害されたという噂はとっくに広まっていて——考えたくないけど、メイドさんの誰かが個人的に漏らしたのだと思う——既にSNSや掲示板で小さく炎上中。さらに常連同士で連絡が交錯し、尾ひれ胸びれ背びれ、あらゆるヒレがくっついた噂のモンスターが生まれてしまったのだ。恐らくは明日にもニュースで出てくるだろう。

これを受けて、ツイッター上でカガヤさんから「事態を説明します」と配信の告知。どうやら彼女もフガシさんの企てに協力しているらしいが、とにかく真実を知りたい常連たちにとって待望のものとなった。

「ボクにとっても、だけど」

いつもの独り言。アパートの自室は真っ暗闇で、スマホの光だけが異様に明るい。

そして、だ。

『えっと、みんな、こんばんは』

カガヤさんの挨拶によって、いよいよ〈はぴぶる〉の配信が始まった。今回はコラボ配信ということで、マルルちゃんとプリムちゃんも参加している。二人の姿がワイプで切り取られて小さく映っていた。

『今日は〈はぴぶる〉で起きた事件について、みんなに話したいと思います。警察の人とも相談して、こういう場を設けることにしました。どうか最後まで聞いてください』

とつとつと語るカガヤさん。いつもの優しげな雰囲気は残っているが、そんな彼女の口から陰惨な事件が語られる。もちろん詳細は伏せているが、店長が殺害されたという事実が丁寧に伝えられた。いずれテレビなどで発覚してしまうなら、先に告げた方が良い。

『それで、店長は……』

既にチャット欄は大荒れだ。配信ルームにはパスワードが設定されているから、常連以外の野次馬は参加できないが、それでも誰もが驚き、呆気にとられている。店長の死を悲しむ意見が数個だけだったのは、生前の人望のせいとしか言いようがないが。

『カガヤさん、泣かないで』

ここでマルルちゃんが出てきて、言葉に詰まってしまったカガヤさんをフォローする。

『大丈夫ですよ！　私たちでお店を守りましょ！』

さらにプリムちゃんも励ます。前日の言葉を聞いたあとだと複雑だが、それでも本心のように思えた。

『みんな、ありがとうね……』

画面を通して、三人がお互いを慰める。手を取ることはできないが、笑みを交わして立ち直ろうとしている。それまで心配そうにしていた常連たちも、次々と前向きな言葉を送り始める。これで一件落着。事態も落ち着けば、きっと店も再開できる。そんな小さな希望が溢れていく。

しかし、ここで空気を読めない人間が登場。

『じゃ、ここから先は私の出番だ』

いつの間にか参加していた人物がいる。画面の端に何も映っていない黒枠が一つ。カガヤさんが許可した相手だから、これは彼女しかいない。

『カガちゃんも辛いだろう、あとは私が話そう。この密室殺人事件の全容と、店長の永崎を殺した犯人について、だ』

『えっ、フーちゃん、それ聞いてない……』

ここでチャット欄とボクの心がざわつく。恐らく画面の三人も同じだ。カガヤさんにも不意打ちだったのだろうが、もはや止めることはできない。

『こんばんは。はじめましての人ははじめまして』

やがて画面に一人の女性が現れる。大人っぽい服装、冷たい視線と甘い唇。つい昨日に出会ったばかりなのに、昔から知っていたような気がしてくる。

『私は黒苺フガシ、メイド喫茶専門の探偵さ』

新たな参加者にチャット欄が沸き立つ。乱入に驚く者もいる一方、彼女を知っていた古参の常連などは「フガシさんだ！」などと盛り上がっている。シリアスな状況にもかかわらず、チャット欄には「可愛い」とか「美人きた」みたいな言葉が並んでいた。

『罵倒と称賛もあるだろうが、忙しいので反応はまた次回だ。今日は一方的に話させてもらうよ。許しておくれ』

これに「はーーい！」などとオタクたちが反応する。こういうところだぞ。

『ねぇ、フーちゃん。密室殺人事件ってどういうこと……』

そこでカガヤさんが問いかける。

『昨日、カガちゃんが店に来た時、店舗の鍵はかかっていたんだよね。他に出入り口はないから、店長は密室で死んだことになる』

『それは、うん……。私が鍵を開けた。逆に言うと、鍵を持ってる私なら閉められるけど……』

『そんなことは無意味だよ。もしカガちゃんが犯人なら鍵を開けたなんて言う必要はない。だから、密室は確実に存在した』

それなら、とカガヤさんが呟く。それを遮《さえぎ》るようにフガシさんが口を開く。

『密室を作ったのは、店長自身さ』

　この言葉に全員が無言になる。チャット欄の流れも止まった。

『この密室自体は単純なものだ。店長は刺された後も数分は息があった。だから自ら扉まで歩き、内側から鍵をかけた。そして、まるで扉を塞ぐようにして息絶えた。扉付近に血痕もあったから、警察もここまでは推測するよ』

『でも、なんで……』

『説明しようか。まず店長は窃盗犯に襲われた。何かのはずみで深い傷を負わせてしまった犯人は怖くなって逃亡。そして店長は息があるうちに扉まで行き、再び犯人が襲撃してくるのを防ぐために鍵を閉めた。そういうストーリーだ』

　さらりと告げられた事実に一同が驚く。もちろんボクもだ。

　しかし、フガシさんは納得いっていないのか、残念そうに首を横に振る。

『と、いうのは表向き。真実は少し違う』

　そこでフガシさんが不敵に笑った。

『店長は致命傷を負いながらも、どうして警察や救急に連絡をしなかったのだろう。答えは簡単で、電話やスマホを使えなかったからだ』

『フーちゃん、それ、どういうこと？』

『電話もスマホもバックヤードの方にあった。そして店長は、そこへ入れなかった。

中にいる人物が鍵を閉めたからだ』

もはや誰も言葉を挟むことはない。チャット欄はフガシさんの説明を待ち続ける。

『つまりこうだ。犯人は店長を刺し、すぐさまバックヤードへ逃げ込み鍵をかける。それは怯えから来たものかもしれない。いずれにしろ店長は外部へ連絡を取ることができず、ただ死を待つことになった。店長は最後の悪あがきとでも言うように、自ら店の扉を閉め、そこで息絶えた。これはバックヤード内の犯人を外へ出さないためだ』

『そんなの！』

と、ここでプリムちゃんが叫ぶが、フガシさんは彼女に興味を示すことなく話を続ける。

『翌日、カガちゃんが店の扉を開けて死体を発見した時、一度だけ管理人さんを呼びに下に行ったね。そこだ。まさにその瞬間、一晩中バックヤードに隠れていた犯人は飛び出し、開け放たれた扉を通って逃げ出したんだ』

スマホの画面に四人のメイドさんが映っている。その表情は様々で、驚愕《きようがく》と不安と気味悪さ、そして一人だけが勝ち誇ったような笑みを浮かべている。

『ここまでは警察も気づくよ。バックヤードの扉には、べったりと血の手形があったからね。開いた状態で扉が固定されていたから最初は見逃していたけど』

『でも、それなら誰でもできる……』

カガヤさんが顔を青ざめさせて反論する。フガシさんの推理をあり得ないものとして処理したいようだった。

『もちろん、この方法なら誰でも密室を作り出せる。だから、この話はここでおしまいにしても良い。で、少し喉が渇いたから私は離席するよ』

フガシさんは目を閉じ、薄く笑ってから画面を消す。黒い枠が一つ生まれた。唐突な離席にチャット欄は荒れ気味。煽るだけ煽って勝手に去った彼女に不満が募っている。ボク自身、フガシさんは場を荒らしただけだと思った。

しかし、それは違ったようだ。

ピンポン、と。

ここでチャイムの音が鳴り響いた。

「え……」

最初は自分の家かと思った。しかし違う。画面の三人も不思議そうに周囲を見回している。「誰か来た？」といったコメントが増えていく。

なおもチャイムは鳴り続ける。やがてそれが一人のメイドさんの画面から流れてくることに気づいた。

『マルルちゃん、出ていいよ』

カガヤさんが優しく告げる。プリムちゃんは不安そうに見つめているだけ。

『でも……』

マルルちゃんだけが狼狽《うろた》えている。

『いいから、早く出てあげて』

有無を言わせないカガヤさんの声があった。あの人がこれほど冷たい声を出したことがあるだろうか。

マルルちゃんは泣きそうな顔になりながらも、スッと立ち上がって画面から消えた。全員で事態を見守っていると、やがて遠くから『きゃっ』という短い悲鳴が聞こえる。

「なんだ……」

ボクの心配も虚しく、マルルちゃんの画面からは言い争うような声が聞こえてくる。「なんで」とか「どうして」とかいう叫び声が入る。

そしてバタバタという足音と共に。

『おまたせ』

という声が聞こえ、マルルちゃんの部屋にフガシさんが現れた。

『なんで、どうして！』

一方的にカメラの前に立つフガシさんをどけようと、マルルちゃんが必死に背後から引っ張っている。それでもフガシさんは悠然と前髪を直しているだけ。

『どうして、って。アナタも同じ方法を使っただろう』

『え……』と、マルルちゃんとボクの声が重なる。

『カガちゃん、おつかれ。そっちもお願い』

カガヤさんが目を閉じて頷き、ふと画面の外へ。

『つまり、こういうことさ』

と、これは今までフガシさんが喋っていた画面から聞こえてきた彼女の声。二つの画面に、同時に二人のフガシさんが映っている。

『こっちの私はね、ただの録画だよ』

その告白と共に、画面内のフガシさんが遠ざかっていく。そして映し出されたのは、彼女の動画を再生するタブレットPCだった。

『カガちゃんに協力してもらってね』

これはマルルちゃんの画面から聞こえた声。カガヤさんが画面内に戻ってきた時、その手には小型三脚とスマホが握られていた。

『事前に録画したものを別室で流し、それを配信画面に流し続けていただけだよ。で、これと同じことをした人がここにいる』

そこでフガシさんは隣で押し黙っているマルルちゃんの肩を掴むと、グイと自分の方へ引き寄せた。そして、キスでもしてしまうような、そんな距離で。

『マルルちゃん、アナタが店長を殺した犯人だ』

そう告げた。

まるで世界が静止したように、全ての人々が硬直していた。誰もが言葉を失い、チャット欄が動くことはない。

『アナタの配信の様子を聞いた。どうやら配信中に二度ほど、画面から姿を消した時があったようだね。そこで録画したものと切り替えたんだ』

でも、とボクは叫びそうになる。それを代弁してくれたのはプリムちゃんだった。

『だけど、マルルはずっと会話してました』

『私もしてただろう？　あれは台本さ。カガちゃんに頼んだ。動画に合わせて言葉を投げつけるだけだ。そして、彼女もそれと同じことをした』

『そんなの』とプリムちゃんが反論しようとし、何かに気づいたのか目を見開いた。

ボクも同じことに思い至った。あの時、マルルちゃんがずっと会話していた相手は一人だけ。まるでボクの発見を看破するように、フガシさんは画面を通して鋭い視線をよこしてくる。

『てんちゃん、そう名乗ったアカウントこそ彼女自身が使ったものだ。あえて課金アイテムを送ったのも、一人の人物に長く話しかける理由になるからさ。そうして彼女は、十数分間の一人芝居を乗り切った』

『でも、でも……。マルルちゃんの家からじゃ、十数分で店まで行けないから……』

プリムちゃんの今にも泣き出しそうな声。彼女は親友の無実を信じているようで、ボクもそれに同意したい気持ちでいっぱいだ。

でも違う。ボクだって気づいてしまった。

『違うよ。配信があった時、彼女は〈はぴぶる〉にいた』

ザワッと、コメントが滝のように流れていく。

『彼女は店のバックヤードから配信していた。背景の小物なんかで自宅に似せてね。そうして頃合いを見て録画した自分の姿に切り替え、別のスマホ……、そうだな、多分だが店長のだろう。そこから配信に参加し、自作自演のコメントを送る。で、十数分の間に店長を殺害し、再び配信に戻ってきた』

フガシさんの推理に、誰か反論してほしかった。

でも当人であるマルルちゃんが黙っているから、そこに割って入る勇気のあるオタクなんていない。

『本当なの、マルル』

プリムちゃんの声が寂しく響く。

喉が渇いてきた。でも、飲み物を取りに行くことはない。フガシさんから目が離せない。鼓動が激しくなってくる。配信の様子を伝えたのは確かにボクだけど、それがこんな結末になると誰が思っただろう。

そこで不意に、フガシさんがマルルちゃんの頬に手を当てる。

『アナタの凄いところは、人を殺したあとに平然と配信に戻ってきたことだよ。メイドさんは精神力が強くないと務まらないが、そういう意味ならアナタは、まさにメイドさんだ。立派すぎる』

今にして思えば、あの配信の裏で店長は死んでいたのだ。だけど、もしマルルちゃんが犯人なら、ボクらに優しく楽しげに話してくれた彼女はなんだったのだろう。

それがメイドさんの裏と表というなら、それはそうだけど。

『ここから先も私から説明した方が良い？　マルルちゃん、アナタが自分の口から言うべきじゃないかな。どうせ配信の映像を持ち込めば、警察はばっちり解析してくるよ』

追い込むようにフガシさんが続ける。対するマルルちゃんは目元に涙を滲ませつつ、ようやく口を開いた。

『最初に……』

もうコメントは流れていない。ボクらは固唾を呑んで次の言葉を待っている。

『バックで配信しようって言ったのは、店長だったの』

それは告白だった。言い逃れではない。だって、そう告げる彼女の表情には後悔の色が浮かんでいるから。

『店長は……、私が配信している最中にイヤらしいことをするつもりだった。みんなが見ている前で私を好きにして、優越感を得たかったんだと思う。最初は家にあげろって言われたけど、それは断ったから、バックを部屋に似せることにした』

『アナタは、店長の恋人だったのかな？』

『どうかな。私はそう思ってたけど、あの人にとってはセフレの一人だったんじゃない』

平然とマルルちゃんが告げる。

そうした姿だけは普段の彼女と変わらない。そういった噂自体はあった。だから驚きはしない。ただチャット欄には彼女に対する手厳しいコメントが並び始めた。

『そういった関係性に嫌気が差した？』

『ううん。私が許せなかったのは、私を推してくれる人を裏切ることだよ。店長のセフレが何言ってんだって感じだけどさ、でも、メイドさんでいる時間はお客さんのことを一番に考えたいの。それが私にとって大事な線引きだったから』

もしかしたら、その動機は世間の人には理解されないかもしれない。でも、この配信を見ている人たちは自然と受け入れている。

『メイドさんの時間に恋人の時間を持ち込むなんてさ、そんな姿を推しの人に見せるのは——許せなかった』

それを聞いたフガシさんは、ふと表情を柔らかくした。

『それはメイドさんならではの感情だね。アナタはメイドとしての大きなルールを守るために、殺人という小さなルールを破ってしまった』

そこでフガシさんの指が画面に近づく。チャット欄を更新し、そこに並ぶ文字列を指し示す。それを見たボクも胸が痛くなる。

『アナタは良いメイドさんだったはずだ。推しを大事にね』

チャット欄には「がんばれ」という言葉があった。

ただ許すでもなく、怒るでもない。一人のメイドさんのことを真剣に思ってのコメント。この後にマルルちゃんを待ち受ける様々なことを自分のことのように想像し、震える指で必要な言葉を選んで打ち込んだはずだ。それを送った人は、マルルちゃんを誰よりも推している常連さんなのだから。

それを見たマルルちゃんも口を押さえ、涙を堪えて一言。

『ごめんなさい』

それから。

『私が、店長を殺しました』

彼女の罪の告白によって、この配信は幕を閉じた。

7

あれから二ヵ月ほどが経った。

コロナ騒動と殺人事件とメイド喫茶。そのどれもが非日常で、一つでも十分なのに、あの時は全てが覆いかぶさってきた。だからだろうか、事態が落ち着いた今でも夢の中の出来事のように思っている自分がいる。

事件は二日間くらいメディアに取り上げられたが、未成年のマルルちゃんは「飲食店従業員」という肩書きでしか呼ばれなかったし、単なる人間関係のもつれによる殺人事件は、新型コロナの一日の感染者数よりも重視されなかった。

そうこうしている内に世間は落ち着きを取り戻し、秋葉原にも非日常的な日常が戻ってきた。

ボクはといえば、今は〈はぴぶる〉の系列店に通っている。コンセプトも似たようなお店だ。ここは限定的ながら営業も再開していて、事件の影響で休業中の〈はぴぶる〉に変わって安息の地となった。なんといってもプリムちゃんが移籍してきたのだから。

だから、今日も店を訪れたのだけど。

「おかえりなさいませ、お嬢様」

と、そんな風に出迎えてくれたメイドさんを見て言葉を失ってしまう。

「フガシ、さん……」

「おや、キミか。久しぶり」

そこには可愛らしいメイド服に身を包むフガシさんがいた。マスクをつけているが、その長いまつ毛と大きな瞳を見間違えるはずもない。どうやら彼女もこの店に誘われていたらしい。

「ところで、キミはぼっちーと呼ばれているんだね。私もそう呼んだ方がいいかな？」

「いえ、ご自由にどうぞ……」

席に通され、フガシさんから接客を受ける。メイドさんとしてベテランなのは確かなようで、メニュー表も全て暗記してるし、伝票を書くスピードも速い。こうした姿を見るのは新鮮だ。

で、こう言ってしまう。

「そういえば、メイドさんとして働くフガシさんを見るのは初めてですね」

「うん？　違うよ。二度目のはずだ」

え、と驚きの声が口から漏れる。

「一昨年かな、キミが友人たちと〈メイミー〉に来た時に会った。チェキは一緒に撮ってくれなかったが、少しだけ話した」

「え、え、待ってください、それって修学旅行で行った店ですけど、え、一度だけ会ったお客さんの顔を覚えてるんですか？」

「当たり前だろう。私はメイドさんだぞ」

絶句してしまった。たまにそういう人はいるが、やはりフガシさんはベテランなだけはある。

「それに、キミは特別に可愛かったからな。よく覚えている」

「ちょっと……、可愛いとかは……」

「本当だよ。まぁ、今は髪も短くなって男っぽい服装をしてるが、これはこれで。背も高いし、男装喫茶で働いたらどうだ？　紹介するよ」

「や、やめてくださいよ。背が高いのコンプレックスなんです……」

うっかり褒められると顔が熱くなってくる。

ボク自身は男顔だし、可愛いと呼ばれるような存在ではない。だからこそメイドさんという、女性的な可愛さに憧れているのだ。

そうして縮こまっていると、フガシさんから魅力的な笑顔が送られてくる。

「高校時代のキミ、私の好みだったよ。長い黒髪にセーラー服、スケバンみたいで良かった」

「そういう風に言われるから変えたんですよ！」

ボクの精一杯の抗議を受け流しつつ、フガシさんが伝票に何かを書き加え始めた。

「あの、それって」

「チェキ。一緒に撮ろう」

「どうして……」

「ああ、キミは覚えてないだろうけど、前に会った時に約束したんだよ。今度来た時に撮ります、って」

うっ、と呻くしかない。

記憶の奥底から何かが這い出してくる。修学旅行で会ったメイドさんの顔は思い出せなかったけど、確かにそんなことを言った覚えがある。

その相手がまさかフガシさんだったとは。

「もしかしてですけど、あの〈はぴぶる〉の事件の時に巻き込まれたのって……」

「ああ、私がキミのことを覚えていたからだよ。個人的に興味があった」

さて、と一声。フガシさんはカウンターの下からカメラを取り出し、こちらに向けて構えてくる。

「今日こそ、一緒にチェキを撮ってもらうからね」

※この作品は２０２０年６月に執筆されたもので、実在するメイド喫茶での出来事をモデルにしたものではありません（星海社編集部）

犯人は言った。

倉井眉介

Message From Author

「倒叙ミステリー（犯人視点）でも犯人当てができないか」と考え閃いたのが、本作の「地の文で犯人を『犯人』と表記してしまう」という方法です。

代償として作者は（犯人だけでなく）容疑者全員の名前を地の文で書くことができません（でないと犯人当てにならないので）。そのうえ依頼は原稿用紙五十枚で本作を描くにはその枚数では全く足りず。限界と言われた八十枚でもまだ足りず。最後は自分でも何をどう書けばいいのかわからなくなるほど苦しめられた覚えがあります。

それでも本格王に選出されたのだから作者としては、この設定であと何本か書けたらなあと望んでいる。そういうことにしておきたいと思います。

倉井眉介（くらい・まゆすけ）
1984年、神奈川県生まれ。帝京大学文学部卒。2019年、『怪物の木こり』で第17回「このミステリーがすごい！」大賞を受賞してデビュー。同作はサイコパス弁護士対頭を割って脳を盗む「脳泥棒」の殺し合いという、サイコスリラーとして話題となる。

「それは絵里《えり》に対する裏切りだよ」と犯人は言った。

少し埃《ほこり》っぽい十四畳のリビング。年季の入ったL字ソファの端と端で犯人と向かい合っていた浩史《ひろし》は、相変わらず石鹸の匂いをさせながらその長い前髪を揺らして笑った。

「裏切りって……大袈裟だな。ただ付き合ってた二人が別れるだけだろ?」

「……そんな簡単な話じゃないよ」と犯人は苛立《いらだ》ちを覚えて言った。「絵里は浩史が待っていてくれって言うから三年も待ってたんだよ?」

「その点は申し訳ないと思っているけどさ。他にどうしようもないだろ? 俺の気持ちが冷めてるのに結婚したって結局、絵里も不幸になるだけじゃないか」

「でも、結婚するって約束した。なら浩史はその責任を取って結婚すべきじゃないの?」

「だから、そんなことしたって誰も幸せには——」と言いかけたところで浩史は言葉を切った。それから深く溜息を吐《つ》くと、やれやれとばかりに首を振った。「言うだけ無駄か。まったく……まるで子供だな」

その一言に犯人の眉がピクリと動いた。

「子供？　どういう意味？」

「言葉の通りだよ。昔の約束を振りかざすだけの人間とは話にならない。悪いけど、今日はもう帰ってくれ」

浩史は、立ち上がると犯人に背を向けた。犯人もすぐに立ち上がる。

「どこに行くの？　話はまだ終わってないよ」

「だから子供とは話しても無駄だと言ってるんだ。いいから帰ってくれよ」

子供？　その言葉に犯人はテーブルの上の灰皿に手を伸ばした。

「そんな説明じゃ納得できないよ。絵里や皆のことを馬鹿にしてるの？」

「別に馬鹿になんてしてないよ。ただ俺は――」

そのとき、背後に忍び寄った犯人が浩史の頭に灰皿を振り下ろした。その場に崩れ落ちる浩史。頭から血を流す彼は何が起きたかわからないという顔で犯人のほうに振り返った。

「な、何を……？」

「決まってる。絵里を傷つけた罰だよ」

そう言って犯人は再び灰皿を振り上げ、とどめを刺そうとした。しかし次の瞬間、瀕死だったはずの浩史が両手を突き出してきた。それによって犯人は尻餅《しりもち》をついてしまった。

しまった。まだこんな力が……。

予想外の反撃に犯人が慌てて立ち上がると、浩史はフラフラの状態で玄関のほうへ向かっていた。犯人はすぐに追いかけ、浩史の服を摑んで後ろに引っ張った。

その結果、浩史はソファの背にぶつかりながら床に倒れた。そこへ犯人がまた灰皿を振り下ろした。二発、三発、四発。今度こそ浩史は動かなくなり、犯人は、ふうと息を吐いた。

こんな予定じゃなかったけれど、仕方ない。とにかく証拠を消さないと。

どこかでこうなる予感のあった犯人は息を整えると、冷静に灰皿やソファなど自分が触れたところをハンカチで入念に拭き始めた。それから浩史の財布と家中の引き出しを開けて現金や金目の物を抜いていく。強盗に見せかけるためだ。

それらの作業を十五分ほどで終えると、今度は死体のそばで横倒しになっている自分の鞄を持ち上げ中身を確認した。そのとき、犯人はようやく鞄の中にあるべきものがなくなっていることに気づいた。

あれ？　ない。アレがなくなってる！

アレには犯人の指紋がべったりついていた。そんなものを犯行現場に置いていくわけにはいかない。犯人はすぐにあたりを探した。

たぶん浩史が倒れたとき鞄も倒れて飛び出したんだ。だったらきっと……あった！

予想通り、目的のものは死体のそばに落ちていた。だが見つけた瞬間、犯人は顔から血の気が引くのを感じた。状況はまた別の意味で困ったことになっていたからだ。

このままではどっちみち疑われることになる。そう思った犯人は必死で脳をフル回転させた。その結果、現場には奇妙な遺体がひとつ残されることとなった。

＊

奥多摩《おくたま》の古びた一軒家。鑑識が出入りするその家の前で、青梅《おうめ》署刑事課の砂原《すなはら》巡査は規制線の向こうの野次馬を眺《なが》めていた。

東京の田舎と呼ばれるような場所でも殺人事件は起きる。

被害者である安田《やすだ》浩史の顔を思い出し、砂原は溜息を吐いた。すると横から先輩刑事が話しかけてきた。

「よう。どうした。暗い顔して。妙な遺体を見て落ち込んでんのか？」

「小沢《おざわ》さん。――いや、そういうことじゃなくて……実は俺、昨夜この家に来て被害者と会ってるんですよ。しかも、いまのところ俺より後に被害者を見た人間はいないみたいで」

　安田浩史は電機メーカーの営業職で三年ほど海外赴任していた。そのため現場は長らく事実上の空き家だったのが、昨夜二十二時ごろ近所に住む砂原が通りかかると家に明かりがついており、不審に思った彼が呼び鈴を鳴らすと、まだ生存していた被害者が出てきたというわけだった。小沢は驚いた顔をする。

「……本当かよ。じゃあ、お前が会ったその直後に殺されたかもしれないってことか」

「死亡推定時刻からすると……ええ。そうかもしれません。俺が何か気づいていればよかったんですけど……」

「ああ、悪い。別に責めてるわけじゃないんだが――でも、そうか。被害者と最後に会ったのはお前だったのか」

　小沢は途中から難しい顔で何か考えていた。その態度に砂原は首を傾《かし》げた。

「あの、最後に会ったのが俺だと何かまずいんですか？」

「いや、まずいというわけじゃないんだが、今回の担当は獅子堂《ししどう》警部らしくてな」

「……有名な方なんですか？」

　小沢が意外そうな顔をした。

「何だ、お前。警視庁のスフィンクスを知らないのか？」

「スフィンクス？　何ですか、それ？」

「スフィンクスってのは顔が人間で身体がライオンの怪物のことだ。人間に謎かけをしてきて、もし答えられなかったらそいつを喰い殺すんだ」

「いや、エジプトのあのでかい石像だってことはわかってます。俺が聞いたのは、どうして獅子堂警部のことをそう呼ぶのかってことですよ」

小沢は、にっと笑った。

「だから、いまのがその答えだよ。獅子堂警部は質問に正しく答えられなかった者を喰い殺す。それがあの人の捜査のやり口なんだ」

「……答えを間違えたら犯人ってことですか?」

「簡単に言えばそういうことだ。被害者たちに質問しまくってどんな事件も速攻で犯人を見つけてしまう。それでついたあだ名が警視庁のスフィンクスってわけだ」

「質問で犯人を見つけるんですか。それは何だか変わってますね」

「変わってるだけならいいんだがな。俺も何度か経験あるが、獅子堂警部が捜査に加わると必ず——と、言ってるそばから来たようだな」

小沢の視線を追うと、スーツ姿の男たちが黄色いテープをくぐっていた。捜査一課の連中だ。砂原はその顔をひとつひとつ確認していった。

「獅子堂警部はどれですかね?」

「先頭を歩いてる奴に決まってるだろ。いまウチの係長が駆け寄っていった人だ」

犯人は言った。

「係長……？　えっ、あの女の人ですか？」

捜査一課の警部で名前が獅子堂というからてっきり強面《こわもて》の男を想像していたが、実際に現れたのは左の目元にほくろのある濃いグレーのパンツスーツを着た女性だった。

外見の印象は三十前後。堂々とした振る舞いとショートの髪で男っぽくも思えるが、さほど威圧感がないのはどこか楽しそうな表情のせいだろう。ピリピリとした男の刑事たちを引き連れながら、彼女はひとり微笑みを浮かべていた。

「他の幹部連中と違ってあまり怖そうではないですね。むしろ優しそうというか」

「見た目だけはな。中身はその逆で被疑者をいたぶるのが趣味って話だ。実際、毎度事件の関係者から『獅子堂って刑事に犯人扱いされた』ってクレームが来るくらいだからな」

「……本当ですか？　よくそれで一課にいられますね」

「それだけ結果を出してるってことだ。疑われるほうはたまったもんじゃないだろうがな」

小沢はポンと砂原の肩を叩いた。何かと思って顔を向けると、彼は続けて言った。

「生きた被害者を最後に見た近所の人間。警部が疑うには充分かもな」

「えっ、それって――」

「砂原。こっち来てくれ」

そのとき係長の呼ぶ声がした。振り向くと係長が手招きしており、その横では獅子堂がじっとこちらを見ていた。

「ほれ。さっそくご指名だ。答えを間違ってうっかり逮捕されるなよ」

えぇ……と思ったが、呼ばれた以上は行かないわけにはいかない。砂原は駆け足で獅子堂達のもとへ向かった。

「係長。お呼びでしょうか？」

「ああ。一課の獅子堂警部が話を聞きたいそうだ。——獅子堂警部。彼が砂原巡査です」

係長が紹介すると、獅子堂は砂原に先ほどと変わらぬ楽しそうな表情で言った。

「はじめまして。獅子堂です。被害者の生前の姿を最後に見たのはあなただそうですね？」

「はい。昨夜の二十二時ごろ、この家を訪ねたところ安田浩史が戸口に現れ、二言三言話をしました」

「そうですか。では、これからあなたに千の質問をします。よろしいですか？」

「えっ？　千、ですか？」

「はい。何か問題がありますか？」

「いえ。問題はありませんが……」

千もの質問となればおそらく一日がかりのはず。どこまで本気なのだろうかと言い淀んでいると、獅子堂はにこりとした。

「では事件についてわかっていることをすべてあなたの口から説明してもらいましょうか」

＊

安田浩史、二十六歳の遺体が発見されたのは今朝九時のことだった。発見したのは従兄の安田浩平、二十七歳。徒歩十五分ほどの距離に住む彼が母親の雅恵《まさえ》に、朝食を食べに来るはずだった被害者と連絡が取れないから様子を見て来るように言われて被害者宅を訪ねたところ、リビングで頭部が血まみれの被害者を発見したとのことだった。

死亡推定時刻は二十二時から二十五時のあいだ。被害者はリビングにあった灰皿で殴り殺され、現場である被害者宅は家中の引き出しが開けられ、金目の物が盗まれていた。

一見すると強盗殺人のような状況。しかし遺体の状態からは単純にそう断じることもできない。なぜならソファの後ろ側に転がる浩史の遺体にはどういうわけか上半身全体に紅茶がかけられ、胸や腹の上には輪切りにされたレモンが五枚のせられていたからだ。

「ふうん。紅茶にレモンでレモンティーってことかしら。確かに妙な遺体ね。こういうのも猟奇殺人っていうのかしら？」

引き出しの中身が乱雑に放り出された殺害現場。奇妙な遺体を見下ろしながら獅子堂は呟《つぶや》くように言った。部屋には他に一課の刑事たちも数人いる。だが、誰ひとり獅子堂の疑問には答えず、砂原のほうに視線を向けてきた。砂原は戸惑いながら手を挙げた。

「あの……もしかして、いまのは俺に聞いたんでしょうか？」

「そうよ。これからするすべての質問にはあなたが答えて」

「……すべて、ですか？」

「そう。あなたはこれを猟奇殺人だと思う？　それとも強盗殺人だと思う？」

当然のように言うと獅子堂は砂原のほうに振り返った。何だか試すような視線。やはり疑われているのだろうかと警戒しながら砂原は答えた。

「……どうでしょう？　よくわかりません。とりあえず強盗は見せかけだと思いますが」

「それは、被害者の母親の洋服ダンスに指輪の入った宝石箱が残されたままだったからです。本当の強盗ならこれを見落とすとは思えないのでおそらく――」

「うん？　母親？　被害者の両親は六年も前に交通事故で他界しているんじゃなかった？」

「あっ、はい。ですが従兄の浩平によると、被害者は両親と暮らしたこの家を当時のまま変えたがらなかったそうなんです。それで宝石箱も母親が隠していた場所のままに――」

「へえ。それはまたずいぶんセンチメンタルね。でも、隠されていたなら普通に見落とした可能性は？」

「タンスの中の服はほとんど引っ張り出され、宝石箱も倒れて中身が引き出しの中に飛び出していましたから、本当に探す気があったなら見落とすとは思えません。たぶん犯人は強盗に見せかけようと雑にタンスを荒らしただけだったんじゃないかと」

「ふうん。まあ、三年間事実上の空き家だった家に家主が帰ってきた途端、強盗が入るなんて不自然だしね。むしろ家主が帰って来たからこそ犯人がやって来たと考えるべきか」

「はい。ですから、おそらく犯人は被害者の身近な人間で、疑いを外に逸らそうとこ

「どうして？」

んな偽装工作をしたんじゃないかと思います」

「強盗に見せかけるってことはそういうことよね。でも、被疑者は必ずしも身近な人間だけでなくてもいいと思う。被害者の帰宅を知っていた人間。砂原巡査も該当《がいとう》しちゃうね」

えっ、と声が出た。

「いや、俺がこっちに来たのは二年前なので被害者と面識は――」

「ええ、わかってる。誰もあなたのことなんて疑ってないわ。それより――」獅子堂は遺体のほうに向きなおった。

「犯人が強盗の仕業に見せかけようとしていたなら、なおのこと遺体にレモンティーをかけた理由がわからないわね。普通の強盗はこんなことしないから、どう考えても余計なことなんだけど……どうして犯人はこんなことをしたのかしら？」

「……いや、さあ、どうしてでしょう？　よくわからないですけど」

獅子堂の一言に引っかかりを覚えながら砂原は答えた。だが、獅子堂は砂原のことなど気にした様子もなく遺体に顔を近づけると、全体が紅茶でシミだらけになった被害者のシャツを「う～ん」と唸りながら観察し始めた。

「レモンの枚数から単純に推測すると五杯分はかけられているのかしら。シャツの汚れ方からしても、とても何かのはずみで偶然かかった量じゃないわね。それに――」

獅子堂の視線がテーブルの上に向けられた。「紅茶ポットはあってもカップとお皿はない。ポットだけ残して洗ったわけじゃないわよね？」

「あっ、はい。キッチンの流しや食器棚を見る限りカップなどが使用された形跡はありませんでした」

「とするとポットから直《じか》にかけたのか。おまけに」獅子堂は遺体に視線を戻すと手袋をつけた手でレモンをひとつまみした。「最初に見たときから気になってたけど、この五枚のレモン、厚さがバラバラでかなり雑に切られてる。これがどういうことかわかる？」

「……犯人が自分で切ったということですか？」

「そう。指紋はどうだった？」

レモンの皮からでも指紋は採れる。だが、砂原は首を振った。

「残念ながら。部分指紋はあったようですが、輪切りにされているので鑑定に堪えるレベルには程遠いそうです」

「じゃあ、端っこの切れ端は？　輪切りにしたら余るでしょう？」

「切れ端、ですか？　いえ、そんなものが出てきたという報告はなかったですが」

「本当に？」と言うと獅子堂は隣のキッチンへと移動した。一課の刑事たちと共に追いかけると、彼女はごみ箱や三角コーナーを探していた。

「確かに見当たらないわね」

「鑑識が家中探しているはずですから、もしあったら報告があるかと」

「そうね」と答えながら獅子堂は戸棚の包丁差しを見た。「包丁も使った形跡がない」

「どうしてわかるんですか？」

「柄《え》が埃を被ってる。そして」獅子堂は次にキッチンテーブルの上の「松永《まつなが》紅茶」と書かれた紙箱を手に取った。「紅茶の茶葉は賞味期限が二年前。元々この家にあった物ってことかな？」

「おそらく。たぶん被害者が海外赴任前に買って放置していたものだと思いますが」

「それなのにレモンの切れ端はなく、包丁も使われた形跡なしか。――砂原巡査。あなたはこの状況をどう思う？」

「どう？　と言いますと？」

「現場にあった灰皿が使われたということは突発的犯行の可能性が高い。また、この家は三年誰も住んでいなかった。そして、茶葉と違ってレモンは腐る――」

「あっ、そうか。実質空き家だったこの家にレモンなんてあるわけないんだ。――あれ？　でも、じゃあ、レモンはどこから？　まさか一度現場を離れて？」

砂原はその閃《ひらめ》きに混乱気味になった。そんな砂原に獅子堂が微笑みながら尋ねた。

「砂原巡査。この辺で二十二時以降にレモンを買える店はある？」

「二十二時？　いえ、コンビニでも二十一時半には閉まってますから無理だと……えっ、まさか。犯人はレモンを自宅から持ってきたんですか？」

「この家の包丁が使われてないってことは、レモンを切るのもどこか別の場所でやったってことだからね。まあ、自宅にレモンがあるなら、それを自宅で切って持ってきたと考えるのがいちばん自然なんじゃない？」

突発的犯行なら事前に用意したとも考えられない。砂原は半ば呆然《ぼうぜん》とした。

「そんな……どうしてそこまで？」

「さあ？　砂原巡査はどう思う？」

「いや、どうと言われても、よほど必要に迫られたんじゃないかとしか……」

「必要って？　例えば？」

「わかりませんが、もしかしたら犯人が何か決定的な証拠を残してしまい、それを誤魔化そうとしたとかでしょうか？　それが何かまではわかりませんが」

「う〜ん、証拠ね。その通りだとは思うけど、その証拠が何かを聞きたかったかな」

「……そう言われても、それがわかれば苦労しないといいますか」

「そうかもしれないけど、う〜ん、そうね」獅子堂は腕を組んで唸った。それから砂原のことをじっと見てくる。また試すような目だった。「ところで話を戻すけど、洋服ダンスに宝石箱があることって浩平以外に誰が知っているかわかる？」

「えっ、はあ。浩平の母である雅恵が知ってますね。彼女が月一でこの家を掃除していて、その度に二人で不用心だと心配していたそうなので他には話していないと思いますが」

「へえ。この家がさほど傷んでないのはそのためか。――なら宝石箱について聞いたとき、浩平は何かおかしな反応をしてなかった？」

「……おかしな反応と言いますと？」

「例えば、『あっ、しまった』とか、『ギクッ』って反応。もし浩平が犯人なら宝石箱を盗み損ねたのは大ポカだからね。そういう反応が必ずあったはず。なければ浩平が犯人である可能性はとても低くなって被疑者は砂原巡査だけになってしまうんだけど……」

「えっ、……それはどういう意味ですか？」

「言葉通りの意味よ。さっきも話したように犯人は被害者の帰宅を知ってた人間だから。そのうち月一で掃除していた雅恵が宝石箱を見落とすとは思えないし、浩平も違うというなら、もうあなたしか残っていないでしょう？」

「いや、待ってください。まだ他に被害者の高校時代の友人がいるはずで――」

浩平によると、昨夜三年ぶりに帰国した被害者は十八時に自宅に到着すると、ほどなく地元の高校時代の友人たちと飲みに行ったという話だった。だが……。

「その友人たちなら二十五時まで飲み屋にいたことが確認されたってあなたの係長が言ってたわ。もちろん帰宅を知ってた人間は他にもいるかもしれないけど、被害者がこの町に帰って来てから死ぬまでたった数時間。それを考えると被疑者はとても限られるのよね」

「そんな……」

「だから、よく思い出してほしい。本当に浩平はおかしな反応をしてなかった？」

獅子堂は囁くようにそう聞いてきた。これに砂原は、ぐっと言葉に詰まった。

無理やり粗を探せば記憶の中の浩平はどこか緊張していたような気もする。だが、それは所詮こじつけじゃないだろうか？　思い悩んだ末に砂原は絞り出すように言った。

「……いえ。浩平の反応に、おかしなところは何もありませんでした」

「本当に？　このままじゃあなたは最有力被疑者だけど、それでもいい？」

「よくはないですけど、なかったものはなかったとしか答えられませんから」

砂原がそう力強く答えると、獅子堂は「ふうん」と顎《あご》に手をやり考えるようにした。

「それが砂原巡査の答えなのね。――わかった。なら次の質問。被害者の友人たちにアリバイがあるというのは実は嘘なんだけど、わたしはどうしてそんな嘘を吐《つ》いたと思う？」

砂原はきょとんとした。

「……嘘？　どういう意味ですか？」

「言葉通りよ。友人たちのアリバイは本当はまだ確認されてないってこと」

「確認されてない？　そんな、どうしてそんな嘘を――まさか俺を試したんですか？」

犯人なら自分から被疑者を減らすようなことは言わない。犯人にとって都合の悪いことが言えるかどうかを獅子堂は試していたのだ。そのことを指摘すると獅子堂は、

「正確には内容以外に質問への反応も見てるよ。もちろん最初の質問からずっとね」

と言って、それまで黙っていた一課の刑事たちと一緒に笑い出した。この状況には、さすがに砂原も文句を言いたくなった。

「……酷いやり方ですね。クレームが来るわけだ」

「ふふん。犯人を見分けるには手っ取り早いのよね。あなたの答えは真に迫っててなかなかよかったわ。――あっ、でも誤解しないで。あなたの容疑はまだ晴れてないからね」

「えっ、まだ？　どうしてですか？」砂原は目を剝いた。

「だって、わたしの狙いを読んで、あなたはわざと犯人が言わないようなことを言っ

ていたのかもしれないじゃない。それに被疑者のままのほうが面白そうだわ」

そんな……、と砂原が肩を落とすと、獅子堂はまた一課の刑事たちと一緒に笑い声を上げた。

その後、獅子堂は冷蔵庫に貼られた一枚の写真を見た。そこには大学生くらいの被害者が五人の友人たちと楽しそうにしている姿が写っていた。

*

病院の待合室を通りかかったとき、安田浩平はそこの椅子に座ってうなだれた。浩史が殺されたというだけでもショックなのに、さらにその報せを聞いた母の雅恵までが倒れてしまったのだ。幸い大事には至らなかったが、雅恵の入院手続きを終えた途端、浩平はどっと疲れを感じてしまった。それでしばらくそこで身体を休めていたのだが、彼の休息は十分と経たず破られることとなった。

「ショックで倒れるなんて、お母さまは浩史さんをとても可愛がっていらしたんですね」

いきなり声を掛けられ目を遣ると、左の目元にほくろのある濃いグレーのスーツを着た女が隣に座っていた。

「……あなたは？」

「警視庁捜査一課の獅子堂です。浩史さんの事件を担当しています」女は警察手帳を見せて言った。

「浩史の？　刑事さんということですか？」

「はい。ですから、あなたに千の質問があります。答えていただけますか？」

「千？　数の千ですか？」

「はい。何か問題がありますか？」

「いや、答えるつもりはありますけど、そんなに聞くことあるんですか？　正直、いま疲れているから……」と言いかけて、ふと浩史の顔を思い浮かべた。浩平は思い直す。

「いえ、わかりました。お答えします。何をお聞きになりたいんですか？」

「ありがとうございます。昨日は羽田まで浩史さんを迎えに行ったそうですね。浩平さんも浩史さんとは仲が良かったんでしょうか？」

「そうですね。家の近い親戚ということで昔から交流がありましたし、年齢も近かったですからね。うちの母も浩史のことを息子のように思ってましたし」

「浩史さんはご両親が亡くなって精神的に不安定だった時期もあるそうですね。それもあって今朝わざわざ浩史さんのお宅に様子を見にいらしたんでしょうか？」

血まみれの浩史の姿が一瞬、脳裏を過《よぎ》る。

「ええ。まあ。普段の浩史はチャラついた奴でしたけど、意外と繊細なところもあったものですから。――といっても俺の印象では、あいつは海外赴任を経て精神的にタフになってたと思うんですけどね。母は昔のイメージが強かったみたいで」

「なるほど。それでお母さまは様子を見てくるように言われたのですね。では、ひとつ確認なんですが、浩史さんの遺体を発見されたとき浩平さんは現場にあった灰皿を触りましたか？　灰皿から浩平さんの指紋が検出されたんですが」

「灰皿……？」浩平は記憶を辿った。「いや、灰皿なんて触った覚えがないですけど」

「では昨日浩史さんを自宅に送り届けたときはどうですか？　そのとき灰皿に触って――」

「いや、昨日も玄関までしかあがってませんから触れてるはずはないと思いますね。可能性があるとしたら、もっとずっと前の日でしょうか？　指紋がそんなに日持ちするのかどうか知りませんが」

「ふむ。そうですか。ちなみに浩史さんはその灰皿で殺害されてましたが、ご存じでした？」

「灰皿で？　えっ、じゃあ、凶器から俺の指紋が出たということですか？」

「そういうことになりますね」

「待ってくれ。誤解しないでくれ。昨夜はうちに人が来て、俺にはアリバイが……」

「ええ。ご心配なく。そちらのアリバイについてはすでに裏が取れています。お母さまも含めて、わたしどもはあなた方を疑ってはいませんよ。いまのは一応の確認です」

「は、はあ。そうですか……」

だったらはじめからそう言えばいいのに。心臓に悪いな。

「まあ、後日また、お話を聞かせていただくことがあるかもしれませんが、いまは先にお聞きしたいことがあります。浩平さんの話では、浩史さんは昨夜、高校時代のご友人と一緒に食事されていたそうですが、それはここに写っている方たちですか？」

獅子堂は一枚の写真を取り出した。それを見て、浩平は頷いた。

「ええ、そうです。こいつらですね。これは大学時代かな？」

「どれくらい仲が良かったんですか？」

「かなりですかね。海外に行く前の浩史はいつもこいつらとつるんでいましたから」

「そうですか。では、この五人について詳しく教えていただけますか？　名前と浩史さんとの関係。また浩史さんを恨んでいそうなのは誰かなど」

「恨んでいそうな？」浩平は目をしばたかせた。「どういうことですか？　この五人を疑ってるんですか？」

「……浩平さんはどう思いますか？　五人の中に犯人がいると思いますか？」

聞き返されて浩平は言葉に詰まった。昨夜、浩史が話していたことを思い出したのだ。

「確かに……ありえないことでもないかもしれません。実は浩史はその五人のうちのひとりと結婚の約束をしていたようなんですが、昨夜の集まりに行く前、その子と距離を置くようなことを言ってましたから。もしみんなの前でその話をしていたとしたら……」

「振られた方以外にも怒る人間がいるということですか？」

浩平は頷いた。

「正直、ちょっと気持ち悪いくらい結束の強い奴らなんで裏切り者とみなされたら、もしかしたら……」

「わかりました。では、まず五人の名前と性格を教えていただけますか？」

獅子堂に促され、浩平は六人の男女が楽しそうに肩を組んでいる写真を指さした。

「左から。いちばん身体の大きい無精ひげが神田政明《かんだまさあき》。少し粗野なところがありますが、いつも堂々としていたので六人のリーダーでした。で、その隣の眼鏡をかけた白いのが鈴木寛太《すずきかんた》。見た目通り気が弱く控えめな奴です。そして次のヤンキーっぽいのが島田真《しまだまこと》。いまはもう少し落ち着いてますが、気が強く、ひねくれたところのある夕イプです」

「神田政明、鈴木寛太、島田真ですね」

「ええ。で、さらにその隣で大きく口をあけて笑っているのが小林由佳《こばやしゆか》。おしゃべり好きな一学年下の女の子です。そして、最後に浩史と肩を組んでいる白いワンピースの子が神田絵里。政明の妹で浩史が付き合っていたのも彼女でした」

「浩史さんはリーダーの妹とお付き合いしてたんですか」

「ええ。ですから、絵里はいろんな意味でこの六人の中心でしたね。本人は控えめにしてましたが、由佳と同じく一学年下で他の皆からとても可愛がられていましたよ」

「そんな方を裏切ったとなったら他の皆さんはさぞ怒るでしょうね。しかし、そもそもなぜ浩史さんは絵里さんと別れようと思ったんでしょう？　もしかして新しい彼女ができたんでしょうか？」

「いやあ、どうでしょう？　そういう話は特に聞いてないですね。まあ、浩史は石鹸の匂いをさせてるような、さわやかな男なのでそれなりにモテてたと思いますけど」

「絵里さんもそういうさわやかなところに惹かれたんでしょうか？」

「はは……。たぶん、そうでしょうね。あの子の周りで匂いに気を遣うような男は浩史だけだったでしょうから」

「なるほど。ところで先ほどから浩平さんは政明さんや絵里さんのことを下の名前で呼んでいて、とても親し気ですが、浩平さんはこの六人のグループには入っていなかったんですか？」

「えっ、俺がですか？　いやあ、確かに多少仲は良かったですけど、グループに入ろうとは思わなかったかな。この六人は本当に繋がりが強すぎたところがあったから割って入れる感じでもなかったし、それに何というかバランスを崩しちゃ悪い気がして」

「バランスというのはメンバー内の力関係のようなものですか？」

「いや、人数的な意味で」

浩平は左右の手の指を三本ずつ立ててみせた。

＊

喫茶店の奥のボックス席で犯人は「まさか浩史が殺されるなんて……」と嘆いてみせた。

他の四人に対するポーズのため。本当は後悔など微塵《みじん》もないが、人が死んだら悲しいふりはしないといけない。それが大人の常識だ。隣に座る由佳も同じように嘆いてみせている。

「本当だよ。なんで浩史が……。寛太は何か聞いてないの？」

「いや、僕は何も……。政明によると強盗らしいんだけど……」

「ああ、俺も浩平さんから電話で聞いただけどな。家の中が荒らされていたってことはそういうことだろ？　まったく不運な奴だよ」

「確かに。帰国したその日に強盗だからな。まるで絵里を裏切ったことへの天罰だ」

「天罰って……。真さん。さすがにそういう言い方は……」

「ああ、ごめん。絵里。絵里の責任だって言ってるわけじゃないんだ。そもそも浩史が裏切ったのはここにいる全員だったわけだし……」

そう。昨夜、浩史はここにいる全員と距離を置くと言った。婚約破棄はその一環でしかなかった。どういうつもりだったか知らないが、あらためて思い出しても腹立たしい、と犯人は思った。そのとき、

「とても興味深いお話ですね。全員を裏切ったとはどういう意味ですか？」

座席の横からスーツを着た左の目元にほくろのある女が声を掛けてきた。どうやら隣のボックス席にいたらしい。皆が不審そうにする中、女にいちばん近い由佳が尋ねた。

「あの、何か？」

「申し遅れました。わたくし、警視庁捜査一課の獅子堂と申します。皆さん、浩史さ

んの事件のことはもうご存じのようですね」

「えっ、刑事さんなの？」と由佳が驚きの声を上げた。

「はい」と獅子堂は警察手帳を見せた。「わたしが浩史さんの事件を担当しています。ですから、皆さん、いまからわたしがする千の質問に答えていただけますか？」

「千……？」と由佳が首を傾げた。「千って千個の千ですか？」

「はい。数字の千です。何か問題ありますか？」

「えっ。問題っていうか……千個の質問ってさすがにそれは多すぎませんか？」

由佳が犯人の思ったことそのままを口にした。他の皆も「確かに」と口々に由佳に加勢する。すると獅子堂はにこりと笑って言った。

「すみませんが、これは必要な手続きなんです。皆さんは二十の質問をご存じですか？」

「二十の質問？」と由佳。

「二十の質問とは出題者が頭に思い浮かべたものを、それを知らない解答者が二十回までの質問で当てるゲームのことです。例えば、答えが海じゃないかと思ったら、『しょっぱいですか』と質問したりするんですが……実はわたしはこれに似たゲームがとても得意でしてね。いままで一度も負けたことがないんですよ」

「はあ。それは凄《すご》いと思いますけど……」

だからどうした、と犯人が思っていると獅子堂は言った。

「いいえ。それが実はまったく凄くないんですよ。だって二十の質問は質問の回数が二十に制限されているからゲームとして成立するのに、わたしときたら二十どころか千も質問することができるんです。こんなの勝って当たり前だと思いませんか？」

千……？　その数字に全員が反応した。すると獅子堂は笑みを浮かべて頷いた。

「ええ、そうです。わたしが得意なゲームとは事件の捜査のことです。事件の関係者たちに質問し、その答えから犯人を導き出す。二十の質問ととても似ているでしょう？」

「ちょっと待ってください。まさか俺たちを犯人扱いしてるんですか？」

獅子堂は声の主のほうを向いた。

「政明さんですね？　浩史さんの帰宅を知る方はとても限られています。ならば昨夜、浩史さんと食事をした皆さんから話を聞かないわけにはいかないですよね」

「だが、さすがに千は多すぎるでしょう。俺たちには断る権利があるはずだ」

「つまり拒否するということですか？　その場合、わたしは町の方たちに皆さんに浩史さんを殺害する動機があるか聞いて回らなければなりませんが、それでも構わないですか？」

こいつ……！　獅子堂の言葉に全員の顔が強張った。そんな聞き込みをされたら町中の人間に疑いの目を向けられることになる。獅子堂の脅《おど》しに誰も何も言えなくなっているのを確認すると獅子堂は言った。

「どうやら皆さん、いまここで質問に答えるということでよろしいようですね。大丈夫。心配しないでください。千の質問と言っても普通に話を聞くだけですから。ただ——その前に指紋だけ採らせてくださいね。浩史さんを殺害した凶器からは犯人のものと思われる指紋が検出されていますから」

指紋？　その一言に犯人の心臓が大きく跳ねた。だが、それを悟られぬよう犯人が即座に表情を取り繕うと、獅子堂は全員を観察するような目で見渡して言った。

「もし都合の悪い方がいれば遠慮なく申し出てください。犯人なら採られるわけにはいかないでしょうからね」

＊

大丈夫。絶対に指紋なんて残してない。その確信のもと犯人は指紋の採取に応じた。

事実、凶器の灰皿は念入りに拭いたのだから犯人どころか誰の指紋も残っているはずがない。つまり指紋云々は獅子堂の罠《わな》。そうやって相手を揺さぶり、その反応から犯人を見極めるのが獅子堂のやり口なのだろう。しかし、そうとわかっていれば、こちらももう動揺などしない。犯人は警戒しながら昨夜、浩史が何を話したかも教えてやった。

「なるほど。浩史さんは絵里さんとの婚約を破棄しただけでなく皆さんとも距離を取ると宣言したんですか」

犯人たちと同じ席に座る獅子堂に犯人は頷いた。

「はい。俺たちは距離が近すぎるから離れたほうがいいと、そんなことを言って……」

「それで浩史さんは皆さんよりも早く二十一時半には帰ったんですね。そして皆さんも二十二時過ぎには解散したと。では、その後はどうしたんでしょう？」

獅子堂によると、死亡推定時刻は二十二時から二十五時のあいだで、犯行にかかった時間は十五分ほどとなっていた。実際は犯人はレモンを家に取りに行ったりしているのでもっと時間がかかっているのだが、そこには全く触れてこない。気づいていないのか、そういう振りなのか。獅子堂はただ淡々とアリバイを確認していった。

「俺は解散後は『民也《たみや》』という店に移ってひとりで飲み続けてました。でも恥ずかしながら途中から記憶が曖昧《あいまい》で。妹の絵里によると十一時半ごろにはリビングのソファで寝ていたそうなんですが……」

「それは絵里さんが二十三時半ごろに帰ってきて政明さんを発見したということですよね？　では絵里さんはその時間までどこにいたんでしょうか？」

「絵里なら十一時まで『バイロン』という店でわたしと一緒でしたよ」と由佳が答えた。「浩史とのことがあったあとでそのまま帰せませんから。女同士で、ねえ、絵里？」

「うん。由佳に話を聞いてもらって、そのあとはまっすぐ帰りました。お店から自宅まで三十分くらいなので十一時半には家に着いて、あとは兄の介抱を……」

「わたしも絵里と別れたあとはまっすぐ家に帰りました。時間も同じ十一時半かな。そのあとはずっと家族と家にいました。これでわたしと絵里はアリバイ成立ですよね？」

「いいえ。残念ながら、お二人のアリバイが確実に成立していると言えるのは二十三時までですね」

「どうしてですか？」と犯人が聞いた。

「家族の証言では信憑性《しんぴょう》が低いからです。特に絵里さんはご両親を亡くして政明さんと二人暮らしですよね？　でしたら政明さんが泥酔状態だった時点で絵里さんはひとりでいたも同然ですので」

「そんな……絵里が嘘を吐いているというんですか？」

犯人は即座に文句を言った。すると、すぐに「そうですよ。絵里は嘘なんて吐いてませんよ」と由佳が加勢し、他の皆も軽く非難の声を上げた。これは犯人が計算した通りの展開。獅子堂へのちょっとした反撃のつもりだったが、当の獅子堂はまるで動じることなく、じっと観察するような視線だけを返してきた。その沈黙の圧力にやがて全員が押し黙ると獅子堂は何事もなかったかのように口を開いた。

「では次に寛太さんですが、寛太さんは解散後どうしてました？」

「えっ？　あっ、いや、僕はそのまま家に帰りましたね。一人暮らしなのでアリバイは……」

「では真さんは？　そう言えば真さんは絵里さんに付き添わなかったんですね。何か用事でもありましたか？」

「……いいえ。ただ浩史に対して腹を立ててる人間が傍にいたら絵里の気が休まらないと思っただけですよ。それでさっさと家に帰ったんです。寛太と同じで一人暮らしだからそのあとは誰とも会ってませんね」

「そうですか。とするとアリバイは全員なしということになりますが……真さんは浩史さんに対してとても腹を立てていたんですね？」

「……それが何か問題ありますか？」

「いいえ。ただアリバイの次は動機が気になりますからね。この中で浩史さんを殺害するいちばん強い動機を持つのは絵里さんだと思っていたんですが、違っていたんでしょうか？」

「違う。絵里は誰も殺したりなんてしてない」犯人は反射的に答えた。

「そうですよ。絵里はそんなことしない。刑事さん、さっきから絵里に厳しくないですか？」

　由佳が加勢すると、他の皆もそれに続いた。さっきとよく似た展開。だが、今回それをつくったのは犯人ではなく獅子堂だった。どうやら獅子堂はこの場の人間を動揺させるもっとも簡単な方法に気づいたらしい。その顔にはサディスティックな笑みが浮かんでいた。

「しかし、いきなり婚約を破棄されたら恨むのが普通でしょう。違いますか、絵里さん？」

「でも、だからって殺したりは……」

「そうだよ、刑事さん。何度も言うように、うちの妹はそんなこと……」

「では誰なら浩史さんを殺しそうですか？」

「えっ……？」

「絵里さんも含め、もっとも浩史さんを殺してしまいそうなのは誰ですか？」

　その問いに、皆、絶句して互いの顔を見合わせた。仲間からの視線。皆にも疑いの目を持たせることで獅子堂はこちらにプレッシャーをかけてきていた。犯人は堪《たま》らず口を開いた。

「ちょっと待ってください。刑事さんはさっきから動機が恨みか何かであるかのように言ってますけど、そもそも犯人は強盗じゃないんですか？」

「あっ、そうだ」と由佳。「浩平さんが強盗だって言ってたって……」

「いいえ、それはそう見せかけられていただけです。強盗でないことは確かです」

「……どうして、そんなことが言えるんです？」と犯人は聞いた。

「根拠は色々ですが、ひとつには遺体のところにレモンの輪切りが五枚、意味深に残されていたからですね。普通の強盗はそんなことしないでしょう？」

くっ。やっぱり不自然だった。そう心の中で吐き捨てながらも、犯人はそんなことはおくびにも出さず首を傾げた。

「レモンの輪切り？　どういう意味ですか？」

強盗事件と思い込んでいたことになっているので、これが正しい反応。犯人は他の者たちとまったく同じタイミングで同じ反応をしてみせた。

おそらく獅子堂は情報を小出しにすることでこちらが不自然な反応をするのを待っている。レモンのことは話しても紅茶のことは黙ったままでいるのがその証拠だ。犯人は「紅茶」と絶対口にしないこと、さらに発言自体も控えることを心に決めた。だ

が、

「それはわたしも知りたいところです。レモンと聞いて何か心当たりはありますか、──さん？」

と獅子堂は最後に犯人の名前を足して聞いてきた。指名──。獅子堂は答える人間を指名することで犯人が発言せざるを得ないようにしてきた。この先回りされたような対応に犯人は心の中で舌打ちしつつ、なるべく余計なことを言わないように気をつけて返した。

「レモン、ですか。いえ、特には……」

「では、あなた自身はどうでしょう？ご自宅には普段からレモンが置いてありますか？」

「自宅に、ですか？」やっぱり一度、帰宅したことは気づかれているのか。「まあ、置いてあることもありますけど……」

「何に使うためですか？」

「それは……主にレモンティーを飲むためでしょうか」

嘘を吐きたくなる質問の二連発。どちらも本当のことを他の皆に知られているため正直に答えたが、紅茶の話は絶対にしないと決めた直後にレモンティーが答えとなる質問をしてくるなんて……。これは狙ったことなのか？訝《いぶか》しむ犯人に獅子堂は思惑《おもわく》の読めない薄ら笑いを浮かべて言った。

「レモンティーですか。うちの旦那も好きですよ。よくお飲みになるんですか？」

「まあ……ときどきですけど」

「そうなんですか。もしかして他の方もよくお飲みになるんでしょうか？　例えば、浩史さんとか」

「浩史は……そうですね。浩史もときどき飲んでいたと思いますけど」

「そうですか。では、どうして先ほどレモンについて聞いたとき、そのことを言わなかったんですか？」

　その指摘に犯人は、うっ、と言葉に詰まった。紅茶のことを話すまいとしたことが裏目に出てしまった。だが、この程度なら普通に起こりえること。むしろ、この程度で動揺するかどうかを獅子堂は見ているんじゃないか、そう思い直した犯人は顔を覗き込むようにする獅子堂に落ち着き払って答えた。

「言われてみればそうですね。すみません。さっきは思い出せなくて」

「思い出せない？　浩史さんの好物なのに、ですか？」

「別に好物というほどではなかったので……」

「だとしても、レモンティーなんて現場の状況そのままじゃないですか。普通はすぐに思い出しませんか？」

レモンティーなんて現場の状況そのまま——？　それはまるで現場にレモンだけでなく紅茶も残されていたかのような言い方だった。紅茶の件はまだ説明されてないのにこの言い回し。獅子堂が紅茶の件はすでに説明済みと錯覚させにきていると気づいた犯人は、

「そう言われても……レモンの輪切りが残されていたというだけでは……」

と咄嗟に惚《とぼ》けてみせた。そうして獅子堂の罠をうまく凌《しの》ぐと横から由佳が、

「そうですよ。いきなり聞かれても思い出せないことなんていくらでもありますよ。というかレモンがあっただけで現場がレモンティーそのままって、いくら何でも表現が大袈裟すぎませんか？」

と援護射撃してきた。しかも何も知らずに獅子堂の罠をぶち壊している。この由佳の指摘には獅子堂も苦笑いを浮かべた。

「ああ、そうでしたね。すみません。実は言い忘れてましたが、現場にはレモンだけでなく紅茶もぶちまけられていたんですよ。それでついそんな表現をしてしまいました」

「紅茶？　レモンだけじゃないんですか？」

由佳が聞くと、獅子堂は全員に対してゆっくり頷いた。犯人はようやく獅子堂と一対一の状態から解放されたようだった。

「ええ。レモンだけでなく紅茶もなんです。二つを合わせればレモンティーになるでしょう？　わたしはその意味がずっと気になってまして。犯人はレモンティーで一体、何がしたかったのか。政明さんは何か思いつくことはありませんか？」

「えっ？　いや、いきなりそんなこと聞かれてもな。――浩史と犯人がもみ合うなりしたときテーブルが揺れてこぼれただけじゃないですか？」

「テーブルが。なるほど。――では真さんはどうです？　他に何か思いつくことはありませんか？」

「……特に何も。政明の言うように偶然こぼれたか、さもなきゃ怒った犯人が床にカップを叩きつけでもしたんじゃないですか？」

「う～ん、残念ながら現場にカップはありませんでしたね。それと紅茶の量も数杯分はありましたから偶然そうなったわけではないはずです」

「えっ、犯人はわざとやったということですか？」

「そうです。由佳さん。わざとだとすれば、あなたは何か思いつくことはありますか？」

「あ、いえ、何か思いついたわけじゃないんですが……」

「ですが？」

「……そういう場合、ミステリーなんかでは何かを誤魔化すためにやることが多いなと思いまして。――そう。例えば、血、とか？」

「血？　犯人は血液を誤魔化したと？」

獅子堂が聞き返すと、由佳は深く頷いた。犯人は嫌な予感がした。

「あくまで例えばですが、犯人の血が紅茶の撒かれたところについてしまい、それを洗い落とすため紅茶を使った、とは考えられないですか？」

「なるほど。血痕《けっこん》は証拠になりますから。証拠隠滅というわけですね。それでは――」

「えっ、だけど洗い落とすだけなら水でもいいんじゃないかな？」

獅子堂の言葉を遮って犯人は横やりを入れた。案の定、由佳の推理は非常にまずい事態を引き起こしかねなかったからだ。犯人は続けた。

「それに犯人はわざわざレモンを使っているわけだからレモンティーでなければならない理由があると思う。例えば、浩史にレモンティーをかけられた仕返しがしたかったとか」

「犯人は昔、浩史さんにレモンティーをかけられたことがあるということですか？」

獅子堂の注意がこちらに向いた。犯人は頷く。

「想像ですけど、ドラマなんかでもありますよね？　怒って相手の顔にお茶をかけたりすること。あれと似たようなことが浩史と犯人のあいだであったなら、その仕返しに犯人が同じことをやり返すこともあるんじゃないですか？　逆に言うと、それくらいしかレモンティーでなければならない理由なんてなさそうですし」

「う～ん、確かにそれは一理ありますね。なるほど。レモンティーにはレモンティーをというわけですか。――ちなみに絵里さんは浩史さんが人の顔にレモンティーをかけるところを見たことありますか？」

「えっ？　いえ、ないですけど……」

「では、そういうことをしていそうなタイプだと思いますか？」

「それは……よくわかりません。そんなことをする人じゃなかったと思いますけど、でも、それを言ったら昨夜のようなことを言うような人でもなかったので」

「う～ん、この三年で変わったのかもしれないということですか。でしたら浩史さんの周りでそういったトラブルがなかったか調べてみる必要があるかもしれませんね。

――おや、寛太さん。そんな難しい顔してどうしました？」

「えっ、いや、僕は何も……」

「何か思いついたなら、遠慮なくどうぞ」

「いや、本当に。僕は思いつくどころか現場の状況もよく摑めていなかったので……」

「……そうですか。では他に何か別の意見がある方はいますか？」

獅子堂が挙手を求めたが、誰もそれに応じることはなかった。皆、難しい顔をして唸るだけ。犯人もそれに倣《なら》っておく。

とりあえず獅子堂の意識は浩史の人間関係に向いたようだが、果たしてこれで危機を回避できたと言えるのか。

犯人が心配していると、獅子堂は次に由佳を指名して質問を続けた。包丁、ポット、灰皿、カップ、浩史の服を話題として、他の皆にも罠のような質問をし続けていく。

そうして二時間ほどが経過し、全員が疲労困憊《こんぱい》の状態になると、ようやく獅子堂は言った。

「どうやら、ここら辺が限界のようですね。では、お話はこれで終わりにしましょうか」

「本当に？　まだ全然、千回まで行ってないですけど」

由佳が余計なことを言うと、獅子堂はにこりと笑った。

「問題ないです。どうやら千も質問する必要はなかったようですから」

＊

「はい。これ指紋ね」

五人との話のあと、別の席で話を聞いていた砂原は喫茶店の外に出たところで獅子堂から数枚の紙を渡された。五人の指紋を採った紙だ。普通は署の機械で採るのだが、獅子堂は脅しのために出先で採ることが多いらしい。砂原はその紙を受け取ると思わず尋ねていた。

「あの、結局、誰も尻尾を出しませんでしたね。あの中に犯人はいなかったんでしょうか？」

「うん？　何言っているの？　犯人ならちゃんと尻尾を出してたじゃない」

「えっ、いつですか？」

平然と答える獅子堂に砂原は驚きの声を上げた。そんな砂原を獅子堂は鼻で笑う。

「それは自分の頭で考えるべきね。とりあえず犯人の反応でレモンティーの理由もだいたい見当がついたから残る問題は証拠だけ。ちゃんと残っているといいんだけどね」

何か当てがあるのか。意味深なことを言う獅子堂に、砂原は気になっていることを聞いた。

「あの、よくわからないですが、警部はもう犯人が誰かわかっているんですよね？　それじゃあ、俺の容疑ももう晴れたということでしょうか？」

　すると獅子堂は砂原のほうに振り返り、意地悪そうな笑みを浮かべた。その瞬間、砂原はまだしばらく自分が獅子堂のおもちゃにされることを悟った。

＊

　獅子堂から解放されたあと、犯人は急いで帰宅し、アレを持ち出した。普段との違いが出てはいけないと残しておいたが、先ほどの会話の流れから、やはり捨てたほうがいいと考えをあらためたのだ。

　犯人は尾行者がいないことを確認しながら急いでキャンプ場に向かう。完璧な捨て場所などわからないから、とにかくごみの多そうなところに捨てることにしたのだ。

　大丈夫。指紋さえ残さなければ、たとえ後で拾われても大丈夫なはず。そう自分に言い聞かせて犯人は奥多摩に集まるキャンパーたちに紛れて、アレをごみ箱に投げ入れた。それから誰にも見られなかったことを確認して、そそくさとその場を立ち去る。

　よし。これでもう捕まることはない。明日の朝、ごみ収集車が来ればそれで終わりだ。

　家に向かう途中、勝利を確信した犯人は小さくガッツポーズした。

＊

浩史の遺体が見つかった次の日、安田雅恵は個室で退院の準備をしていると、ふいに声を掛けられた。

「お身体はもう大丈夫なんですか？」

見ると、開いた病室の扉の傍にスーツ姿で左の目元にほくろのある女性が立っていた。覚えのない顔だった。

「はあ……。おかげさまで。——あの、あなたは？」

「申し遅れました。わたくし、警視庁捜査一課の獅子堂といいます。浩史さんの事件を担当しています」

「えっ、刑事さんなんですか？」

「ええ。それでさっそくですが、あなたに千の質問があります。お答えいただけますか？」

「千って……そんなに聞くことがあるものなんですか？」

不思議に思って雅恵が尋ねると、獅子堂は当然のように言った。

「犯人逮捕には必要です。病み上がりの身体では難しいでしょうか？」

「いえいえ。全然大丈夫です。必要なら千でも万でも聞いてください。どうぞ、そちらにお掛けになって」

雅恵は獅子堂に椅子を勧めると、自分はベッドに腰かけ、準備万端とばかりに獅子堂と正面から向かい合った。これに獅子堂が少し驚いたような顔をした。

「……どうかしました？」

獅子堂が椅子に座らず質問もしてこないので尋ねると、ふいに獅子堂が、ふっ、と笑った。

「いえ、あなたに千の質問は必要なかったようなので……わかってないことだけ聞くことにします」

「……質問って元々そういうものでは？」

雅恵が首を傾げると獅子堂はまた「そう言えば、そうですね」と言って笑い、それから「では安田さん。質問ですが、この五人のことはご存じですか？」と一枚の写真を取り出した。

「ええ。政明くんたちでしょう？　彼らがどうかしたの？」

「実は聞いたところによると、浩史さんは彼らと距離を置こうとしていたようなんですが、その理由がわからないんです。安田さんは何かご存じじゃないですか？」

「距離？　さあ？　わたしには何とも……。ただ浩史くんはもしかしたら、自分はもっと新しい世界に飛び出さないといけないと気づいたんじゃないかしらね」

「新しい世界、ですか？」

「ええ。実はあの子、亡くなった自分の両親の家をいつまでもずっとそのままにしたがるようなナイーブさがあるというか、自分の閉じた世界から絶対に出たがらないようなところがありまして。でも海外赴任を経験したからでしょうかね。最近は、思い出に縛られていてはいけないのかもしれない、みたいなことを考えていたようなんですよね」

「それは家を手放そうとしていたということですか？」

「はっきりそうとは言ってませんでしたけど……たぶん。だから、きっと政明くんたちのことも大切な友達ではあっても、ずっと彼らとばかり付き合っていてはいけないと考えるようになっていたんじゃないかと、わたしは思うんですけどね」

「なるほど。まさに新しい世界に飛び出そうとしていたわけですね。安田さんもそのことに肯定的でした？」

「もちろん。新しい世界に出ていけば確かに大変な思いや辛い体験をすることも増えるでしょうけど、人はそうやって大人になっていくものだから。いくら仲がよくても政明くんたちのように自分たちの中だけで世界が完結してしまってたら、いつまでたっても大人になれない。あの子はようやく大人への一歩を踏み出そうとしてたんじゃないかしらね」

目尻に涙をためながら、雅恵はしみじみとそう語った。

＊

その日の夕方、犯人はふと思いたって去年廃校になった母校の高校へやって来ていた。

誰もいないグラウンド。寂れた景色を眺めていると、かつての楽しかった高校生活さえ幻だったかのような錯覚を覚える。それがとても虚しくて、犯人は踵《きびす》を返して帰ろうとした。

しかし、その行く手には不敵な笑みを浮かべた獅子堂が待ち構えていた。

「どうも、こんばんは。ここが皆さんの母校なんですね」

「はあ。そうですけど……。何ですか？　こんなところで」

嫌な予感に犯人は少し不機嫌そうに言った。すると獅子堂は単刀直入に切り出してきた。

「いえ、実はひとつお知らせしたいことがありまして。わかったんですよ。犯人が遺体にレモンティーをかけた理由が。あれは香水の匂いとシミを消していたんです」

「香水の匂いとシミ？」答えを知らないふりをして犯人は言った。

「そうです。浩史さんのシャツを成分分析してわかりました。あのシャツには『パルム』というブランドの香水が染みこんでいました。香りの種類はグレープフルーツです。つまり犯人はグレープフルーツの香りを同じ柑橘系のレモンで消して、さらに香水がついてできたシミを紅茶のシミで誤魔化そうとしたんですよ。確かに衣服についた香水の匂いは簡単には消えませんからね。おそらく犯人と浩史さんが争っているときに犯人の鞄から香水の瓶が外に転がり出て浩史さんのシャツについてしまったのでしょう。それでその香水から自分が特定されないように犯人はレモンティーを遺体にかけたんです」

「えっ、待ってください。そうだと決めつけるのはまだ早くないですか？　その香水は浩史自身の物かもしれませんよ？」

「本人の物なら偽装する必要などありませんよ。それに彼はいつも石鹼の匂いをさせていたようですし、事実あの家のどこにも『パルム』の香水などありませんでしたから」

「……そうですか。じゃあ、その香水を使っている人が犯人ですね。でも、そんな人たくさんいるんじゃないですか？」

「ええ。ですが、浩史さんが犯行時家にいることを知り動機がありそうな人間の中で、となるとかなり限られます。わたしの部下の調べによると香水以外の条件に当てはまるのは七人。しかも、そのうち安田雅恵さん、浩平さん親子はアリバイが確認されているので除外できます。よって残るは事件当夜、浩史さんと食事をしていたあなたたち五人だけとなります」

　ハッキリと宣言する獅子堂に、犯人は悲しそうな振りをして言った。

「……この前の質問で疑いは晴れたわけじゃないんですね。もしかして、また千の質問の続きですか？」

「いえ、その必要はもうないです。なぜなら、犯人はもうわかっていますから」

　嫌な予感が的中。獅子堂が自信ありげに言うと犯人は実際以上に驚いてみせた。

「犯人が？　それは誰ですか？」

「まあ、そう慌てず。順番に考えて行きましょう。まず香水の件から男性陣を除外できます。あなたには説明するまでもないことですが、皆さんの中で匂いに気を遣う男性は浩史さんくらいだったようですからね」

「……わかりませんよ。もしかしたら、あの二人もこっそり使っていたかもしれませせん」

　苦しい反論に獅子堂は、ははっ、と声を出して笑った。

「だとしても普段から香水を持ち歩くのはやはり女性だと思いますよ。普段から口の開きやすい鞄に入れていたからこそ犯行時、被害者に香水がかかってしまったんでしょう。まあ、それでも、まだ、どうしても疑いたいというなら家宅捜索をしてみますけど」

「……いえ、その必要はないと思います」

結果はわかりきっている。犯人が引き下がると獅子堂は得意気に頷いた。

「では、残るは女性三人です。そのうち由佳さんは血を紅茶で洗い落としたんじゃないかとシャツの成分分析をさせるような発言をしているので被疑者から除外できます。それは犯人が最も避けたかったことですからね。そして残る二人ですが、二人も由佳さんと同じく『犯人がレモンティーをぶちまけたのはなぜか？』という質問に対する答えで判別できます。まず絵里さんですが、絵里さんはこの質問に『昔、浩史さんにレモンティーをかけられた仕返しじゃないか』と答えました。これはひとつの仮説として何もおかしくありません」

「だって絵里は犯人じゃないですから」

「対して、真さんは同じ質問に『犯人ともみ合っているときにテーブルが揺れてこぼれたか、怒った犯人が床にカップを叩きつけでもしたんじゃないか』と答えました。これは上半身に大量の紅茶をかけられた遺体の状態から考えるとまずありえない発想です。テーブルが揺れてこぼれたり、カップが床に叩きつけられたりしたところで濡れるのはテーブルの上か、床。あとはせいぜい浩史さんのズボンにちょっとかかるくらいですからね。明らかにおかしな発言です」

「じゃあ、つまり、犯人は真さんだったんですね」

「いいえ、違います。だからこそ犯人は絵里さん。あなたなんです。なぜなら、わたしがあの質問をした時点では浩史さんの遺体に紅茶がかけられていたなんて、あなたたち五人は知るはずのないことだったんですから」

そう断言する獅子堂に、犯人は混乱した。何を言われているのかまるでわからない。

「どういうこと？　あのとき刑事さんはちゃんと犯人が遺体にレモンをのせて紅茶をぶちまけたって――」

「いいえ。わたしは遺体のところにレモンを残して紅茶が現場にぶちまけられているとしか言っていません。それなのに、どうしてあなたは遺体に紅茶がかけられていると思ったのですか？　わたしの説明では遺体が紅茶とレモンまみれだとまではわからないはずです」

予想外の一撃に犯人は大きく目を見開いた。

「いや、でも他の皆は……」

「他の皆さんも紅茶が遺体にかけられていたとは考えていなかったと思いますよ。真さんはすでに説明した通り。政明さんは真さんと同じようなことを言ってますし、由佳さんも血がついた場所を『紅茶の撒かれたところ』と表現しています。普通、液体を人の身体に『撒く』とは表現しませんよね。そして寛太さんですが、寛太さんはあなたが『犯人は仕返しで遺体に紅茶をかけた』と言った直後に難しい顔で『自分は現場の状況をよく摑めていなかった』と言っていました。おそらくそれは、あなたの発言を聞くまで紅茶はそのへんの床にでも撒かれていると考えていたからでしょう。だから、あなたの『遺体にかけられている』発言で混乱したのです。それを証明するように、あなたの発言の直後、他の皆さんも寛太さんと同じ顔をしていましたよ」

そのときの光景が犯人の脳裏に蘇った。確かに皆、同じように難しい顔をしていたが……。

「でも、もし本当にそうなら誰かが『紅茶は遺体にかけられていたのか』って聞いていたはずだよ。それがなかったんなら――」

「いいえ。あの場面でそんな指摘をしたら、そのことを知っていたあなたに疑惑の目が向くことになります。だから誰も何も言わなかったんですよ」

絵里は守られていたってこと？　追い詰められた犯人は悔しさに歯ぎしりした。

そもそもの失言の原因は由佳が紅茶で血を洗い流すなんて馬鹿なことを言ったせいだった。そのせいで香水のことがバレそうになり、それを誤魔化すことに意識がいってしまい……。いや、違う。それ以前に紅茶の偽装工作を知らない振りすることに注意が向き過ぎていた。その点を試すような質問ばかりだったせいでそっちに注意が向き、その反動で紅茶の話が出た途端、紅茶に関するすべてが解禁されたと勘違いしてしまったのだ。

実際は紅茶がどんなふうに使われたかまでは秘密だったのに……。それまでのプレッシャーがきつすぎて、獅子堂の視線が自分から外れた途端、ほっと気が弛んでしまった。その気の弛みを獅子堂は狙い打ってきたのだ。

これが千の質問。獅子堂の罠をうまく凌いでいたはずが、実際は完全に絡めとられていたようだった。

「そう言えば、まだひとつ聞いてなかったですね。——絵里さん、あなたは『パルム』のグレープフルーツの香水を使ってますね?」

獅子堂は言葉を発しない犯人に優しくとどめを刺すように言った。だが、犯人は強く拳を握りこむと呟くように言った。

「……ってない」

「うん?　何ですって?」

『パルム』の香水なんて使ってない。確かにグレープフルーツの香水は使ってたけど、それは『パルム』じゃない。よく似た別の香水だよ」

「では、そのよく似た香水を提出してください。成分分析します」

「あ〜、悪いけど、それは無理。その香水は失くしちゃったから。ごめんね」

昨日、キャンプ場で捨てたのがその『パルム』だった。証拠隠滅は完了済み。犯人がニヤリとすると、獅子堂もまた、ふっ、と笑った。

「足掻きますか。証拠は充分揃ってますよ」

「『紅茶を遺体にかけた』発言のことなら、刑事さんが紛らわしい言い方したせいだよ。あんなの証拠にならない。証拠っていうなら決定的なのを持ってきてよ」

「ええ。だから決定的な証拠を用意してありますよ。——絵里さん。レモンの皮からでも指紋が取れるってご存じですか？」

「えっ？　レモン？」

「そうです。レモンの皮からあなたの指紋が検出されました。これなら決定的でしょう？」

ぐう、と犯人は言葉に詰まった。確かにレモンは触ってしまっていた。けど……。

「いや、おかしい。輪切りにされたレモンの皮じゃ狭すぎて、ちゃんとした指紋なんて採れるはずない。刑事さんはまた絵里のことをひっかけようとしてるでしょう？」

「また？　いいえ。そんなつもりはありません。確かにあなたの言う通り輪切りにされたレモンからはまともな指紋は出てきませんでした。しかし——」と獅子堂はポケットから透明な袋に入った黄色い二つの塊を取り出した。「今朝、あなたは生ごみの袋を収集所に出しましたよね？　その中にあったこのレモンの切れ端部分からはギリギリあなたの指紋が検出できましたよ」

「なっ……うちの、ごみ？」

「ええ、わたしの言う証拠とはこれのことです。どうです？　決定的でしょう？」

「うう……。ち、違う。そのレモンはうちで普通に使ったもので……」

「いいえ。それはありえません。なぜなら現場にあった輪切りのレモン五枚と、この切れ端二個を切り口に沿ってくっつけると、まるでパズルのようにきれいに合わさって一個のレモンになるんです。それは見事なレモンにね。だから、もう反論なんて無理だと思うけど、念のため聞いてあげる。まだ何か言うことはある？」

優しくそう尋ねられ、気づくと犯人はその場に膝をついていた。反論なんてできるわけない。懺悔するように両手もつくと、熱くなった目から涙が出てきた。

「なんで、絵里がこんな目に……」

「……一応、確認するけど、動機はやはり婚約を解消されたから？」

犯人の気持ちなどお構いなしに獅子堂は聞いてきた。犯人は吐き捨てるように言った。

「……そうだよ。浩史が、あいつが約束を破ったりするからこんなことになったんだ！」

そうして叫ぶと同時にグラウンドの砂を掴むと、それを地面に思い切り投げた。獅子堂は、ハアハアと息を切らす犯人に淡々と言う。

「確かに約束を破ったことに関しては完全に浩史さんに非があるけど、逮捕されるのはあなた自身の責任よ。腹が立つなら慰謝料を取れるだけ取ってやればよかった。殺す必要なんてなかったでしょう？」

「嫌だ！　そんなんじゃ納得できない！　あいつは絵里を傷つけたんだよ？　そんな奴、殺されて当然じゃない！」

「腹が立ったからって何をしてもいいなんてことにはならない。それは子供の理屈よ」

子供――？　その言葉を聞いた瞬間、浩史にも「子供だな」と言われたことを思いだした。犯人の肩が勝手にぶるぶると震えだす。

「……そんなことない」

「うん？　何か言った？」

「そんなことない。絵里は立派な大人だもん」

夕暮れの廃校で、目にいっぱいの涙を浮かべて犯人は言った。

アミュレット・ホテル

方丈貴恵

Message From Author

　この度は『本格王2021』にご選出を賜りまして、誠にありがとうございます。

　これまで長編では特殊設定ミステリを書いてきましたが、短編では超常現象や特殊能力が出てこない本格ミステリに挑ませて頂きました。

　短編を書くのはこれが初めてでしたので、試行錯誤を繰り返して切れ味のある物語を目指しました。それをこうして本格ミステリとして評価頂けたのは、大変嬉しい限りです。

　私は映画が好きなもので、本作もある映画にインスパイアされた話となっております。そのタイトルが何かは読んでのお楽しみということで、どうぞ宜しくお願いいたします。

方丈貴恵（ほうじょう・きえ）
1984年、兵庫県生まれ。京都大学卒。在学中は京都大学推理小説研究会に所属。2019年、クローズド・サークルにタイムトラベル設定を融合した『時空旅行者の砂時計』で第29回鮎川哲也賞を受賞しデビュー。第２作『孤島の来訪者』は、秘祭伝承の残る島で起きる殺人事件に、ある特殊設定を織り込んだ野心作。

「とんだ言いがかりだ、話にならない」

吐き捨てるようにそう言うと、男は窓の外を見つめた。だが男の声も背中も……激しい動揺を隠すのに完全に失敗していた。

窓の向こうに広がる世界には雨が降り続いている。白い紗《しゃ》を通して、乗用車やトラックのヘッドライトがぼんやりと見えていた。

やがて、彼女は目を細めた。

「……それがあなたの答え？」

「そうだ。次にホテルの外で出会ったら、どうなるか覚悟しておけよ」

凄みを利かせた脅し文句を聞きながら、彼女は微笑んだ。その目には軽蔑の色が浮かんでいる。自分のやったことを認めることもできなければ、その責任を負う度胸すらない男だ。

彼女は持っていた細身のロープを取り出すと、その端を左手に何重か巻きつけた。手袋をつけているので、きつく巻いても痛みは感じない。それからロープに八十センチほど余裕を持たせて右手にも同じようにロープを巻く。

最後にロープを左右に引っ張って充分に力を加えられるか試して、彼女は低い声でこう言った。

「なら、これでお別れね？」

口の中で罵り言葉を吐き続けていた男の動きがピタリと止まった。彼女の口調に何かを感じたのか、男は振り返ろうとした。

「それはどういう……」

声が震えている。最後まで言わせず、彼女は素早く男の首にロープを巻き付けた。男の目が見開かれ、首を守ろうと振り上げた指先がレースカーテンを空しく揺らす。

「意味は分かっているはず」

そう囁きながら、彼女はロープを一気に締め上げた。

＊

夜勤明け、金魚に餌を与えていると内線電話が鳴り響いた。

連勤に向けて仮眠するつもりだった私は大きく舌打ちをして、手に付いた餌を適当に払う。水槽の和金が我先に水面をパクつくのを眺めながら、受話器を取り上げた。

「はい、桐生《きりゅう》です」

『トラブル発生だ。至急、別館の1101号室まで来て欲しい』

どうせフロントからの連絡だと思って油断していた私は思わず姿勢を正した。この声はアミュレット・ホテルのオーナー……つまり私の雇い主のものだった。

「了解です、トラブルの深刻度は？」

『最悪、としか言いようがないな』

いつもは穏やかなオーナー・諸岡《もろおか》の声に珍しく疲れ果てた響きが混ざる。つられるように私も顔を顰《しか》めた。

「多いな。今年に入ってもう三件目じゃないですか」

『昨今は質の低い客が増えているようでね。残念なことだけど』

昨日の夕方から降り続いている雨が激しく窓ガラスを叩いて、ひどく五月蝿《うるさ》い。予報では今日も大雨のようだ。

「……すぐに向かいます」

受話器を下ろすと、私は外したばかりの紺色のネクタイを椅子から拾い上げた。飲みさしのモルトウイスキーともしばらくはお別れだ。

今日も長い一日になりそうだった。

アミュレット・ホテル別館の客室は全てスイートルームになっており、全室に寝室とは別にリビングルームや浴室が備えられていた。

問題の客室がある十一階は『高層フロア』と呼ばれるグレードの高いフロアの一つだ。ちなみに……別館は九階までが低層フロア、十階以上が高層フロアという風に明確に分類されている。

徹夜明けの疲れを引きずりながら毛足の長い絨毯が敷かれた廊下を進むと、1101号室が見えてきた。扉は無理やり蹴破られたらしく、レバーハンドルの下あたりに靴跡が微かに残っている。

諸岡は扉の傍で私の到着を待っていた。

昨晩会った時よりもスーツがよれていたし、カーネル・サンダースめいた初老の顔には疲労の色が強く出ている。……鏡は見ていないが、私も似たような表情をしているに違いない。

「状況はかなり厄介だ。とりあえず、部屋の中を見てもらうのがいいかな」

諸岡に導かれるままに客室のリビングルームに足を踏み入れたところで、私は眉をひそめた。

「……殺《や》られたのは一人ですか」

「今回は、ね」

革張りのソファには遺体が横たわっていた。高身長で黒いスーツ姿、首には紐《ひも》状のものでで絞められた跡がくっきりと残っている。

私は遺体から視線を上げると、寝不足で強張った首筋に手をやりながら続けた。

「この顔には見覚えがありますね。名前は佐々木《ささき》、情報屋を自称していた強請屋《ゆすりや》だ。昨日の夕方、このホテルにチェックインする姿を見た気がしますが、高層フロアの部屋を利用できるほどの大物ではなかったはず」

その言葉に諸岡が小さく頷く。

「うん、佐々木さんが泊まっていたのは0906号室、九階の客室だよ。この部屋に宿泊していたのは全く別のお客さまだ」

「誰ですか」

「信濃《しなの》さん。桐生くんも彼のことは良く知っているだろう」

「詐欺グループ『エリス』のボスの？」

「そうそう、我がホテルを贔屓《ひいき》にしてくれている上客でもあるね」

「昨日、バーにいるのを見かけましたが……まさか、彼の部屋だったとは」

これはややこしいことになりそうだと私は首を振り、白い手袋をはめた。それから遺体の傍にひざまずく。

「索条痕《さくじょうこん》のつき方からして自殺ではない、絞殺に間違いなさそうです。凶器はそこに落ちているロープで決まりかな？　首に残っている跡と完全に一致する」

そう分析しながら、私は足元に落ちていたロープを拾い上げて遺体の首に近づけた。ロープは細くしなやかなもので、このホテルの備品でないのは確かだ。十中八九、犯人が外から持ち込んだものだろう。

入り口付近の壁際には空のサービスワゴンが置かれていた。

普段、従業員が使っている時は純白の大きなテーブルクロスが掛けられているのだが、今は金属がむき出しの状態になっている。

私はリビングルームを見渡してみたが、テーブルクロスらしきものは見当たらなかった。また、部屋のテーブルには食べ物や飲み物も何も置かれていない。このことも少し引っかかった。

私は諸岡に視線を戻して口を開く。

「で、現時点で事件が起きたことを知っているのは？」

「私と桐生くんを除けば信濃さん、それからホテルの従業員が二人だけ。……あっ、ドクにも知らせたんだった。死亡推定時刻を割り出してもらおうと思って」

諸岡がドクと呼んでいるのは、アミュレット・ホテルが専属契約をしている医師のことだ。誰も彼もが金髪ボサボサ頭の彼のことをドクと呼ぶが、私も本名は知らない。専門は形成外科なのだが、不気味なくらいオールマイティで法医学にも造詣が深かった。

「なるほど、事件を知っているのは『内輪』の人間だけか。……先ほどオーナーは『状況はかなり厄介』とおっしゃいましたが、これだといつものトラブルと何ら変わらないのでは？　警察に通報されてしまった訳でもないし、隠蔽《いんぺい》するのも簡単だ」

私がそう言っても諸岡は晴れない表情のまま、彼のトレードマークでもある白髪《しらが》交じりの髭《ひげ》を撫でまわしていた。

「うん、何というか……今回はちょっと状況が特殊なんだ。まず、この部屋はある意味、密室だったらしい」

密室？　それは久しぶりだ、確かに厄介な状況に違いない。

ひとまず証拠品を回収することに決め、私は胸ポケットからビニール袋を取り出して中に凶器と思われるロープをしまった。その間にも諸岡が説明を続ける。

「今朝五時ごろ、私は信濃さんから電話で連絡を受けたんだ。内容は１１０１号室の扉の錠が壊れたのか開かないというクレームだった」

オーナーと信濃には昔から個人的に親交があると聞いていた。その為、信濃は直接諸岡に相談をしたのだろう。

続いて、私は廊下と客室をつなぐドアに視線を移した。

高級ホテルと銘打ちながら、アミュレット・ホテルではカードキーを採用していない。

カードキーはカード本体とカードリーダにログ（使用記録）が残る仕様になっている。ログが残ることを嫌う宿泊客からの強い要望もあり、今でも物理的な鍵が使用されている形だった。

とはいえ、このホテルも一般的なホテルとそう変わるところがある訳ではない。扉は内開き、部屋側にドアガード……防犯目的でドアを一定以上開かなくする棒状の金具が取り付けてあった。もちろんオートロック機能もある。

その為、部屋の錠が下りていたこと自体は不思議でも何でもなかった。当たり前のことだが、ホテルの扉は外から閉めただけで自動ロックされるからだ。

しかしながら、鍵を使っても扉を開くことができなかったというのは解《げ》せなかった。

私はドアガードが無傷なのを確認してから言った。

「妙ですね。ドアガードがかかって密室になっていたという訳でもないらしい」

諸岡は訳知り顔で頷く。

「そうだよ。別のことが原因で扉は開かなくなっていたんだ」

「となると、誰かが室内からサムターンを回して『ダブルロック』状態になっていた可能性がありそうですね？　このホテルの場合……一般の従業員が持っているマスターキーではサムターンによるロックは解除できないようになっていますから」

アミュレット・ホテルは『宿泊客のプライバシーと安全を守る』ことをモットーにしている。宿泊客の部屋に忍び入って寝首を掻こうとする輩が現れるのを防ぐ為にも、マスターキーの機能は敢《あ》えて一部制限されるように特注されていた。

ちなみに、カードキーを導入している他のホテルでも同じようなプライバシー保護が行われており、カードの種類によって開けられる部屋やロックの種類が違う仕様になっていると聞く。

そういったことを念頭に置きながら、私は続けた。

「しかしながら、『ダブルロック』状態を解除できるキーも存在します。……エマージェンシーキーがそうですね。確か、支配人、副支配人、オーナーがそれぞれ一本ずつ保管なさっていたはずですが」

「ああ、今も持ってるよ」

諸岡は銀色に鈍く光る鍵をキーチェーンから取り出して見せた。

エマージェンシーキーはその名の通り、災害時や非常時に用いられるもので、ホテル内の全ての客室のロックを完全に開錠することができた。

「今回は、その特別な鍵でも扉を開くことができなかったんですか？」

私がそう問いかけると、諸岡が口をへの字に曲げた。

「でなければ、扉を破らせるような無駄なことはしないよ。何せ、私は無駄なことがこの世で一番嫌いだからね」

オーナーのその性格は私もよぉく知っている。諸岡は吐き出すように言ってから、すぐに真顔に戻って続けた。

「……そもそも、この扉は『ダブルロック』状態ではなかったんだ。私の鍵を使ってもロックが外れる感触はなかったし、扉は相変わらず微動だにしなかったからね」

この時になってはじめて、私は扉の室内側のドアノブ（レバーハンドル）に傷がついていることに気づいた。位置的にはレバー下部で、塗装が一部剝げたようになっている。

更に視線を落とすと、扉の傍の絨毯にへこんだ跡が残っているのが目に入った。跡は四ヵ所あり、何か重量のあるものが最近までそこに置かれていたらしい。

「ふぅん、なるほど。この部屋の扉を押さえていたのは、これですね？」

そう言いながら、私は壁際に放置されていたサービスワゴンに歩み寄った。そして手袋をした手を金属製の天板の上に置く。

「この板にも押されて窪んだような跡がある。レバーハンドルが強く押し当てられた時にできたものでしょう。犯人はこのワゴンをレバーハンドルの下に押し込むことで、簡易のドアストッパーにしたんだ」

諸岡は愛飲しているマールボロに火をつけながら頷いた。

「うん、そのサービスワゴンのせいでレバーハンドルはほとんど回らない状況だった。おまけに、1101号室に入って確認したところ、室内の窓は全て鍵がかかっていたんだ」

説明を聞きながら、私は問題のワゴンを動かそうとした。ところが、これが押しても微動だにしない。

訝しく思った私はサービスワゴンの足元を調べてみた。

ワゴンの車輪は四輪ともストッパーが付属していて、それらの全てにロックが掛かっていた。この状態でも引きずれば動きそうなものだったが……ワゴン自体の重量があるのと、この部屋の絨毯が深い毛並みを持つせいだろう。摩擦力が強く働いて動かなかった。

「サービスワゴンのストッパーには、誰も手を触れていませんよね？」

「私が確認した時にもストッパーは全て掛かっていた。ただ、部屋に入るのに邪魔だったものでね。水田《みずた》くんと一緒にワゴンを持ち上げて壁際に移動させはしたが」

水田というのはアミュレット・ホテルの従業員の名だった。フロントを担当することが多いスタッフで、彼もどうやら事件の第一発見者であるらしい。

私はストッパーを解除してワゴンを扉のところまで転がして行った。すると、ワゴンの天板はドアのレバーハンドルの下にぴったりと収まった。

「なるほど、レバーハンドルの高さとサービスワゴンの天板の高さが同じなのか。扉の真ん前にワゴンを置けば、確かにレバーは回らなくなったことでしょうね」

天板に凹みがついていた位置も、ちょうどレバーに接する場所だ。もちろん絨毯の窪みも車輪の位置と一致している。

試しにストッパーをロックしてみると、サービスワゴンは扉の前から容易には動かなくなった。これなら、扉を蹴破りでもしなければ開ける術はなかったことだろう。

ワゴンを元の位置に戻しながら、私は再び口を開いた。

「この部屋の扉は内側からサービスワゴンで封じられていた。窓も全て鍵が掛かっていたことから考えても、確かに不可解な密室のようですね？」

ところが、諸岡は何やら言いにくそうな表情になって首を横に振りはじめた。

「密室殺人だけでも厄介なんだけど……何より問題なのは、この部屋から遺体とは別に生存者一人が見つかったことでね」

いつしかオーナーは視線をスイートルームの奥にある寝室に向けていた。

扉が閉ざされている為、向こう側を見ることはできなかったが……私は事情を察して深くため息をついた。

「この部屋が密室だった以上、その誰かが犯人と考えるしかない。もしかして、その人物はうちのホテルの従業員なんですか？」

「そう、遠谷《とおや》くんなんだ」

遠谷というのはハウスキーパーを担当することの多い従業員だった。

「困ったことになりましたね。従業員が宿泊客に危害を加えたのは、初めてのケースだ。……でも、彼は勤務歴もまだ一年に満たないくらいですし、高層フロアの担当じゃなかったはずですが」

「いやぁ、先週からは高層フロアの清掃やベッドメイキングを任せることにしていたんだ。最近の仕事ぶりは真面目だったからね。……いずれにせよ、詳しくは本人から聞くのがいいだろう」


「俺はやってません、誰かにハメられたんです」

ベッドに腰を下ろして、遠谷は氷嚢《ひょうのう》を片手に震えていた。

容疑者である彼は三十歳くらいで、小柄だけれど整った顔立ちをした若者だ。髪の毛がひどく乱れているせいか、いつも以上に子供っぽく見えた。

遠谷は泣きそうな顔をして捲し立てる。

「信じて下さい。俺は佐々木さんとは個人的な付き合いがないどころか、まともに喋《しゃべ》ったことすらないんですよ？」

私の知る限り、佐々木がこのホテルを利用する頻度は高くはなかった。その為、勤務歴が浅い遠谷であれば、佐々木の接客対応をしたことがほとんどなくても不自然ではないだろう。

もしかすると、彼の言っていることは真実なのかも知れなかった。

だが、いくら被害者と接点がないように見えたとしても、動機が皆無であるように見えたとしても、そんなことには全く意味がなかった。……どんなに些細なことでも殺人動機にはなり得るし、動機そのものが他者には理解不能な場合すらあるのだから。

私は視線を遠谷の隣に立っていた水田に向けた。彼は容疑者である遠谷に付き添い、監視役も務めていた。

年齢は三十代半ば。いつものことだが、夜勤明けだというのに髪型もホテルの制服にも一切乱れた様子がない。紺色の制服がネクタイに至るまでグシャグシャになっている遠谷とは色々な意味で好対照だった。

私と諸岡に目礼し、水田はリビングルームにつながる扉の方へと後退した。

水田は昨晩も別館のフロントを担当していた。その為、昨晩から今朝にかけて私と一緒に仕事をしていた時間帯も多かった。

私は水田に視線を向かって口を開く。

「……遺体発見時の状況を教えてもらえるかな」

銀縁の眼鏡を押し上げながら、水田は説明をはじめた。

「今朝の五時頃に信濃さまから外線で連絡を受けました。鍵がおかしいのか部屋の扉が開かないというような内容でした。信濃さまは当ホテルの常連ですし、万が一にも失礼があってはならないので……フロントを別の者に任せ、私自身が十一階に向かいました」

「ところが、マスターキーを使っても扉は開かなかった」

「はい。信濃さまはかなり苛立ってらっしゃる様子で、すぐさまオーナーに直接電話をなさいました」

「その時、私は十三階にいたんだ。急いで十一階に駆け付けたものの、エマージェンシーキーを使ってもダメだったから、水田くんと扉を蹴って開けたよ」

苦笑いを浮かべた諸岡がそう言葉を挟み、水田も頷く。

「扉が開いたのは、五時二十分頃だったと記憶しています。そして、私とオーナーは佐々木さまの遺体と、その傍で絨毯に寝そべっていた遠谷を見つけたんです」

「寝そべっていたんじゃなくて、頭を殴られて眠らされていたんですって！」

声を上げたのは遠谷だった。彼は顔を歪めて後頭部に氷嚢を押し当てている。氷をどけさせて私が覗き込むと、遠谷の後頭部にはたんこぶができていた。

「傷は後でドクに診《み》てもらうとして、まずは昨晩に何があったのか教えてもらおうか」

　遠谷はすがるような目を私に向けて語りはじめた。

「昨日の夕方は高層フロアに宿泊しているお客さまからの要望が多くて、部屋をまわってお届け物をしていました。特に十階のお客さまが多かったかな？　持って行ったのは……シャンパンとか、女性限定アメニティセットとか、職人特製ピッキングツールとか、三十八口径の弾丸五箱とか。そういう感じのラインナップでした」

「ふぅん、そこまでは至って日常的な流れだね」

　夕方に宿泊客からの要望が殺到した理由は、私にも分かる気がした。

　別館の十三階にはバーがあり、奥にはパーティ・ゾーンが併設されている。昨晩から朝にかけて、そこでは盛大な打ち上げが行われていた。打ち上げのスタート時刻が午後九時だったので、宿泊客たちもそれまでに用事を済ませようとしたのだろう。

　なおも遠谷は説明を続ける。

「その後、フロアの清掃をしていたら背後から襲われたんです。頭にものすごい衝撃が走ったと思ったら、このザマですよ。……桐生さんはホテル探偵なんですよね？　お願いです、俺の無実を証明して下さい」

　遠谷はどうやらホテル探偵を万能の存在だと信じ切っているようだ。曇りなき眼を向けられても困る。私は苦笑いを浮かべるしかなかった。

「落ち着け。真相を突き止める為にも情報が必要だ。……襲われたのはどこだった？」

「十一階です」

「この客室があるフロアか。時刻は？」

「もうすぐ仕事を上がれるなぁと思っていたところだったので、午後八時は過ぎていたと思います。ただ細かい時間は覚えてなくて」

かなり曖昧な内容の証言だった。

残念なことに、このホテルでは客室のあるフロアに監視カメラがない。その為、余計に遠谷の昨日の行動を調べるのが難しい状況になっていた。

アミュレット・ホテルは特殊な運営方針に則《のっと》っており、宿泊客に対して他では例を見ないレベルのプライバシー保護が行われていた。……そういった事情もあり、監視カメラが設置されている箇所も限られている。具体的には、従業員用スペース、一部エレベーターホール、それからホテル各施設の入り口にのみ置かれていた。

その為、重大事件が発生した際に監視カメラの少なさが調査に不利な影響をもたらすことも少なくなかった。

ここで水田が補足をするように口を開く。

「そういえば……昨晩の夜勤担当が集まった時、前任の遠谷が引き継ぎもせずに帰ってしまったという話が出ていました。確か、九時ごろのことでしたが」

「帰ったんじゃなくて、俺は一晩中監禁されていたの！」

遠谷が消えたことを誰も気にしていなかったのは、彼の勤務時間が既《すで》に終わっていたというのが一つ。それに加えて、遠谷には数ヵ月前に恋人ができたばかりだったというのもあったようだ。普段からののろけ話が五月蠅いくらいだったので、彼女と会う予定でもあって慌てて帰ったのだろう……と夜勤組も軽く考えたらしい。

私はため息交じりに質問を続けた。

「で、頭を殴られた後の記憶は？」

「ハッキリと目が覚めたのはついさっきのことで、気づいたら遺体が傍にあって……。あ！　俺が犯人じゃないのはドクが証明してくれますよ」

急に遠谷の声が自信に満ちたものに変わったので、私は不思議に思った。

「どうしてだ？」

「一ヵ月前、俺は橈骨《とうこつ》神経麻痺になったんです。ほら、その話をしたのを覚えてません？」

私にも橈骨神経麻痺という病名は聞き覚えがあった。

これは手や手首の運動などを司る神経に障害が起きてなるもので、長時間にわたって上腕部位に圧迫をかけることなどによって発症するものだったはずだ。

「ああ、恋人に腕枕をして寝たら、左手が麻痺して大変なことになったと言っていたな。まだ治ってなかったのか？」

「今も定期的にドクの診察を受けてリハビリも続けています。神経は回復が遅くて完治には三ヵ月くらいかかるみたいで。だから、今も左手の握力は弱いままです」

彼は嬉しそうに左手を差し出して、私の目の前でヒラヒラと振り回す。

「……ドクの見解次第ではあるけど、左手の麻痺が事実なら絞殺は難しいかも知れないな」

「でしょ？　ほらほら、俺は犯人じゃないんですよ」

ここぞとばかりに主張する遠谷に対し、諸岡は半信半疑の表情を崩していなかった。

「私も遠谷くんの話を信じてあげたいという気持ちはあるよ？　でも、その名前のややこしい麻痺が詐病だという可能性も否定できない訳だし……何よりこの部屋が密室だったのがマズい」

諸岡は壁際のサービスワゴンを指さして、更に続ける。

「あのワゴンを室外から設置するのは無理だ。となると、遠谷くんが被害者の死に関わっているのは間違いないということになってしまう。何せ、密室の中で遺体と一緒に見つかったんだからね」

オーナーの言葉にも一理あった。私は考え込む時の癖で顎に手をやる。

「遠谷さんが犯人だった場合……まず、遠谷さんは佐々木さんを何らかの理由をつけて1101号室に呼び出したと考えられますね？　この部屋を選んだ理由は、信濃さんに罪を擦《なす》り付ける為だったということにしておきましょうか」

業務上、遠谷はマスターキーを持っていたので、信濃の留守を見計らって1101号室に入ることは難しくなかったはずだ。実際、彼が遺体と一緒に発見された時には傍にマスターキーが落ちていたのだという。

遠谷は何か言いたげに左手を見つめたものの、とっさに反論できない様子だった。彼には少しばかり気の毒だったが、私は容赦《ようしゃ》なく続けることにした。

「その後、遠谷さんは佐々木さんを絞殺するも、転倒して頭を打つ等して意識を失ってしまい……目が覚めた時には朝になってしまっていた。廊下では誰かが今にも扉を開こうとしている気配がある。そこで遺体運搬の為に用意していたサービスワゴンをドアレバーの下に挟んで時間稼ぎをした」

ここで水田が眉をひそめ、眼鏡のフレームに人差し指を当てながら言う。

「お言葉ですが、時間稼ぎというのは違和感がありますね。高層フロアの客室は窓を開いても隣や下の客室には移動ができない構造になっています。このことは従業員の中ではよく知られていることですし、遠谷も間違いなく理解していたはずですが」

「意識が戻った直後なら、そこまで頭が回らなかった可能性もあるだろう」

そう挟んだのは諸岡だった。彼はマールボロを携帯灰皿に押し込みながら続ける。

「気が動転していた遠谷くんは慌ててワゴンで扉を封じた。でも、すぐに１１０１号室から抜け出す方法がないことを思い出した。それで、気を失っているフリをして自分も犯人に襲われたように見せかけて切り抜けようとしたんじゃないかな？」

泣きそうな顔の遠谷が左手のアピールを再開したので、私は少しだけ笑ってしまった。

「現段階で考えられる流れはそんなところでしょうね。……まあ、こんなものが真相だとは私も思いませんが」

遠谷の顔がパッと明るくなる。

「やった、俺の話を信じてくれるんですか」

「信じるかどうかはさておき、誰かが遠谷くんを犯人に仕立てようとしているのは見え見えだからね。何より……この密室は廊下側からでも簡単に作ることができる」

これを聞いた諸岡は目を丸くしたけれど、すぐにパチパチと拍手をはじめた。

「いつもながら、桐生くんは仕事が早いな！　密室の謎はもう崩れてしまったか」

「今回のトリックは手の込んだモノでもなかったので」

寝室にいた全員をリビングルームに誘導しながら、私はなおも説明を続けた。

「最初に気になったのは、扉の傍に残っていた絨毯のへこみでした。扉の傍に何十分かワゴンを置いただけにしては、車輪の跡がくっきりと残りすぎだったもので。これは、ワゴンが数時間以上にわたって扉の傍に置かれていた証拠です」

自らもその跡を調べた諸岡が小さく頷いた。

「本当だな。誰かが部屋に入って来るのを阻止しようとして、とっさにワゴンを挟んだという説は成立しなくなる」

「逆に……遠谷さんを殺害犯に見せかけるべく、ワゴンで密室を作った可能性が高いということになります」

十秒ほどの沈黙の後、諸岡が再び口を開いた。

「では、廊下側から密室を作る方法というのは？」

「サービスワゴンとセットで使われていたテーブルクロスを使ったのだと思います。もちろん別の布でも密室は作れますが、パッと見たところあの白いクロスだけこの客室から消えているようなので」

念の為に私は寝室をもう一度覗き、ガラス張りになっている浴室やトイレも軽く確認した。やはり白いクロスはどこにも見当たらない。

「……テーブルクロス？」

「オーナーもご存じの通り、客室の扉の下には隙間があり、薄いものならその下をくぐらせることができるようになっています」

他のホテルでもフロントが新聞やメッセージを入れた封筒を廊下から室内に差し込むことがある。このことからも分かるように、一般的にホテルの客室の扉はアンダーカットになっていることが多かった。

アミュレット・ホテルの場合、セキュリティを重視する為に扉下の隙間は数ミリしか設けられていなかったけれど……それでも布一枚が軽く通るくらいの隙間が空いているのは確かだった。

「密室トリックのあらましはこんな感じです。……まずテーブルクロスを扉の傍に広げて、その上にストッパーを掛けたサービスワゴンを載せる。その際、ワゴンはできるだけ扉の近くに置いた方がいいのですが、廊下に出る為に必要な幅だけは扉から離して設置しなければならなかったことでしょう」

ここで諸岡がうーんと唸り声を上げて言葉を挟んだ。

「なるほどね。犯人は普通に扉から外に出て、あらかじめ廊下側に出しておいたテーブルクロスの端を引っ張ったのか。これなら、廊下にいながらサービスワゴンを引きずってドアレバーの下にまで移動させることができる」

「ワゴンを目的の位置まで動かした後は、扉の下から強引にクロスを引き抜いてしまえば密室のできあがりです」

絨毯に比べればテーブルクロスの表面は滑らかだ。摩擦も大きくはないから、何の苦労もなく回収できたことだろう。

けれど、まだ全ての疑問が解消された訳ではなかった。私はぐっと眉をひそめて続ける。

「密室トリックは解けましたが、何の為に密室を作ったのかという謎は残ったままです。……そもそも1101号室を密室にする必要などなかったはずなのに」

「俺を陥《おとしい》れる為の罠ですよ。そうに決まってます！」

遠谷は騒ぎ立てたけれど、私にはどうしてもそれが答えだとは思えなかった。

「どうだろうな。君の左手はパッと見では分からないくらいに回復しているだろう？犯人も遠谷さんの手の麻痺を知らずに拘束した可能性が高い」

「確かに。知ってたら俺以外の従業員を選んで拘束してたはずですもんね」

「麻痺を知らなかったとすれば、密室という飾りつけは過剰すぎる。遺体の傍に遠谷さんを放置すればそれで事足りたはずだからね？　この部屋が密室であろうとなかろうと、遺体と一緒に発見された人物が最重要容疑者になることは目に見えていたんだから」

突然、諸岡がふっと笑った。

「……これは我がホテルに対する宣戦布告かも知れないね？」

オーナーは相変わらず穏やかな声を保っていたけれど、私は部屋の温度がすっと下がったような錯覚を感じた。その声には凍《い》てつくような冷たさが込められていたからだ。

諸岡は目を糸のように細めて更に続ける。

「アミュレット・ホテルは普通の宿泊施設ではない。特に別館は犯罪者の為に用意された安全地帯であり、我々はそうしたスペシャルなお客さまに対してサービスを提供しているのだからね？　会費は法外な値段に見えるかも知れないが、それに見合うだけの……いや、それをはるかに上回るサービスを用意しているという自負はある」

オーナーの言葉通りだった。

アミュレット・ホテルの本館は一般客に解放されているが、別館には会員資格を有する犯罪者しか宿泊どころか立ち入りも許されていない。もちろん、今回の事件の被害者である佐々木もそうした犯罪者の一人だった。

別館の会員はそれに見合う対価さえ支払えば、どんなサービスでも受けることができた。例えば、精巧な偽造パスポートを手に入れることも、対戦車用グレネードランチャーをお取り寄せすることも、銀行内部の警備情報を入手することだって可能だ。

オーナーが殺し屋の復讐劇を描いた某アクション映画にインスパイアされて開業したという噂もあるが……その真偽は私にも分からない。

もちろん、この別館では一般のホテルと同じサービスを受けることもできた。例えば、施設内にはジムやプールもあって会員向けに開放されている。また、低層フロアの最上階は女性限定のレディース・フロアとなっていて、エステコース付きの限定宿泊プランが人気だったりもする。

……アミュレット・ホテルを利用する上で、犯罪者たちに課されるルールは二つだけ。

一、ホテルに損害を与えない。

二、ホテルの敷地内で傷害・殺人事件を起こさない。

これ以外なら実質的に何をやっても許されるのだが、この『たった二つのルール』さえ必ずしも守られている訳ではないというのが実情だった。

ちなみに……アミュレット・ホテル内で殺人事件が起きようと、それが警察に知らされることはない。ホテル側で遺体を跡形も残らないほどの超高温で焼却し、事件の痕跡も秘密裏に処分する決まりだからだ。

つまり、ここで発生した事件は完璧にもみ消されて『なかったこと』になる。外の世界では考えられないことだが、『内輪』の人間しかいない特殊な場所だからこそ可能な荒業《あらわざ》でもあった。

残念なことに、犯罪者の中には『なかったこと』になるのを、魅力的に感じる人間もいるらしい。倫理観が壊れた連中を相手にしている以上、やむを得ないこととも言えたが……しばしばホテルのルールが破られることがあった。

殺人ほど重大な事件が発生する回数は多くないものの、それでも私の体感では年に数回ほどのペースで発生していた。おまけに、犯罪者たちが工夫をこらして嫌疑から逃れようとするので、不可能犯罪としか思えない事件が交ざることもよくあった。

諸岡は声を一層鋭くして言葉を継ぐ。

「その何者かは、私のホテルで人を殺《あや》めるという最悪の禁忌を犯した。そして従業員を犯人に仕立てるだけでは飽き足らず、密室まで用意して我がホテルとその探偵に挑戦してきた訳だ。……一刻も早く、許されざる犯人を特定しなければならない」

間違いなく、最後の言葉は私に向けられたものだった。

アミュレット・ホテルで事件が発生した場合、ホテル探偵に一切の処理が任される決まりになっている。

私は普段は主にナイトマネージャーとして働き、ホテル内の警備や小競り合いの仲裁などを行っている。だが……こうした事件の謎を解き明かして、禁忌を犯した人物を突き止めることこそ、ホテル探偵である私に課された最重要の仕事の一つだった。

「当ホテルにおける最大の禁忌が破られ、殺人事件が発生しました。これから私の権限により、事件の聞き取り調査をはじめます」

1101号室のリビングルームに集めた三人の宿泊客に向かい、私はそう告げた。

*

彼らはいずれも容疑者たちだ。

聞き取りの立ち会いは諸岡と遠谷の二人にお願いしていた。

ちなみに、ドクにより遠谷の橈骨神経麻痺が詐病でないことは既に証明されていた。彼の左手の握力が回復していないのも事実で、絞殺は不可能だったことも確認が取れている。その為……遠谷の容疑は晴れ、今は証人の一人として聞き取りに参加していた。

容疑者たちの中で、最も不満そうな態度を見せているのは信濃だった。

まあ、自分の泊まっていた部屋で人が殺されただけでなく、その部屋が聞き取り調査の為に解放されることになったのだから、この反応も当然と言えたが。

信濃は凍てつくような目で私を睨《にら》んできた。

「こういう事態にはホテル探偵に捜査の全権が行くのは知っているが、わざわざ俺たちを集める必要などないだろ。ふん、こんなの時間の無駄じゃないか」

ついさっきまで隣のソファには遺体が転がっていたのだが、信濃は全く平気そうな様子でソファに腰を下ろしていた。

年齢は三十代後半。いつもパーティ帰りかと思うようなダークスーツで身を固めていて、雨の日だろうが室内だろうがお構いなしに黄色いレンズのサングラスをかけている。……服装のセンスはさておき、彼はその背後にあらゆる詐欺行為で実績を収めてきた犯罪者の顔を隠し持っていた。

三年ほど前、地面師が大企業から60億円の金を騙し取ったというニュースが全国を駆け巡ったことがあった。今でも警察は犯人の手掛かりすら掴めていないが……これが信濃率いる詐欺グループ『エリス』の仕業だということは、私たちの世界では公然の秘密となっている。

舌打ちをする信濃に対し、そのプライドの高さを知っているからだろう……諸岡が宥《なだ》めるように言った。

「今回は状況が状況だからね。私も無駄なことは大嫌いなんだけれど、どうしても捜査に立ち会ってもらう必要がある。……後でしっかり埋め合わせをするから、ね？」

信濃はオーバーな仕草で肩を竦《すく》める。

「諸岡さんがそう言うなら。俺の部屋で遺体が発見されたのが不運だったと思うしかないか」

誰からも異論がなくなったところで、私は遺体が発見された時の状況の説明をはじめた。1101号室が密室だったこと、その密室は廊下側からでも作ることができるものだったことなどを。

「密室トリックは既に破れました。また、マスターキーを持っていた遠谷が本件に関わっていることから、彼から鍵を奪いさえすれば誰でも1101号室に侵入することができたことも判明しています。……以上のことを踏まえて、これから皆さんのアリバイ調査を行いたいと思います」

私が言葉を切ったところで、ソファに腰を下ろしていた伊田《いだ》が艶のある唇を歪《ゆが》めた。彼女は1102号室の宿泊客だ。

「アリバイ調査って、昨晩は別館に多くの人が宿泊していた訳でしょう？」

彼女は部屋着のガウン姿のまま今回の聞き取りに参加していた。ガウンの胸は際《きわ》どいくらいにはだけているし、右手には琥白色のブランデーが入ったグラスを握っている。……これも、このホテルならではの捜査風景だ。

伊田は四十歳を超えているはずだが、正確な年齢は誰も知らない。今朝は薄い化粧しかしていなかったけれど、相変わらず現実離れした雰囲気のある美人だった。

ただ……彼女の目の闇はあまりに深すぎる。私でさえ覗き込んだだけで眩暈を覚えずにはいられなかった。誰もがすれ違っただけで、その外見に騙されてはいけないという警鐘が脳内で鳴り響くことになるだろう。

伊田は名の知れた殺し屋だった。

主な活動の場は海外で、三十人の用心棒が守っていたターゲットを一夜にして消したことがあるという噂を持つ。その真偽のほどは私にも分からないが、彼女にはそのくらいやりかねないと思わせる凄みがあった。

私は小さく息を吸いこんでから、彼女の質問に答えはじめた。

「……既にご存じの方も多いと思いますが、昨晩から朝にかけて十三階のバーでは盛大な打ち上げが行われていました。正確には奥に設けられているパーティ・ゾーンが使われていた訳ですが」

「それなら私も知ってる。大きな仕事が上手く行ったお祝いに、某窃盗グループが盛大なパーティを開いたとか、そんな話だった気がするけれど。違ったかしら？」

そう言いながら彼女はブランデーのグラスに唇を当てた。

「おっしゃる通りです。昨日は高層フロアの宿泊客のほとんど全てが、そのパーティの招待客だったほどで。まあ……あのパーティがあったからこそ、招待客たちのアリバイが簡単に確認できた訳ですが。彼らは皆、午後九時から午前五時ごろまで十三階から出ていないことが確認できています」

伊田は皮肉っぽい笑い声を立てる。

「道理で昨日はバーが空いていたはずね。宿泊客のほとんどがパーティ・ゾーンにいた訳だもの。まさか、ここに集められた三人以外は全員にアリバイがあったの？」

「そういうことです」

「嘘でしょ！　従業員はどうなのよ。そこの従業員は何とか神経麻痺で犯行が不可能だとして……他にもアリバイがない従業員がいて当然だと思うんだけど」

「パーティ会場・バーの運営に関わっていたスタッフは、業務中は十三階にいました。休憩等で十三階を出る時も従業員専用の直通エレベータを使ったと確認できているので……十一階に行くチャンスはありませんでした」

「他の従業員は？」

「夜間は従業員も要件なしには高層フロアに上がらない決まりになっているもので。昨晩の九時以降、高層フロアの宿泊客からフロントへは何も要望がなく……結果的に、高層フロアへ行った従業員は一人だけでした」

斜めから見上げるようにして、伊田はまつ毛の長い目で私をじっと見つめた。

「その一人を容疑者から外した理由を聞いてもいいかしら」

「午前二時半、問題の従業員は備品を十一階にまで運びました。従業員用エレベータ脇に倉庫があるのですが、そこに収めにいった形です」

「……なるほど」

「従業員用エレベータ前に設置されている監視カメラの映像を確認したところ、彼が高層フロアにいた時間は一分だと判明しました。もちろん、これはエレベータでの移動に必要な時間を除いた数字ですが」

伊田はすっと眉をひそめると、英語で何やら罵り言葉を口の中で呟いてから続けた。

「確かに……一分では犯行を終わらせて戻って来るのは難しそうね」

「ええ。距離的な問題もあり、どれだけ急いでも不可能です」

「嬉しくないニュース」

低い声で伊田は言って、それきり黙り込んでしまった。

代わりに口を開いたのは深川《ふかがわ》だった。1103号室の宿泊客でもある彼女は、まるで敵でも見るような目をして私を睨みつける。

「オーナーと桐生さんはどうなんです？　お二人は他の従業員とは違う行動を取っていたような気がするんだけど」

私と諸岡は顔を見合わせた。先に口を開く決心をしたらしく、オーナーが言う。

「私はホテル側の人間ではあるけれど、実質的に打ち上げの招待客と同じ動きをしていたものでね。友人たちと飲み食いを続けて、朝まで十三階で過ごしたよ」

「ホテル探偵は？」

「桐生くんもパーティ会場に顔を出して挨拶を済ませた後バーを巡回し、午後十時には従業員用の直通エレベータで高層フロアを離脱した。その後はフロント脇でずっと仕事をしていたから、犯行は不可能だ」

「そう、ですか」

深川は不服そうに、そう口ごもった。

彼女の年齢は三十代前半。シックな長袖の黒いワンピース姿で、気だるそうな顔はチベットスナギツネにそっくりだ。

この中では最も目立たない風貌をしていたが、彼女は窃盗グループ『プロメテウス』の幹部だった。犯罪業界では他の二人に負けず劣らず名が知られている。

『プロメテウス』は美術品を持ち主に気づかれぬうちに、贋作にすり替えてしまうという手口を得意としていた。私が知る限り、このグループが手掛けた犯罪のうち露呈して被害届が提出されたものは1％にも満たない。……残りの99％は今も持ち主が後生大事に贋作を愛《め》でているということだ。

この手口を考案し洗練させたのが深川で、彼女はその功績が認められる形で『プロメテウス』のナンバー・ツーの立場を得ていた。

「……聞いたところ、深川さんは昨日パーティを開いていたグループとは競合する関係にあるようですね」

私がそう問いかけると、深川はむくれた様子を見せつつも頷いた。

「あんなちっぽけな仕事が成功したくらいで、パーティまで開いて祝うなんてバカみたい。あいつらのせいで私はアリバイがない一人になってしまったし！」

放っておくとこのまま愚痴がいつまでも続きそうだった。そんなものを聞かされるのはご免だったので、私は慌てて言葉を継いだ。

「いずれにせよ……今回の事件の容疑者は１１０１号室の信濃さん、１１０２号室の伊田さん、１１０３号室の深川さん。この三人に絞り込まれたということです」

数秒の沈黙の後、信濃が小さく鼻を鳴らした。彼はグラスに白ワインを注ぎながら口を開く。

「気になっていたんだが、被害者は高層フロアに宿泊していたんじゃないんだろ？」

「ええ、泊まっていたのは０９０６号室です」

「だろうな、アイツはケチな強請屋だ。高層フロアに泊まれる会員ランクを持っていたとは思えない。……そもそも、佐々木はどうやってこのフロアに潜り込んだ？　高層フロアに続くエレベータに乗る前には、会員証で本人確認を受ける決まりなのに」

「高層階直通エレベータの担当者に聞き込みを行い、エレベータ前監視カメラの映像も調べたところ、佐々木さんはパーティの招待者になりすましていたことが分かりました。……招待状を捏造し、招待者リストに名前がないことも話術でごまかしていたようで」

「おい、どうなってる！　このホテルのセキュリティは噂ほどじゃないのか？」

信濃の指摘通りだった。

この点に関してはホテル側に落ち度があったと認めざるを得ない。アミュレット・ホテルとしてはあるまじき失態だった。だが、高層フロアへの侵入を許した主な原因は……パーティ主催者の招待者管理が甘かったせいだというのも事実だった。

私が弁解と事後防止策について喋り出すよりも早く、深川が夢見るような口調で呟いていた。

「万全のセキュリティを敷いたとしても、ここの会員資格を有する者は凄腕の犯罪者ばかり……。そもそも最強の盾と矛を一緒にしているような状態なんだから、危ういバランスが崩れることがあったとしても、私は驚かないけど？」

これを受けて、諸岡は何故かニコニコしはじめる。

「残念だけど、私のホテルのセキュリティが破られてしまったのは事実だ。それについては返す言葉もない。しかしながら……『最大の禁忌を犯した者を絶対に逃しはしない』と約束しよう。何せ、うちには優秀なホテル探偵がいるからね？」

犯罪者とは真反対の『探偵』という役割を担っているからだろうか？　深川は私に

対して軽蔑と嫌悪の混ざった視線を向けつつ、再び口を開いた。

「私もルールを破って従業員を騙した佐々木を弁護するつもりはありませんよ、オーナー」

不意に伊田が面白がるように目を細める。

「思ったのだけど、佐々木の死は自業自得ということにならないのかしら？　高層フロアに不正な手段で侵入した以上、殺した側には正当防衛が成立するはず」

「残念ながら、そういう風に片づける訳にもいかないようでして」

私はそう言葉を挟んで、胸ポケットから捜査メモを取り出した。

「昨晩の九時以降、佐々木さんはパーティ会場に潜り込んで、そこで友人と会っていました。その時、友人は『この後、高層フロアで秘密裏に人と会う約束がある』という話を聞いたと証言しています」

「……何者かが、佐々木さんを呼び出して殺害した可能性も高いってこと？」

「そういうことです」

「その自称『友人』が事件に関係していた可能性はないの」

「他のパーティ招待者と同様、彼には完璧なアリバイがあります。……ただ、この事件に多少の関わりはありますね。というのも、佐々木さんがその友人の部屋の鍵をすり取っていたことが分かっていますから。高層フロアの十二階の部屋だったんですが」

窃盗グループの人間がスリに遭っていては世話がないが、このホテルではしばしばこういうことが起きる。

私が苦笑いを交えてそう言うと、伊田もため息交じりになった。

「昨日の被害者は本当にやりたい放題だったみたいね」

「そうなんです。九時半ごろにパーティ会場を出た後、佐々木さんは友人に無断で十二階の部屋で時間を潰《つぶ》していたらしく、室内にはそれらしき痕跡が残っていました」

ここで諸岡がこめかみをマッサージしながら補足を入れた。

「佐々木さんがもっと遅くまでパーティ会場に残ってくれていれば、殺害された時刻を特定する手がかりになったんだけどね。九時半ごろに十三階を出た以降は監視カメラにも映っていなかった」

容疑者たちが黙り込んだところで、私は続けた。

「これは警察による捜査ではありませんので、一般的な事情聴取のルールは無視します。皆さんから一気に事件当夜のアリバイについてお伺いしますから、そのつもりで」

三人はめいめい「勝手にしろ」という表情を浮かべていた。私はそれを了解の印だと受け取り、再び捜査メモに視線を落とす。

「参考までにお伝えしますが……ドクによる検視の結果、佐々木さんの死亡推定時刻は午後十時から午前二時だと判明しています。この四時間の間に、絞殺による窒息死を遂げたと考えて間違いありません」

信濃がぶっきら棒に呟く。

「ふん、俺たちはその時刻に何をしていたのか説明すればいいんだな？」

「それだけでは不十分です。密室の封に使ったサービスワゴンを犯人が手に入れられた時間帯が限られていたことも分かってきたもので」

「どういうことだ、何か特殊なサービスワゴンだったたってことか」

信濃はワイングラスを弄びながら訝しそうな顔になっていた。私は小さく頷く。

「午前二時半に従業員が高層フロアに上がったという話はしましたね？　その時に彼が運んでいた備品こそ、問題のサービスワゴンだったんです」

伊田も小さく首を傾げる。

「それはいいけど、どうしてその時に運んだものだと断定できるのかしら」

「そのワゴンは取手に傷があるもので、それと全く同じ傷が１１０１号室で発見されたものにもありました。同じワゴンと考えて問題ないでしょう」

これは複数の従業員に聞き込みをして、やっと得られた情報だった。私は更に続ける。

「問題のワゴンは倉庫に戻される直前まで低層フロアで使用されており、業務が一段落したところで高層フロアの倉庫に戻されたことも確認できています」

この言葉に深川が戸惑いがちに口を開いた。

「でも、それは変よ。犯人は佐々木さんを殺害後、最低でも三十分……長い場合は四時間半以上も待って密室トリックを実行したことになってしまわない？」

私は今度は大きく頷いた。

「同感です。これから推理を進めれば、犯人がそんな行動に出た理由も分かってくるはず。まずは……証人の遠谷から話を聞くことにしましょうか」


「午後八時台のこと、俺は背後から襲われました。相手の顔は見てませんし、それからは薬で眠らされていたんだと思います。気づいたら朝でした」

「頭を殴られた後、何か記憶していることは？」

「二度ほど意識が戻ったんですが、その時も身体は動かなくて絨毯しか見えなくて。それに、あの時に見聞きしたものも夢なのか現実なのかがはっきりしないし」

遠谷が消え入りそうな声になってしまったので、私は励《はげ》ますように言った。

「現実の出来事かどうかはこちらが判断するから」

「……最初に目が覚めた時は、絨毯の上に寝かされていました。ベッドの下に押しやられていたんだと思います」

「何か見なかったか」

「電灯はついてない感じで室内は暗かったんですが……絨毯の上で緑や青の光が明滅していました。外から入って来ていた光のせいじゃないかな」

それを聞いた諸岡がマールボロを取り出しながら、困惑顔になる。

「確かに、1101号室はお向かいの居酒屋の古風なネオンライトが見える位置にあるけど……あの店の広告は黄色や白がメインだったような」

「そうなんです。色が違うから、俺も夢だったんじゃないかなぁと疑ってるんですが」

自らの記憶に自信が持てない様子の遠谷に対し、私は小さく頷きかけた。

「安心しろ、夢じゃない」

「え？」

「昨日は居酒屋の十周年記念のイベントが開かれていたらしくてね。昨晩だけはネオンライトを使わずに、周囲にLED電飾を這わして期間限定の演出がなされていたんだ。……私も休憩中に見物に行ったが、LED照明は青と緑の光がメインだった」

「つまり、俺が見たのは現実の1101号室だったたってことですか？」

「間違いないと思う。……このフロアでお向かいの照明の影響を受けるのは、110

1号室だけだからね？　他の部屋は窓の方角が違うからその光が入って来ることはない」

そう言いながら私は窓の方に視線を泳がせた。

問題の居酒屋の入っている建物が雨にけぶってぼんやりと見えている。レトロなんだか時代錯誤なんだか判断に困る外観だ。もう昼近い時間帯だったので、今はLED電飾やネオンライトは点いていなかった。更に窓に近づくと、閉じられたレースカーテン越しに道路を車やトラックが走り抜けていくのが見えた。

つられたように窓の外を見下ろしていた諸岡が呟く。

「あの店の電飾は何時ごろに消されるんだったかな？」

「居酒屋に問い合わせればハッキリしますが……近隣住民からのクレームにより、午前一時に消灯することになっていたはずです。昨晩も同じでしょう」

「水田くんに指示を出して、居酒屋に問い合わせしてもらうことにするよ。桐生くんは捜査を続けて」

煙草を咥《くわ》えたまま、諸岡は部屋の内線電話に向かった。その間にも私は質問を続ける。

「他に覚えていることは？」

相変わらず不安そうな様子の消えない遠谷は、俯《うつむ》いたまま話しはじめた。

「次に目が覚めた時の記憶はもっと曖昧なんです。……暗い中、誰かの足がぼんやりと見えていて、話し声や詰まった悲鳴を聞いた気が」

「何か、聞き取れた言葉はないか」

「『なら、これでお別れね？』という言葉だけ。低い声だったので、誰の声かは分かりませんでした。……ただ、口調と声質からして女性のものだったのは間違いないと思います。……聞いているこっちまでゾッとするような、悪意に満ちた嫌な声音でした」

これを聞いた信濃がワイングラスをテーブルに置きながら、独り言のように呟く。

「犯行時の声に違いなさそうだな。ということは、犯人は女か？」

「かも知れません。その後、喉が潰れたような声を聞きましたから。今思えば、あれは喉を絞められた時の断末魔だったのかも」

そう言いながら遠谷が身を震わせるのを見て、私もすっと目を細めた。

「その可能性は高そうだ。で、その時点で例の電飾はどうなっていた？」

しばらく瞳を閉じて記憶をたどっていた遠谷だったけれど、やがてハッとした様子で口を開いた。

「言われてみれば、緑や青の光はありませんでした。でも、部屋は完全に暗かった訳でもなかったし、室内のライトで照らされていたのとも違った。……そうだ、街の灯りが室内にまで差し込んでいて、その光で周囲が見えている感じでした！」

「なるほど、その時にはカーテンの類は閉じられていなかったんだな。そうなると、佐々木さんが絞殺されたのは居酒屋の電飾が消えた後ということになる。つまり、午前一時以降だ」

ここで内線での連絡を終えた諸岡が受話器を戻して口を開いた。

「少し話をまとめようか。……犯人は午後八時台に遠谷くんを襲って気絶させ、1101号室のベッドの下に監禁した。そして、午前一時から午前二時の間に佐々木さんを殺害し、午前二時半以降にサービスワゴンを利用して密室を作った。こんな感じかな？」

信濃が皮肉っぽく唇を歪めた。

「ふん、もっともらしくは聞こえるが、そこの従業員の言っていることを信じるなら、という前提つきの話だろ？」

彼の言うことにも一理あった。私は同意を示して頷く。

「万一、遠谷の証言に嘘が混ざっているなら、これからの捜査で明らかになってくるはずです。……では、次は信濃さんの話を聞かせてもらえますか」

話の矛先が自分に向いたことに信濃は怯《ひる》んだ様子を見せた。

だが、彼の高いプライドがそれを許さなかったのだろう、すぐに小馬鹿にしたような態度を取り戻して言葉を継いでいた。

「俺は午後八時ごろに夕食を済ませて自室に戻り、八時半には十三階のバーに向かった。……多分、八時半以降に遠谷は襲われたんだろう。そして犯人は俺が留守の間に1101号室に転がしやがったんだ」

「その可能性は高そうですね。バーには何時ごろまでいたんですか」

「九時からは深川と打ち合わせをして、終わったのが十時頃だったかな。バーの客は俺と深川の二人だけだった。……そういや、伊田は珍しくバーに来るのが遅かったな？」

これに対し伊田は小さく息を吐き出しただけで返事をしなかった。信濃もそんな彼女を無視して続ける。

「いつもなら一晩中飲むところなんだが、昨日は急な体調不良に見舞われて」

「体調不良？」

「俺はしょっちゅう緊張性頭痛を起こすんだ。昨日は頭痛に耐えかねて、打ち合わせが終わるなり自室に戻ったんだよ。……深川、あの時は迷惑かけたな」

対する深川はご立腹の様子で嫌味ったらしく言った。

「打ち合わせの途中からフラフラだったものね？　いつもなら頭痛くらい薬で押さえ

つけて、徹夜で飲み続ける癖に」

「悪かった。打ち合わせが終わるまでは何とか耐えたが、昨日のは酷かったんだ」

信濃が無類の酒好きだということは、私もよく知っていた。

アルコールと頭痛薬を合わせて飲むのは危険だが、信濃は何錠もの薬をウイスキーで流し込んだりするような人間だ。ただ、本人も適量を把握しているらしく、私も彼が我を失うほど酔っているところは見たことがなかった。

なおも深川は吐き出すように言う。

「昨日も言ったけど、私は続けて打ち合わせの予定が詰まっていて忙しかったの。だから、あなたなんかと飲む時間はそもそもなかったんだけど?」

信濃はどこか気取った感じのする苦笑いを浮かべた。

「つれないなぁ。ちなみに俺はその後、部屋に戻って鎮痛剤を飲みベッドに倒れ込んで眠ってしまった」

「なるほど。これまでの話から想像するに……信濃さんが休んでいる時にも、うちの遠谷はベッドの下にいたということになりそうですね」

私がそう言うと、信濃は心底嫌そうに顔を歪めた。

「想像したくもないな。いずれにせよ、これ以上のとばっちりを受ける前に部屋を出たのは正解だった。一時間ほど寝たら頭痛が良くなったので、十一時過ぎに十三階のバーに戻ったから」

　今回の聞き取り調査に先立って、私はバーのスタッフを含む従業員から容疑者の行動について情報を集めていた。その結果、彼らがバーで不審な行動に及んだり、不自然な問い合わせをしたりしたという報告は上がっていない。

　この聞き取りは、嘘をつく者が現れないか炙り出す為に行っているものだったが、今のところ、信濃の主張はスタッフの話や監視カメラの情報と一致していた。

「……それで、バーに戻った後はどうしたんですか？」

「せっかくホテルに来たのに部屋で過ごすのもつまらない。朝五時ごろまでバーで粘ったよ。昨日は客が少なかったから期待外れだったが、退屈はしなかった。俺はバーのマスターとも仲良くさせてもらっているし、途中からは伊田も来たし」

　私はこれまでに聞いた話を頭の中で整理しつつ言った。

「ということは、信濃さんのアリバイがない時間帯は……午後十時から午後十一時過ぎの一時間だけですね」

「そうだ」

「被害者の死亡推定時刻の範囲には入る。ただ、うちの遠谷の証言に基づくと、佐々木さんが殺害された時間は午前一時から午前二時に絞り込まれる。そう考えた場合、信濃さんには殺人は不可能ですね」

この言葉に信濃は少なからず安堵した様子だった。彼は再び白ワインに口をつけて呟いた。

「俺にとっては有利な証言だったみたいだな。……やっぱり犯人は女か」

「そのようですね。まあ、遺体が1101号室で見つかったという時点で信濃さんが犯人である可能性は低かったんですが」

「どうしてだ？」

「犯人はマスターキーを奪い、どの部屋でも入り放題な状態だった訳ですからね。心理的にも、犯行現場には自分以外の部屋を選ぶのが普通だ。……自室で遺体が見つかったりすれば、多かれ少なかれ疑われることになるのは分かっていたでしょうから」

「なるほどな」

この時、内線が鳴り響いた。誰よりも早く諸岡が受話器を取り上げる。彼はしばらく電話で話していたけれど、やがてこう言った。

「水田くんからの連絡だった。向かいの居酒屋から回答があって……昨晩の特別仕様のライトアップも午前一時ピッタリに消灯したそうだ」

信濃は弾んだ声になりつつ、芝居がかった様子で指をパチンと弾く。

「これで俺の無実は確実になったな。時間的に、例の密室を作ることも俺にはできないし」

彼の主張は筋が通っているように聞こえたので、私も大きく頷く。

「ええ。ワゴンが十一階に運ばれたのが午前二時半のことですから、その時間以降にアリバイのある信濃さんには犯行は不可能だ」

この結論には納得が行かなかったらしく、伊田が口を挟む。

「でも、信濃は午前五時に自室に戻っている。その時に密室を作った可能性についても考える必要があるんじゃない？」

「その必要はありません。絨毯に残っていた跡の深さから、遺体が発見される数時間前からワゴンが扉の傍に置かれていたのは間違いないので」

「……あ、そう」

「それでは、次は伊田さんの昨晩の行動についてお聞きできますか？」

「昨日は午後七時くらいまで二階下のレディース・フロアのエステを利用して自室に戻ったわ。いつもなら、十三階のバーで軽いものを食べながら飲むところだったんだけど……常連客から会食したいという連絡が急に入ってしまって。そんな訳で、九時からは二階のイタリアン・レストランで食事をしていたの」

「会食をしていた間は高層フロアにいなかったということですね」

もちろん、このことも私は既に知っていた。

レストランのスタッフからは伊田の常連客が急な予約を入れたこと、伊田がその人物と一緒に食事をしていたことは裏が取れている。また……オーナーの情報網から、その常連客が急きょ伊田に仕事を依頼しなければならなくなった経緯も分かっていた。

伊田は深い闇を帯びた目をすっと細める。

「もう、知っている癖に聞くまでもないでしょう？　会食は十一時半に終わって、その足で十三階のバーに向かった。バーでは一人で飲んだり、信濃と喋ったりゲームをしたりしていた時間帯もあった。自室に戻ったのは三時ごろだったかしら？」

「バーのマスターの記憶とも一致しています」

「部屋に戻ってからはどうにも寝られなくて。飲み直すことに決めて、四時過ぎにはバーに戻っていた」

「それから遺体が発見されるまで、ずっとバーに居座っていた訳ですか？」

「言い方は悪いけど、そんなところね」

「まとめると、伊田さんのアリバイがない時間帯は午前三時から午前四時にかけての一時間のみ。……妙だな。深夜の時間帯にはアリバイがない方が普通でしょう。それなのに、信濃さんも伊田さんもアリバイが成立しない時間の方が少ない」

「犯罪者って夜行性の生き物だもの。職種にもよるけど、昼に寝る生活を送っている人も少なくないでしょう？」

伊田が余裕の微笑みを浮かべ、代わりに私は目を伏せるしかなかった。

「おっしゃる通りです」

「それに……ラッキーなことに、私がアリバイのない時間帯は死亡推定時刻からは完全に外れているみたいね」

「ええ、伊田さんには佐々木さんの殺害は不可能です」

この話の流れに不満たらたらの様子だった深川が異議を唱える。

「まだ結論づけるのは早いでしょ？　そもそもこの人は殺し屋なんだし」

「ひどい偏見ね。私は仕事以外では絶対に人を殺さないことに決めているのよ。……そんなことをしたら、ただ働きになっちゃうもの」

伊田は可笑しそうに笑い声を立て、深川は埒が明かないとばかりに私に向き直った。

「この殺し屋は十一時半に二階から十三階に移動している。その途中で十一階に寄り道して殺したって可能性はないの？」

「あなたの見解はどう、ホテル探偵さん？」

二人に丸投げされる形になったので、私は苦笑いを浮かべた。

「伊田さんの移動はエレベータ周辺の監視カメラに映っていました。映像の時刻を比較した結果、伊田さんが二階から十三階へ直行したのは間違いありません」

「それはそうかもだけど、サービスワゴンを使って密室を作ることはこの女にもできたはず。違う？」

なおも深川が喰い下がるので、伊田が幼稚園児にでも言い聞かせるような口調になって言葉を放つ。

「変なこと言わないの。殺人が不可能な時点で私の容疑は晴れているんだから」

「何その言い方、加齢で脳に虫でもわいた？」

二人は猛烈な睨み合いに突入したが、その間に挟まれることになった者の身にもなって欲しいところだ。私はため息をつきながら言った。

「……とりあえず、深川さんの行動をお聞きしてもいいですか」

「私は午後九時ごろまで自室にいたんだけど……ほら、信濃も言っていたでしょ？九時からは十三階のバーで一緒に仕事の打ち合わせをしてたの」

「そして、十時には信濃さんが自室に戻ったんですね？」

私がそう問いかけると、深川は小さく頷いた。

「私も同じくらいのタイミングで二階のイタリアン・レストランに移動した。別件の打ち合わせの為ね」

アミュレット・ホテルの二階にあるレストランは、深夜になるとイタリアン・バルに形態を変えて二十四時間営業を行っていた。深川が到着した時間は、そろそろバルに切り替わりはじめる時間帯だったはずだ。

「……その時間帯だと、伊田さんも同じレストランにいたはずですが」

「ええ、彼女がいたのには最初から気づいてた。私の方から挨拶をしたから」

伊田はそれを認めるでもなく明後日の方向を向いたままだった。私は顎に手をやる。

「深川さんは何時ごろまで二階にいたんですか」

「十一時半に打ち合わせが終わってすぐに自室に戻った。ああ、戻る直前にそこのオバサンと話をしたんだったか」

「伊田さんと？　どんな内容の話でしたか」

「特に意味のないことばかり。彼女がこれから十三階のバーで飲むつもりだというのは聞いた覚えがあるけど」

「なるほど。……でも、あなたは自室に戻った後も部屋で休まなかった。何故ですか」

急に深川の目がきつくなる。

「ほんとに疑うしか能がないんだから！　化粧直しに戻っただけだし当然でしょ？

午前零時過ぎには自室を出て二階のレストランに戻っていたし」

「またレストランにですか」

「悪い？　うちのグループのメンバーを呼びつけて、朝までやけ酒をしていたの。昨日の打ち合わせは、二つとも期待外れに終わってしまったし。……時間の無駄だった」

深川に恨めしげに睨みつけられ、信濃が迷惑そうな表情になった。

「何だよ、そっちの提示額が安すぎたのが悪いんだろ。ボランティアじゃあるまいし、俺にどうしろって言うんだ」

「はあ？　あんなぼったくりの金額！」

信濃と深川は殺人事件の調査中だということもお構いなしに、ワアワア言い合いをはじめた。それを見かねた様子の諸岡が仲裁に入る。

「お二人とも！　事件の捜査が終わったら、打ち合わせでも喧嘩でも好きなだけ続けてもらって構わないから。とりあえず、今はアリバイ調査に協力してもらえないか？」

「失礼しました、オーナー」

そう言って深川は大人しく引き下がり、更に説明を続けた。

「二階のレストランに戻ってからは、朝まで高層フロアには足を踏み入れてない。そのことはうちのメンバーに聞いてもらったらはっきりするはず。多分、高層フロア直通エレベータの担当者に聞いても同じ答えが返ってくると思うけど」

彼女の話は私が事前に集めていた情報とも乖離がなかった。

「となると、深川さんは午後十一時半から午前零時の三十分だけアリバイがないことになりますね？　これは死亡推定時刻の範囲ですが、例の居酒屋の電飾が消える前の時間帯だ」

深川は切れ長の目を満足そうに細めて笑う。

「つまり、私にも殺人は不可能ということね。もちろん、１１０１号室を密室にすることもできないし」

話の雲行きが怪しくなってきたからだろう、諸岡が不安そうな顔になって私を見つめた。

「結局、三人とも犯行は不可能ということになってしまったじゃないか！　遠谷くんが事実を述べているとすれば、佐々木さんは午前一時から午前二時に絞殺されたことになる。それなのに、その時間帯は全員に鉄壁のアリバイがある訳だからね」

伊田はソファにしなだれかかり、妖艶《ようえん》な笑いを浮かべて言う。

「こうなってくると、その従業員が嘘をついているか……彼が犯人かのどちらかでしょう？　正直、ドクの見解が間違っているんじゃないかと疑いたくなるわね。その従業員はアリバイらしいアリバイがない訳だし、この状況で嘘をつくこと自体、彼が犯人だという動かざる証拠だと思うけど」

それを聞いた遠谷はこれまで以上に青くなって震えはじめる。

「あの時、確かに青や緑の光はなかった。それなのに……どうして？」

私は床にまで視線を下げて考え込み、それから言葉を続けた。

「まだ遠谷が犯人と断定するべきではないと思います。私はドクの見解に誤りはないと考えますし……何より、彼を犯人と仮定したところで、この事件には矛盾が残ります」

「例えば？」

鋭い口調で問い返したのは信濃だった。

「逃げ出す時間はいくらでもあったはずなのに、遠谷は遺体と一緒に自らを１１０１号室に閉じ込めた。そして数時間にわたって密室状態を維持したのです。これは意味不明な行動と言わざるを得ません」

深川は呆《あき》れかえった様子になって私を見つめた。

「バカなの？　そんな些末《さまつ》なことを気にして、結論を捻じ曲げてどうするのよ」

「いいえ、事件の真相というのはジグソーパズルに似ているんです。どちらも最終的には、あるべきものがあるべき場所に美しく収まる。……ピースが余ったり、形の合わないピースを無理やり押し込んだりしているようでは、真相からは程遠いんですよ」

信濃と深川は険しい顔になったが、伊田は笑いをこらえるようにして口を開く。

「それはそうかも知れないけど、あなたにこの謎が解けるのかしら？」

私は伊田の挑発的な視線をしっかりと受け止めつつ、薄く笑い返した。

「もちろん。……既に真相の尻尾《しっぽ》くらいは摑んだように思います」

＊

「まず、『誰も殺害が不可能』という状況をどうにかしないといけませんね」

私がそう告げると、伊田は余裕しゃくしゃくの表情のまま小首を傾げた。

「何、そこの従業員が嘘をついていたと認めるの？」

「いいえ。……そもそも『室内に居酒屋の電飾の光が入り込んでいなかった』イコール『午前一時以降』という結論に飛びついたのが間違いのもとだったんです」

「どういう意味？」

こう呟いたのは深川だった。

「前にも話に出たかと思いますが、このフロアで例の電飾の影響を受けるのは110

1号室だけです。他の部屋は窓のついている方角が違うので、例のライトの光が入ってくることはありません」

諸岡がぎょっとしたように目を見開く。

「まさか、佐々木さんが殺害されたのは1101号室じゃなかった?」

「そういうことです。従業員用のマスターキーを手に入れていた犯人なら、どの部屋にでも入り放題だった訳ですから」

「いやいや、おかしいだろう。最初に目を覚ました時、遠谷くんは緑や青の光を見たと言っていたじゃないか」

「恐らく、遠谷さんは一旦1101号室に連れ込まれたものの、何らかの理由があって別の部屋に移動させられたのでしょう。……私は殺害現場となった部屋は1102号室か1103号室のどちらかの可能性が高いと考えますね」

伊田と深川が信じられないといった表情になって顔を見合わせた。

「言いがかりにしても酷《ひど》い内容ね」

「私たちの部屋が事件現場?」

つい先ほど睨み合いをしたばかりとは思えないほど息ぴったりな二人に対し、私は首を横に振った。

「言いがかりかどうかは、推理を聞いてから判断して下さい。……いずれにせよ、これで佐々木さんの殺害時刻は午後十時から午前二時に広がりました。これにより信濃さんと深川さんは『殺害が可能』に変わります」

信濃には午後十時から十一時にかけて、深川には午後十一時半から午前零時にかけてのアリバイがなかった為だ。

名指しされた二人は黙り込んでしまった。それを横目で見やりつつ、伊田が面白がるように呟いた。

「午後十時から午前二時にかけてアリバイがある私は、もう退出しても構わないわね？　今の消去法で容疑者が絞り込まれたんだから」

彼女がソファから立ち上がろうとしたので、私は鋭い声で制した。

「いいえ、残ってもらう必要があります。その理由は、あなた自身が一番良く分かっていると思いますが？」

「……どういう意味かしら」

「確かに、あなたには殺害は不可能だ。でも、午前三時から午前四時にかけてのアリバイはない。宿泊客の中では唯一、サービスワゴンを使った密室を作れたことになります」

伊田もとっさに言葉を返せない様子だった。私は更に話を続ける。

「今回の事件は宿泊客一人では犯行が不可能ですが、複数人数が関わっていれば実行可能なものでした」

「共犯者がいたのか！」

諸岡の声が聞こえたけれど、私は敢えてそれには答えずに話し続ける。

「まず、犯行に関わった人の組み合わせを検討してみましょう。殺人が可能だったのは信濃さんと深川さんの二人、そして密室の作成が可能だったのは伊田さん。……信濃さんが殺害して伊田さんが密室を作ったパターン、深川さんが殺害して伊田さんが密室を作ったパターンが考えられます」

これを聞いた信濃がさっと顔色を変える。

「桐生……お前、本気で言ってるのか」

「もちろん」

「考えてもみろよ、遺体は１１０１号室で見つかったんだぞ？　俺と伊田が共犯関係にあるなら、俺たちが宿泊している部屋とは別の部屋を選んで、そこに遺体を置かなきゃ辻褄が合わないだろ」

「途中でどちらかが裏切ったんでしょ？　いかにもありそうな話よ」

そう皮肉っぽく呟いたのは深川だった。信濃はウンザリしたような声になる。

「裏切るも何も、伊田は殺し屋だろが。何で俺が殺害担当で、伊田が密室作成担当になるんだよ？　どう考えても逆だ」

またしても二人がワアワア言い合いをはじめたので、私は思わず苦笑いを浮かべた。

「お二人とも、そういった考え方をすること自体がナンセンスです」

それを聞いた深川は怒りの矛先を私に切り替えて突っかかってきた。

「何それ、共犯者がいるって言い出したのはあなたの癖に！」

「私は共犯者の話などしていませんよ。……密室が作られたのが午前二時半以降だと判明した理由を覚えていますか」

「サービスワゴンでしょ」

「そうです。低層フロアで使用されていたワゴンが空き、従業員がたまたまその時刻に十一階の倉庫に戻しに行ったから、分かったのに過ぎないんです」

唇を嚙んで考え込んでしまった深川を尻目に、私は再び続けた。

「あれは偶発的な出来事だった訳ですから、事前に予測することなど不可能でした。当然、アリバイ工作に組み込むことなどできっこありません。つまり……死亡推定時刻と密室が作られた時間に開きはありますが、密室はアリバイを作る為のものではなかったということです」

諸岡が小さく唸り声を立てた。

「うーん、どうにも分からないな。それだと、犯人たちが殺害後すぐに密室を作らなかった理由が分からなくなってしまう。アリバイ工作でないなら、時間を置いてから密室を作る意味などなさそうなものだけど」

「その理由について考える前に、最も重要な問題を片付けてしまいましょう。『誰が佐々木さんを殺したか？』ですが、これについてはもう答えは分かっています」

室内がしんと静まり返った。私は敢えて淡々とした調子を崩さずに続ける。

「殺害犯は……信濃さんです」

全員の視線がソファに座る彼に集中し、信濃は息を詰まらせたような声を上げた。

「ふざけるな、どうして俺なんだ！」

いつもは私の推理に全幅の信頼を置いているはずの諸岡でさえ、不安そうに呟く。

「でも、遺体が見つかったのは１１０１号室だったんだよ？　彼が殺害犯なら別の部屋で遺体が見つかるようにするはずだ」

「その辺りについても全て説明ができます。……寸分の狂いもなく組み立てられたジグソーパズルのように」

私は唇を湿らせてから、視線を信濃に戻して説明を再開する。

「うちの遠谷の証言から、彼が最初に転がされていたのは１１０１号室に間違いないと考えられます」

「ああ、居酒屋の電飾の光が入り込むのは、この部屋だけだからね」

諸岡が頷きながらそう言った。窓の外にはレースカーテン越しに、居酒屋の入った建物がぼんやりと見えている。

「その後、遠谷は別の部屋に移動され、遺体と一緒になって再び１１０１号室に戻って来た。……深川さんも午後十時から午前二時の間にアリバイがない時間帯がありますが、彼女が殺害犯だと仮定した場合、『殺害時に遠谷を別の部屋に移した理由』がなくなってしまうんですよ」

本人にとって有利な話であるはずなのに、深川にはその意味が分からなかった様子だった。彼女は呆けたように口ごもる。

「どうして？」

「疑われないようにする為に、殺害は自分の部屋ではない場所でやろうとするのが普通ですよね？　最初に遠谷がいた１１０１号室は深川さんにとって自室ではないので、殺害もその部屋でやってしまえば良かった。わざわざ他の部屋に移して目撃されるリスクを冒す必要はなかったはずなんです」

信濃が私をじろっと睨みつける。

「言いがかりは止《よ》せ。俺が体調不良で部屋に戻ったのに驚いて、深川が計画を変更したってだけの話だろう」

「だとしても、やはり辻褄が合わない」

「どこが？」

「深川さんは信濃さんが自室に戻っている間に二階に移動し、そのまま二度とバーのある十三階には足を踏み入れていません。彼女はあなたが『仮眠』を終えてバーに戻ったと知りようがなかったんですよ」

一呼吸ついてから、私は口調を容赦のないものに変えて更に続けた。

「彼女が1101号室に信濃さんがいると信じていたなら、マスターキーを使って扉を開いたりはしない。こっそり忍び込むにしても、途中で見つかってしまうリスクが高すぎるから」

すかさず信濃が反論してきた。

「いいや。ノックするとか、不在を確かめる方法ならいくらでもある。それに、1101号室の寝室には既に遠谷が寝かされていた訳だろ。どうしてもソイツを回収する必要があったというのを忘れてるんじゃないか？」

「私ならその状況に置かれた段階で遠谷のことは諦めますね。今回の殺人計画そのものを延期するか、別の誰かを犯人に仕立てる方法を考えるかする」

「だが、深川がそうしたとは限らない」

「その場合でも、1101号室の寝室にまで足を踏み入れた時、深川さんは信濃さんが既に部屋からいなくなっていると気づいたはず。……信濃さんが無類の酒好きというのは有名な話ですよね？」

　これを受けて深川が激しく同意した。

「いつもは頭痛薬を何錠飲んででも、バーに居座り続けるような人だもの」

「そんな人間が自室にいないとなると、十三階のバーに戻った可能性を考えるでしょう。私ならまず、信濃さんが『復活』したのか知るべくバーに探りを入れるだろうな。……バーに連絡を入れて信濃さんの『復活』さえ確認できれば、当初の計画通りに1101号室を使うことができるようになる訳ですからね？　深川さんも同じことをしたはずだ」

　それまで黙って話を聞いていた諸岡も頷きながら言う。

「うん、それは間違いなさそうだ。『復活』したと分かりさえすれば、わざわざ遠谷くんを別の部屋に移動させる必要もなくなったはずだからね」

「ところが、実際には遠谷は別の部屋に連れて行かれている。……これが示すのは『深川さんは1101号室の扉を開いていない』ことであり『深川さんは佐々木さんの殺害犯ではない』ということです」

　信濃は反論する余地を探すように絨毯に視線を走らせていたけれど、やがて呟くように言った。

「いや、そっちこそ辻褄が合ってない。遠谷は女の声で『なら、これでお別れね？』

と言うのを聞いたんだろう？　前も言ったが、殺害犯は女だ。俺じゃない」

無意味な反論だった。私は小さく肩を竦める。

「確かに殺害時に室内に女性がいたのは間違いありません。でも、それが殺害犯である必要はない。……被害者の佐々木さんは女性だったんだから」

佐々木は九階……つまりは低層フロアの最上階に宿泊していた。このフロアはレディース・フロアになっており、宿泊できるのは当然ながら女性だけだった。

忌々《いまいま》し気《げ》に舌打ちする音が聞こえ、信濃が低い声を出した。

「あれは佐々木が放った言葉だったと、そう主張するつもりなのか」

「充分あり得ると思いますがね？　あの言葉は文字通り別れを意味していたのかも知れないし、お前を殺してやるというニュアンスで放たれたものかも知れない。……仕事柄、我々の利害が対立することは少なくない。だから、信濃さんと佐々木さんの関係が殺し合いに発展しかねないほどに捻じれていたとしても、私は驚きませんね。互いに殺意を抱いていたところを、佐々木さんが先に手を出した可能性だってあるでしょう」

信濃は再び黙り込んでしまった。私はその隙を縫うように攻撃の手を強める。

「あなたは午後八時頃に遠谷を襲って気絶させ、自室のベッド下に放置した。もちろん、眠らせていたはずの遠谷が目を覚ましたのは計算外だったんでしょうがね。……

八時台といえば、まだパーティや打ち合わせがはじまっていない時刻だ。各自がそれぞれの部屋に残っている可能性が高い時間帯でもあった。この段階では、あなたも別の人の部屋に遠谷を寝かせておくよりも自室に置いておく方が発見されるリスクは低いと判断したのでしょう」

これを聞いた深川が嫌悪感を露わにして顔を歪める。

「そして、信濃は九時から私と何食わぬ顔で打ち合わせをし、適当な理由をつけて部屋に戻った訳？」

「そういうことです」

「自室に戻った信濃はマスターキーを使って遠谷を伊田さんの部屋、つまりは１１０２号室に移動させた。そして、そこに佐々木を連れ込んで殺害したのね？」

深川は全く淀《よど》みのない調子でそう続けたが、私はすっと目を細めた。

「真実を捻じ曲げるのは良くない。殺害現場となったのは１１０３号室だ」

「……え？」

「あなたは信濃さんに午後十時以降も続けて打ち合わせの予定が詰まっていると話したんですよね？　信濃さんは深川さんがしばらく自室に戻って来ないと知っていたことになるから、当然、あなたの部屋を選んだはずだ」

「違う、私の部屋じゃない！」

「一方で伊田さんの会食は急に決まったものでしたからね？　信濃さんは彼女がバーにいないことは確認できても……どこにいるのか、１１０２号室にいるのか、部屋にいないとしてもすぐに戻って来る可能性があるのか？　何も分からなかったはずだ」

これを聞いた伊田がくすくすと笑う。

「確実に空いていると分かっている１１０３号室があるのなら、そちらを選ぶに決まっているわね？」

「そういうことです。信濃さんはマスターキーを使って遠谷を１１０３号室に移動させてベッドの下に放り込んだ。その後、佐々木さんをその部屋に招き入れて寝室で絞殺したのでしょう」

遠谷はこのタイミングでもう一度目を覚まし、室内の様子を見て話し声を聞いたのだった。

想定外の事態だったのにも拘らず、このことは信濃に有利に働いた。

話し声を聞いた遠谷はその内容から、『殺害犯の声かも知れない』という先入観を抱いてしまったからだ。

実際に容疑者のうち二人は女性だった訳だし……遠谷は佐々木とまともに喋ったことがないとも言っていた。彼が佐々木の声を知らなかった上に、いかにも殺意ある者の発言に聞こえたこともあって、この勘違いが助長されたのは間違いなさそうだった。

一方で、信濃は偶発的に生まれた『犯人は女性』という可能性を繰り返し強調した。これにより、自らを容疑の圏外に置こうと画策したのだろう。

なおも信濃は否定の言葉を放ち続けていたけれど、それを聞いている者はもう誰もいない。諸岡などは事件発生時の様子を想像してしまったのか、暗い顔になって呟く。

「そして……佐々木さんを殺害した後、ベッドの下から遠谷くんを引きずり出して遺体の傍に放置して部屋を出たという訳か。遠谷くんに罪をなすりつける為に」

「この時点では1103号室に密室の細工はなされていなかったと思います。信濃さんとしては、ただ自分の部屋以外の場所で遺体が発見されればそれで良かったはずなので……。犯行を終えた信濃さんは、なるべく長い時間アリバイを確保しようと考えて十三階のバーへ戻った」

ここで私は深川に視線を移して言った。

「そして、遺体は自室に戻ってきた深川さんによって発見された。違いますか？」

深川は唇を固く閉ざすばかりで何も言おうとしない。やむを得ないので私は続けることにした。

「あなたは殺害者ではないが、遺体を発見してもホテルに連絡しなかった。その上、遺体を別の部屋に移動させるという工作までした。……ですが、深川さんがこんな行動に及んだ理由は想像がつきます」

これを受けて諸岡が困惑顔になる。

「でも、信濃さんと深川さんが共犯関係にあったという訳でもないんだろう？　それなら、事件が起きたことを隠蔽などせず、素直にホテル側に連絡すれば良かったのに」

「理由はいたってシンプルです。ただトラブルに巻き込まれたくなかっただけですよ」

「トラブルに？」

素っ頓狂な声を上げたオーナーに対し、私は苦笑いを返した。

「自分の部屋で遺体が見つかったとなれば、多かれ少なかれ自分も疑われることになる。オーナーや私にネチネチと事情聴取される未来が待っているのは確実なので、純粋にそれが嫌だったんですよ」

「私のホテルを利用しておいて何のつもりだ、ふざけるな！」

憤慨する諸岡の気持ちも分かる。だが、今はその点を追及していても仕方がないだろう。私は事件の説明を続けることにした。

「一般の人なら遺体を見ただけで大騒ぎですが、アミュレット・ホテルの利用者は死体くらい見慣れていますからね。……『臭いモノには蓋』ということで、深川さんも何の躊躇《ためら》いもなく遺体と遠谷を他の部屋に放り込んだことでしょう。それでトラブルから距離を置けるのであれば安いものです」

話を聞いているうちに深川の表情は和らぎ、諦めの色が強くなっていた。私はここぞとばかりに畳みかける。

「あなたの部屋は殺害現場となった訳ですから、佐々木さんや遠谷の毛髪あるいは体液等の証拠が残っている可能性は高い。これ以上は隠しても無駄ですよ」

いつしか彼女は探りを入れるように、私のことを見上げていた。

「ねえ、本当のことを話せば見逃してくれる？」

「あなたはホテルへの報告を怠って死体を遺棄しました。当ホテルの禁忌を犯してはいますが……今回は私の権限でその罪を不問に付すことをお約束しましょう」

その言葉に釣られるように、深川は語りはじめた。

「ほとんどあなたの推理通り。自室に戻って寝室に遺体が転がっているのを見つけた時には本当に驚いちゃった。おまけに見知らぬ従業員も転がっていたし……。まさか、信濃の仕業だとは思わなかったけど」

いつもの毒のある言葉はすっかり影を潜めている。一方の信濃は今では青ざめて黙り込んでしまっていた。私はそんな彼を横目にしつつ質問を続ける。

「そして、深川さんは厄介ごとに巻き込まれるのを嫌って、遺体と遠谷を伊田さんの1102号室に移動させた訳ですか」

「だって遺体なんて、見なかったことにするのが一番でしょ？　さっきも話に出ていたけど、私はあの時には信濃が1101号室にいると思い込んでいた。だから、伊田さんの部屋を選んだの。……彼女は十三階のバーに行くと言っていたし、不在なのは確実だったもの」

すっかり吹っ切れたらしく深川はなおも喋り続ける。

「それからは少しでもアリバイを作っておいた方がいいと思って、人を適当に呼び出して二階のバルで粘っていたんだけど」

ここで私は諸岡にちらっと視線をやった。オーナーがそれに応えて小さく頷いたのを確認してから、こう告げる。

「深川さんは自室に戻ってもらって結構です。容疑は晴れましたし、あなたから聞くべきことは全てお話し頂きました」

彼女はソファから勢いよく立ち上がって扉の方へと向かった。

「ああ、一つだけ」

私に呼び止められて、彼女は急に怯えた表情を見せて振り返る。

「……何？」

「ここで見聞きしたことは、他言無用です。それが当ホテルの禁忌を犯したことを不問に付す交換条件なので」

小さく頷いたきり、深川はほとんど逃げ出すように廊下へと消えていった。

不意に低い笑い声がした。訝しく思った私が視線を向けると、伊田が口元を隠して笑っていた。

「ここまで来たら、私も本当のことを話した方がいいわね？」

「お願いします、遺体を遺棄したことについては不問に付しますので」

伊田は鼻の上に皺を寄せながら続ける。

「私が午前三時ごろに自室に戻った時、リビングルームに遺体と従業員が転がっていたものだから迷惑したわ。自分の部屋で遺体が見つかれば、こんな風に捜査につき合わされて一日が潰れることが分かっていたから」

「それでマスターキーを利用して遺体を１１０１号室に移動させた、と？」

「ええ、サービスワゴンを使って密室を作ったのも私。まあ、移動させるのは自分の部屋以外ならどこでも良かったのだけれど」

「……どうして俺の部屋を選んだんだ？」

そう呟いたのは信濃だった。

「あなたが深川さんの部屋を選んだのと似た理由じゃないかしら？　死体を移動させ

るのに私の部屋から近くて便利なのは１１０３号室と１１０１号室だった。深川さんは二階のレストランを出る時に自室に戻ると言っていたから外し……直前まで一緒に飲んでいたあなたの部屋に決めたの。無類の酒好きなら、一晩中バーから離れないと思ったから」

信濃は絶望したように再び黙りこみ、それを見つめる諸岡も咥え煙草のまま何とも言えない表情になっていた。

「なるほどねぇ。遺体は巡り巡って殺害犯の部屋に戻ってくる結果になった訳か。因果応報と言うべきなのか、何なのやら」

伊田はガウンの下の足を組みなおしながら、更に説明を続けた。

「念の為、そこの従業員には薬を嗅がせて眠りを深くしておいた。仕事の為に薬を何種類も持ち歩いているものだから、それが役立った形ね？　そうして時間を稼いでおいて、遺体と従業員を１１０１号室に移動させたの」

「そして、サービスワゴンによる密室を作り上げた訳ですか」

私の問いかけに、伊田は唇を尖らせながら頷いた。

「何か使えそうなものはないかと思って従業員用の倉庫を探っていたら、例のワゴンを見つけたのよね」

それから十秒ほど沈黙が続いた。

伊田はなおも挑発的な目で私を見つめ続けている。「まだ解けていない謎があるでしょう?」と言わんばかりに。

「……一つ聞いてもいいですか。あなたがそこまでして1101号室を密室にした理由が、どうしても分からない」

「あら、桐生さんにも推理できないことがあるの?」

「残念ながら。遠谷を犯人に見せかけるだけなら、室内に遺体と彼をセットで放置するだけで良かった。必ずしも密室にする必要はなかったはずだ」

彼女はしばらく私にじらすような視線を送っていたけれど、やがて遊ぶのにも飽きたように口を開いた。

「想像力の問題ね。……だって、私が別の部屋に遺体と従業員を移動させたとしても、それが最後になるとは限らないでしょう? その部屋の客が私と同じことを考えて、遺体をまた別の部屋に動かしてしまうかも知れない。そうやっているうちに、私の部屋に舞い戻ってきたりしたら最悪だもの」

これには私も思わず目を見開いた。

「まさか、密室を作ったのは……廊下側から扉が容易に開かなくすることで、信濃さんがホテル側に連絡するしかない状況を作り上げる為だったんですか!」

「ええ。ホテル側の人間が一緒にいる状態で遺体が発見されれば、私の部屋に遺体が舞い戻って来る危険性もなくなるから」

「なるほど……今後はそういった可能性も考慮に入れるようにします」

伊田は蠱惑《こわく》的な微笑みを浮かべ、はだけていたガウンを直してソファから立ち上がった。手には空になったグラスを持っている。

「もう、自室に戻っても構わない？」

諸岡は苦虫を噛み潰したような顔になっていたけれど、すぐに頷いた。それを確認してから、私も少しだけ笑う。

「他言無用でお願いします。それが禁忌を犯したことを不問に付す交換条件なので」

「あなたのやり方はよく知ってる、安心して」

歌うようにそう言いながら、伊田も廊下へと消えてしまう。

私は改めて信濃を見つめた。

「既に、あなたが殺害犯であることは確定しているけれど、今回の事件について申し開きをすることは？」

「……ふざけるな！」

信濃はソファから立ち上がってがなり立てた。追い詰められた獣のような目をしている。私はできる限りいつもと変わらぬ口調で続けた。

「自分のやったことを認めるなら、これが最後のチャンスだ。ありのままに真実を話してもらえますか？」

信濃は小さく息を呑み、迷うように視線を絨毯にまで下げた。その顔に浮かんでいたのは、どう動くのが得策かを必死に天秤《てんびん》にかけている狡猾さだった。

結局、彼が結論を出すまでそう時間はかからなかった。信濃は攻撃的な様子を取り戻して私を睨みつけてきた。

「この部屋から出て行け。俺は何も認めない。意味不明な推理ばっかり続けやがって！」

「……そう、ですか」

経験上、私が対峙した犯罪者たちが殺人を自白したことはほとんどない。彼らには『認めれば何もかもおしまい』という精神が根づいている為だ。

更に今回の事件は……信濃の計画が途中で深川と伊田に上書きされて、自らの部屋に遺体が舞い戻って来るという無様な結末を迎えていた。プライドばかりが高い彼のことだ、自分の失態を認めることがどうしてもできないのかも知れない。

「とんだ言いがかりだ、話にならない」

吐き捨てるようにそう言って、信濃は窓の外を見つめた。だが、その声も背中も……内心の激しい動揺を隠すのに完全に失敗していた。

昼前であることもあり、窓には白い紗……薄い生地のレ、ー、ス、カ、ー、テ、ンが引かれていた。その向こうに見える外の世界は、大雨のせいで日中でもなお薄暗い。安全運転の為だろう、道路を走る乗用車やトラックもヘッドライトをつけて走行しているものが多い。その灯りは室内からもぼんやりと確認できた。

私はおもむろに顔を振り向け、諸岡に無言の問いかけを送った。オーナーは無表情な目で信濃を見つめていたけれど、やがて火のついた煙草を持つ右手を首の辺りで小さく振った。

その仕草が意味するところは一つしかない。

諸岡は傍にいた遠谷を促して1101号室を後にした。信濃に断りを入れることもなければ、足音一つ立てなかった。その為、信濃は二人が姿を消したことにすら気づいていないことだろう。

扉が閉まるのを待ってから、私は視線を信濃に戻した。それから目を細めて口を開く。

「……それがあなたの答え？」

「そうだ。次にホテルの外で出会ったら、どうなるか覚悟しておけよ」

脅し文句には凄みが利いていたけれど、私はすっかり彼を軽蔑しきっていた。自然と嘲《あざけ》りの笑いが唇に浮かぶ。自分のやったことを認めることもできなければ、その責任を負う度胸すらない男だ。

私はジャケットの内ポケットから細身のロープを取り出した。佐々木の殺害に用いられた凶器で、現場から見つかったのを回収していたものだ。

その端を左手に何重か巻きつけ、ロープに八十センチほど余裕を持たせて右手にも巻く。捜査用の白手袋のおかげで、きつく巻いても痛みは感じない。

最後にロープを左右に引っ張って充分に力を加えられるかテストもした。その上で、私は再び口を開いた。

「なら、これでお別れね？」

罵り言葉を呟き続けていた信濃の動きが止まった。いつも男っぽい口調でしか喋らない私が珍しく女性らしい言葉遣いをしたことを訝しく思ったからか？　いや、それより自らが殺した佐々木がかつて放った言葉だったことが、彼を怯えさせたのだろうか？

「それはどういう……」

信濃の声は震えていた。私は彼が振り返る前に、素早くその首にロープを巻き付けた。男の目が見開かれ、首を守ろうと振り上げた指先がレースカーテンを空しく揺らす。

不意討ちは良い。女である私にとって時に否応なく不利となる……体格・力の差を意識する必要もないからだ。

「意味は分かっているはず」

男の耳元でそう囁き、私はロープを一気に締め上げた。信濃は両手で首を押さえ、潰れた声になって言う。

「お前……ホテル探偵、だったんじゃ？」

なおも指先に力を込め、私はショートヘアを小さく揺らして首を傾げた。

「私はホテルで起きる事件の一切の処理を任されている。知っての通り、オーナーは無駄なことが嫌いなものでね？　探偵と殺し屋を二人雇うより……その両方に長《た》けている一人を雇う方がはるかに効率がいい」

信濃は両手を振り回したが、それも私の制服のネクタイを小さく揺らしただけ。後は虚空をかき回すばかりだった。

ホテルのルールを破った以上、それ相応の対価を支払ってもらわねばならない。命を奪った者はその命で、自らの犯行と全く同じ方法によって。

それが、アミュレット・ホテルだ。

解説

酒井貞道

本アンソロジー収録作品は、二〇二〇年に発表された本格ミステリ短編の中から、円居挽、廣澤吉泰、酒井貞道の三名で選定したものである。

二〇二〇年の我が国の本格ミステリ・シーンは、阿津川辰海『透明人間は密室に潜む』、櫻田智也『蟬かえる』、白井智之『名探偵のはらわた』、斜線堂有紀『楽園とは探偵の不在なり』、辻真先『たかが殺人じゃないか』、大山誠一郎『ワトソン力』などが話題を呼んだ。本格ミステリ愛好家のみならず、ミステリ読者全般に広く支持される作品が多かった。嬉しいのは、支持された作家が、ベテラン・中堅・若手にバランスよく散らばっていたことである。本格ミステリのここ三十年の充実が、今後も連綿と続くことを確信させる一年だった。

翻訳ミステリにおける本格ミステリの充実も忘れられない。アンソニー・ホロヴィッツが『カササギ殺人事件』『メインテーマは殺人』に続いて『その裁きは死』と、三年連続で翻訳作品が話題をさらった。また、陳浩基『網内人』など中国語圏の作品も忘れ難い感銘を残した。海の向こうでも本格ミステリは盛り上がっているようだ。

とはいえ、二〇二〇年で最も本格ミステリ・ファンの印象に残ったのは、残念ながら本格ミステリでも、ミステリでもなく、小説ですらなく、やはり新型コロナウイルス（COVID-19）ではないだろうか。感染症がパンデミックを引き起こし、全世界において生活様式は一変した。このような人類社会の変化が、小説に、ミステリに、本格ミステリに影響を及ぼさないとは考えにくい。事実、去年の内からアフター・コロナ、ウィズ・コロナを取り入れた作品が発表され始めている。この動きは日本に限らないはずであり、翻訳のタイムラグを考慮すると数年後には、「コロナが内外の作品に与えた影響」を観測できるだろう。コロナ禍は疑いようもなく災厄であるが、小説好きにはお楽しみが残されていることを、せめてもの慰めとしたい。

そんな年に発表された収録七作について、以下、若干の補足を試みる。


笛吹太郎「コージーボーイズ、あるいは消えた居酒屋の謎」

笛吹太郎氏が商業媒体で作品を発表するのは本当に久しぶりだ。この短編は、実に十七年ぶりの第二作である。

酔い過ぎて、飲んでいた居酒屋を思い出せず、殺人事件の犯行時刻のアリバイを証

明できない。そう言って困っている常連客の相談に、カフェの馴染み客と店長が乗っ

てやり、何とか店を特定しようとする。カフェの中で話が終始する安楽椅子探偵もの

で、推理談義はワイワイと楽しく、探偵役の推理は、ロジックのツイストが効いてい

てなかなかに鮮烈である。本格ミステリ・ファンなら泡坂妻夫を想起するだろう。

羽生飛鳥「弔《とむらい》千手《せんじゅ》」

時は源平合戦の御代、舞台は鎌倉の源頼朝の屋敷である。父・頼朝の差し向けた追手に夫・木曾義高を討たれた六歳の大姫は、父が広壮な屋敷のどこにいても——声が聞こえるはずのない遠所であっても、義高の話をしたら即座に察知し、父を責めにやって来るようになった。途方に暮れる頼朝の様子を見て、平氏の高官でありながら頼朝の庇護下にある平頼盛（平清盛の異母弟）が謎を解く。

トリックそれ自体はシンプルながら、現代とは異なる平安時代末期の価値観をしっかり織り込んで、歴史的著名人のその心情をリアルに描き切るために、更に一捻《ひとひね》り加えている。本作品は、本アンソロジーへの収録を打診後に改稿されたもので、終盤でこだまする登場人物たちの心の叫びは一層鮮明になった。

降田天「顔」

高校テニス部のエースが、地下鉄での通り魔事件に巻き込まれて骨折し、以後絶不調に陥った。その復帰劇を報道部のエースが取材する。人間関係を妙にややこしく考えてしまう、この時期特有の人間模様がしっかり描かれており、いかにも青春小説である。伏線配置はなかなか気が利いており、選考委員の間でも高く評価されていたことを付記しておく。なお物語は本作単体で完結しているが、連作短編の最初の一編ということなので、シリーズがこの後にどう展開するか、要注目だ。

澤村伊智「笛を吹く家」

できれば事前情報ほぼゼロで読み始めてほしい。よって以下は蛇足である。親子三人連れが、怪しい廃屋を通りかかる。そこには怪しい噂があった——というホラーめいた展開を辿《たど》るが、ミスリードが収録作品中では随一のレベルで見事。してやられました。あそこでこう書かれると、そうだと思っちゃうわなあ……。幕切れも、掌編的な風情が感じられて実に手際が良い。つまり「上手い」の一言です。

柴田勝家「すていほぉ〜む殺人事件」

コロナ禍で営業休止中のメイド喫茶店内で、店長が殺された。人気メイドに憧れる男子主人公と、美女だが癖のあるメイドによる探偵活動が始まる。

二〇二〇年以後において文化芸術活動のメインストリームに躍り出た感のある《配信》を、推理要素に丁寧に活用している。探偵役のキャラクターも秀逸だし、メイド喫茶という、今や流行期を越えて成熟期に移ったサブカルチャーの空気感も鮮やかに切り取っている。これをプロパーの推理作家ではなく、気鋭のSF作家がものしたのは興味深い。娯楽小説界で何かが起きているのだろうか？

倉井眉介「犯人は言った。」

海外赴任から帰って来た男が殺された。《警視庁のスフィンクス》の異名をとる獅子堂警部は、質問に対する答えから犯人や嘘を見分けるコールド・リーディングの手法を武器に、事件の解明に挑む。

冒頭で犯人視点の独白がなされるが、それが誰のものかまでは記載されない。また、犯人がなぜ武器に偽装工作をしたのか、という謎もクローズアップされる。本作品は、犯人当て《フーダニット》でもあり、動機探し《ホワイダニット》でもあり、探偵役の特殊な捜査手法にどう説得力を与えるかの作者のお手並み拝見ものでもあるという、一粒で何度も美味《おい》しい逸品である、もちろん、どの要素も一定の成果を収めており、非常にバランスが良い。

方丈貴恵「アミュレット・ホテル」

殺し屋たちが常宿にするホテルの一室で、宿泊客が殺害された。現場は密室で、容疑者たちのアリバイはいずれも不完全なものだった。ホテル内での殺しはご法度であり、ホテル従業員は警察を呼ばず、容疑者を集めて真相解明に乗り出す。伏線には遊び心があり、真相の構図はなかなか頓智《とんち》が効いている。終盤の展開は、犯罪者が集うホテルという特殊設定を十分活かしている。恐らく、ネタがてんこ盛りという点では収録作品中随一であり、締めくくりに相応《ふさわ》しい佳品である。

以上七編、いずれ劣らぬ出来であり、読み応えのあるアンソロジーに仕上がったと、選考員一同自負するところである。出版業界は不況が続いており、各雑誌が次々と休刊または刊行スパンの長期化を決めており、短編発表の場は限られてきている。そんな中で、本格ミステリの短編が活況を呈してくれたのは、心強い限りだった。

●初出一覧

笛吹太郎「コージーボーイズ、あるいは消えた居酒屋の謎」
……………………………………………………（「ミステリーズ！」Vol.99）
羽生飛鳥「弔千手」………………………………（「ミステリーズ！」vol.101）
降田天「顔」…………………………………（「小説すばる」20年6・7月号）
澤村伊智「笛を吹く家」…………………………（「小説現代」20年9月号）
柴田勝家「すていほぉ〜む殺人事件」
…………………………………（星海社『ステイホームの密室殺人2』所収）
倉井眉介「犯人は言った。」……………………（「小説現代」20年10月号）
方丈貴恵「アミュレット・ホテル」………………（「ジャーロ」No.73）

本格王《ほんかくおう》2021
本格《ほんかく》ミステリ作家《さっか》クラブ選《せん》・編《へん》

講談社文庫
定価はカバーに
表示してあります

2021年6月15日第1刷発行

KODANSHA

発行者——鈴木章一
発行所——株式会社　講談社
東京都文京区音羽2-12-21　〒112-8001
電話　出版　(03) 5395-3510
　　　販売　(03) 5395-5817
　　　業務　(03) 5395-3615

デザイン—菊地信義
本文データ制作—講談社デジタル製作
印刷———豊国印刷株式会社
製本———株式会社国宝社

Printed in Japan

ISBN978-4-06-523828-8

講談社文庫刊行の辞

二十一世紀の到来を目睫に望みながら、われわれはいま、人類史上かつて例を見ない巨大な転換期をむかえようとしている。

世界も、日本も、激動の予兆に対する期待とおののきを内に蔵して、未知の時代に歩み入ろうとしている。このときにあたり、創業の人野間清治の「ナショナル・エデュケイター」への志を現代に甦らせようと意図して、われわれはここに古今の文芸作品はいうまでもなく、ひろく人文・社会・自然の諸科学から東西の名著を網羅する、新しい綜合文庫の発刊を決意した。

激動の転換期はまた断絶の時代である。われわれは戦後二十五年間の出版文化のありかたへの深い反省をこめて、この断絶の時代にあえて人間的な持続を求めようとする。いたずらに浮薄な商業主義のあだ花を追い求めることなく、長期にわたって良書に生命をあたえようとつとめるところにしか、今後の出版文化の真の繁栄はあり得ないと信じるからである。

同時にわれわれはこの綜合文庫の刊行を通じて、人文・社会・自然の諸科学が、結局人間の学にほかならないことを立証しようと願っている。かつて知識とは、「汝自身を知る」ことにつきていた。現代社会の瑣末な情報の氾濫のなかから、力強い知識の源泉を掘り起し、技術文明のただなかに、生きた人間の姿を復活させること。それこそわれわれの切なる希求である。

われわれは権威に盲従せず、俗流に媚びることなく、渾然一体となって日本の「草の根」をかたちづくる若く新しい世代の人々に、心をこめてこの新しい綜合文庫をおくり届けたい。それは知識の泉であるとともに感受性のふるさとであり、もっとも有機的に組織され、社会に開かれた万人のための大学をめざしている。大方の支援と協力を衷心より切望してやまない。

一九七一年七月

野間省一